DORN

JAN BECK

THRILLER

Der erste Fall für
Simon Dorn und Lea Wagner

PENGUIN VERLAG

MIX
Papier | Fördert gute Waldnutzung
FSC® C014496

Penguin Random House Verlagsgruppe FSC® N001967

1. Auflage

Vermittelt durch die Literarische Agentur Kossack
Redaktion: Bianca Dombrowa
Umschlaggestaltung: bürosüd, München
Umschlagmotiv: plainpicture/John Heseltine
Satz: Uhl + Massopust, Aalen
Druck und Bindung: GGP Media GmbH, Pößneck
Printed in Germany
ISBN 978-3-328-11227-3
www.penguin-verlag.de

Für Lars

»Vielleicht ist alles Schreckliche im tiefsten Grunde
das Hilflose, das von uns Hilfe will.«

Rainer Maria Rilke

»Mitten im Winter habe ich erfahren, dass es
in mir einen unbesiegbaren Sommer gibt.«

Albert Camus

Prolog

Als er nach Hause kommt, merke ich sofort, dass er anders ist als sonst.

»Hallo«, sagt er knapp.

»Was hast du?«

Er schüttelt bloß den Kopf.

Ich darf ihn nicht drängen. Nur eine Frage auf einmal. Er wird mir eine Antwort geben. Er gibt mir immer eine Antwort.

»Iss!«, sagt er und stellt einen Plastiksack auf den Tisch, der nach asiatischen Nudeln riecht. Hühnerfleisch. Das dritte Mal schon diese Woche. Aber ich werde mich hüten, mich zu beklagen.

Still packe ich aus, nehme die Plastikgabel und schaufle die Nudeln in mich hinein.

»Schneller.«

Ich halte den Kopf unten. Ich weiß, dass ihn etwas beschäftigt. Er ist sonst nicht so streng. Meistens ist er liebevoll und dankbar dafür, mich zu haben. Außer, mir passieren Fehler. Ich darf keine Fehler machen. Deshalb esse ich, so schnell ich kann. Keine Fehler. Ich kenne seine Gesetze. Wenn ich sie befolge, passiert mir nichts.

Im Nu ist die halbe Portion verschwunden. Ich schlucke

viel zu große Portionen und komme dabei ins Würgen. Er könnte das als Undank empfinden. Ich muss immer dankbar sein, für alles, was er tut.

»Es ist so weit«, sagt er.

Ich weiß nicht, ob das eine Aufforderung oder eine Antwort auf meine Frage sein soll: was er denn hat. Deshalb bleibe ich still und esse immer weiter, bis bloß noch ein oder zwei Gabeln im Pappkarton sind. Die Portion ist größer als sonst. Ich muss etwas trinken, doch er gibt mir nichts.

»Runter damit.«

Ich tue, was er will, und ich tue es mit Gewalt. Wenn ich mich übergebe, wird er richtig böse. Essen ist kostbar. Ich muss immer aufessen, bis zum letzten Krümelchen. Wir wissen nicht, was kommt, und wir brauchen die Reserven.

»Pack die Sachen«, sagt er dann.

Ich reiße meinen Kopf hoch. Er muss das Unverständnis sehen, aber das nehme ich in Kauf. Emotionen sind erlaubt. Bloß in der Öffentlichkeit darf ich sie niemals zeigen.

»Wieso?«, frage ich und hoffe, dass er die vorige Frage inzwischen beantwortet hat. Ich gebe mir solche Mühe, doch manchmal bin ich einfach zu dumm für die Gesetze.

»Wir müssen weg«, sagt er, und ich bin erleichtert und erschüttert zugleich. »Weg?«

»Fort. Verstehst du das eher?«

Ich mache die Augen groß. »Ganz fort?«

»Ja.«

»Wann?«

»Jetzt.«

»Jetzt?«, frage ich entsetzt.

Er nickt streng.

Ich überlege, wann ich hierhergekommen bin. Es ist lange, sehr lange her. Und davor?

Schreckliche Erinnerungen prasseln auf mich ein.

»Wohin gehen wir?«, frage ich, obwohl ich mir die Antwort schon vorstellen kann. Aber sie gefällt mir nicht.

»Pack!«, ruft er so laut, dass ich zusammenzucke.

Ich springe auf und tue, was er von mir verlangt.

»Den kleinen Koffer, nicht den großen. Nur das, was nötig ist. Mach schon!«

Ich mache, so schnell ich kann. Ich raffe Unterwäsche zusammen und Kleidung für den Tag, Make-up, Zahnputzsachen, Cremes. Um Reisepass, Telefon und Geld muss ich mich nicht kümmern, das hat alles er.

Im Nu ist der kleine Koffer voll. Dabei gäbe es noch mehr, was ich mitnehmen will. So vieles, an dem mein Herz hängt. Ich bräuchte den großen Koffer. Aber ich weiß, ich darf es nicht ansprechen, geschweige denn mich wehren.

Was nicht Platz hat, werfe ich zurück in den Schrank.

»Wohin, wirst du erfahren, sobald ich es weiß«, beantwortet er die Frage von vorhin.

Meine Beine kribbeln, und ich zittere am ganzen Körper. Ich will nicht weg. Ich liebe die Stadt. Die Wohnung. Mein Leben, wie es jetzt gerade ist.

»Warum müssen wir fort?«

»Du weißt, warum.«

Wir können hierbleiben, solange es sicher ist, sagte er mir immer wieder.

Also sind wir wohl nicht mehr sicher.

»Was war denn?«, flüstere ich fast.

Als ich seine traurigen Augen sehe, erkenne ich es und gebe mir die Antwort selbst: »Das Böse hat uns gefunden.«

Er nickt. Für einen Moment sehe ich seinen Schmerz, wie eine Kerbe in seiner Selbstsicherheit.

Ich werde wütend auf ihn, aber noch mehr auf das Schicksal. Nach all der Zeit hier, dieser glücklichen Zeit, in der ich alle Gesetze befolgte, in der ich alles für uns getan habe, ist das Böse in unser Leben zurückgekehrt.

»Wir müssen jetzt gehen«, sagt er.

Ich kann nicht verhindern, dass mir die Tränen kommen.

»Keine Angst. Ich sorge für dich. Niemand wird dir jemals wehtun.«

»Ich weiß«, wimmere ich.

»Du weißt, ich tue es für dich.«

»Ja.«

Eine Stunde später stehen wir auf dem Bahnsteig und warten auf den Zug. Es ist spät, und niemand kümmert sich um uns. Nichts ist anonymer als ein Bahnsteig. Und nichts kälter. Die Ungewissheit vor dem, was vor uns liegt, fühlt sich an wie ein aufziehender Wintersturm. Mich fröstelt trotz der angenehmen Temperaturen. Ich will schlafen und vergessen.

»Geht es?«, fragt er, und ich nicke.

Ich verberge mein Gesicht, so gut es geht. Ich darf nicht auffallen und habe Angst, dadurch erst recht aufzufallen. Das Böse ist wieder da. Ich weiß nicht, wie das Böse aussieht. Wie es ist. Ich habe ihn mal gefragt. »Du wirst es erkennen, wenn du es siehst«, sagte er da.

Der Zug fährt ein, bleibt stehen, die Türen öffnen sich.

Doch plötzlich schiebt er mich von der Tür weg, dorthin, woher wir gekommen sind. »Schnell!«, zischt er mir ins Ohr.

Angsterfüllt schaue ich zur Seite – und sehe es selbst.

Das Böse.

1

Wenige Stunden zuvor

Die Schlange, die sich vor der Ausgabestelle der *Mission Hamburg* gebildet hatte, war lang. Bis draußen um die Ecke standen sie: Alte, Junge und alles dazwischen. Karla bemerkte, wie sie zu Boden schauten, wenn sie endlich an der Theke waren. Nur selten schaffte es ein Dankeschön, sich gegen den allgemeinen Lärm in der Küche durchzusetzen.

Karla schöpfte ihnen Suppe in die Teller und gab sie weiter an Veronika, die Brot dazulegte und das Essen auf einem Tablett über die Theke reichte.

»Schneller«, drängte Veronika.

»Ich will nichts verschütten«, sagte Karla. Sie bemühte sich vergeblich, ihr mangelndes Talent zu verbergen. Sie konnte weder kochen noch servieren. Und ja, selbst das simple Schöpfen von Suppe konnte eine Herausforderung sein, wenn man es nur als Vorwand benutzte, um hier an der Theke stehen und die Leute beobachten zu können.

Zum Glück schien keiner ihre wahren Absichten zu bemerken. Es war wohl die Scham, die den Bedürftigen den Mut nahm, ihrem Gegenüber in die Augen zu sehen. Scham darüber, auf fremde Hilfe angewiesen zu sein. Das Leben nicht mehr im Griff zu haben. Ohne das Angebot, hier Hunger zu leiden.

Diese Armut zu erleben, berührte Karla mehr, als sie erwartet hätte. Essen war ein ebenso lebenswichtiges Gut wie die Luft zum Atmen. Sich nicht mal die Nahrung leisten zu können, während ringsum Rekordgewinne vermeldet wurden, war doch absurd. Es zeigte das fundamentale Versagen einer Gesellschaft, die bloß behauptete, fortschrittlich zu sein, während sie in Wahrheit auf denselben ausbeuterischen Prinzipien beruhte wie vor hundert oder fünfhundert Jahren.

Karla sah nicht bloß Obdachlose, Süchtige und Kranke. Mit denen hatte sie in der Mission gerechnet. Doch hier waren mehrheitlich ganz normale Menschen versammelt, mit Manieren, gewaschenen Haaren, sauberer Kleidung – und einfach zu wenig Geld, um satt zu werden.

Aber Karla war nicht nach Hamburg gekommen, um die Welt zu retten. Nicht so jedenfalls, wie man es in der Mission Hamburg versuchte. Karla war wegen eines einzigen Menschen hier. Wenn er es denn verdiente, ein Mensch genannt zu werden.

Karla war auf der Suche nach einem *Teufel.*

Seit Jahren war sie auf der Jagd nach ihm. Doch noch nie war sie ihm so nahe wie jetzt. Sie wusste es, alles sprach dafür, und auf ihren Instinkt hatte sie sich immer verlassen können. Hier konnte sie den Teufel förmlich riechen. Wie er aussah, das wussten nur die, die nie mehr in der Lage sein würden, ein Phantombild zu liefern.

Weil sie tot waren.

Karla gab sich Mühe, nicht aufzufallen. Sie spielte die

Rolle der wohlhabenden Städterin, deren Kinder das Nest verlassen hatten und die nun versuchte, die entstandene Leere mit guten Taten zu füllen. Der Leiter der Mission hatte nicht lange nachgefragt, als sie sich ihm heute Nachmittag vorgestellt hatte. Jede helfende Hand sei willkommen, hatte er gesagt und ihr Veronika vorgestellt, die ihr die Arbeit zuteilen würde.

Karla holte unwillkürlich Luft, als ein Mann an die Reihe kam, dessen Gesicht man sich auch auf dem Cover eines Magazins hätte vorstellen können. Kantig, braun gebrannt und glatt rasiert. Auch die Frisur war makellos. Er wirkte noch deplatzierter als viele andere hier. Und dennoch stand er um Suppe an, lächelte sanft, wirkte offen und freundlich.

Die Vorstellung, dass jeder hier der Teufel sein konnte – auch er –, ließ sie frösteln.

»Sie sind neu«, sagte er, wobei er sich zum Reden die Hand vor den Mund hielt.

Karla schwieg.

»Sie kommen nicht von hier, oder?«

»Wer schon«, murmelte Karla. Sie hob die Kelle zum Teller und drehte sie langsam um. Bohnen schwammen in der Brühe, Kartoffeln und Wurstscheiben.

Sie musste ihre Chance nützen. »Steht mir eine Krone auf der Stirn?«, fragte sie und zwang sich, ihm wieder in die Augen zu sehen. Es war die Frage, die er verstehen würde. Wenn er es war.

Er schüttelte verständnislos den Kopf und zog zu Veronika weiter, der er dasselbe Lächeln schenkte und sich anschließend an einen Tisch setzte, wo nur noch ein Platz frei war. Keiner der anderen beachtete ihn.

»Machst du bitte weiter?«, drängte Veronika.

»Verzeihung«, stammelte Karla und füllte den nächsten Teller für eine ältere Frau, die um eine Portion ohne Würstchen bat. Aus dem Augenwinkel sah Karla den nächsten Mann, der in die Schablone passte.

»Steht mir eine Krone auf der Stirn?«, fragte sie auch ihn, als er vor ihr stand.

»Was?«, gab er zurück. Er wirkte erschrocken.

Karla dachte an den Selbstverteidigungsstift in ihrer Hosentasche. Eine Sekunde, dann hatte sie ihn in der Hand. Zwei, und der Typ bekam ihn in die Rippen. Drei, und er lag vor ihr am Boden, fertig zum Abtransport.

Und dann?

Karla wusste, dass ihr Plan Lücken aufwies. Dass sie hier in Deutschland kein Recht hatte zu ermitteln, geschweige denn jemanden festzunehmen, selbst dann nicht, wenn er unter dringendem Tatverdacht stand. Sie würde einem deutschen Beamten nur schwer verklickern können, was sie hier machte und wieso man besser sofort das Bundeskriminalamt einschaltete. Ab einem bestimmten Punkt würde sie improvisieren und auf ihr Glück hoffen müssen.

»Was war das gerade?«, fragte er erneut.

Karla schwieg. Sie hatte es deutlich genug gesagt. Sie stellte sich vor, wie es gewesen sein musste, in diese dunklen, stechenden Augen zu starren. Zu ahnen, dass sie das Letzte sein würden, was man sah, bevor man eiskalt ermordet wurde. Ein Zittern erfasste sie, das sie nicht von sich kannte. Sie, die abgebrühte, hochdekorierte Kriminalbeamtin aus Wien, machte sich hier in Hamburg beinahe in die Hose.

Dann wandte auch er sich ab, nahm sein Essen und suchte sich in aller Ruhe einen freien Platz im Saal, nicht weit von dem anderen entfernt, dem mit dem hübschen Gesicht.

Eine halbe Stunde später hatte sie bereits fünf Verdächtige ausgemacht und allen die gleiche Frage gestellt. Als Nicht-Eingeweihter konnte man sie nur seltsam finden. Der Täter hingegen würde sofort wissen, dass er aufgeflogen war.

Doch danach sah es leider nicht aus …

Bald hatte auch der letzte Wartende seine Mahlzeit bekommen, und der Speisesaal leerte sich zusehends. Karla half, die Teller einzusammeln. Als der Kerl mit dem dunklen Blick aufstand, rempelte sie ihn von der Seite an, scheinbar unabsichtlich, wobei die Teller zu Boden fielen. »Entschuldigung«, murmelte sie und bückte sich. Auch er ging runter und half, die Teile zusammenzusammeln. Genau wie sie gehofft hatte.

»Sie schon wieder«, sagte er.

»Ja, ich.«

»Was sollte denn das mit der Krone und der Stirn? Sehe ich so aus, als wollte ich hier philosophieren oder so?«

Sie hob ihren Blick und starrte ihn an. Aus der Nähe betrachtet waren es bloß die dunklen Augenringe, die ihn böse wirken ließen. Links und rechts davon gab es zahlreiche Lachfältchen, die von einem besseren Leben erzählten.

»Ist so ein Spruch, wo ich herkomme«, behauptete Karla, die wusste, dass man das Aussehen eines Menschen nicht überbewerten durfte. Es gab Mörder mit Engelsgesicht, Mörder mit Gangstervisage und alles dazwischen. »Es wäre doch schön, wenn einem eine Krone auf der Stirn stünde, oder?«, präzisierte sie die Frage und betonte die essenziellen Wörter, um es eindeutig zu machen.

»Ich will Ihnen nicht zu nahe treten, aber möglicherweise haben Sie sich an der Tür geirrt. Das hier ist kein Kaffeekränzchen Ihrer Wohlfühlblase. Keiner, der hierherkommt, verschwendet auch nur einen Gedanken an eine Krone und wo sie geschrieben steht, ob auf der Stirn oder am Arsch!«, sagte er laut genug, um alle hier mithören zu lassen.

Karla wusste längst, dass sie sich in ihm geirrt hatte. »Verzeihen Sie«, murmelte sie und trug die Scherben weg. Die Leute starrten sie an. Im Saal wie hinter der Theke. Immerhin passte sie perfekt ins Rollenklischee der großbürgerlichen Hausfrau, die mit dem Sozialdienst hier bloß ihr Gewissen beruhigen wollte.

Sie würde morgen wiederkommen, und falls nötig auch übermorgen. Irgendwann würde der Teufel hier aufkreuzen, in der Mission, von deren IP-Adresse aus er bereits dreimal Kommentare im Internet veröffentlicht hatte.

Das freie WLAN hier war Teil des Angebots, das Passwort stand auf allen Tischen. Wer kein Geld für einen Datentarif auf dem Handy hatte, war genauso froh darum wie jemand, der nicht gefunden werden wollte.

»Geht es dir gut?«, fragte Veronika, als Karla hinter den Tresen kam, um beim Aufräumen zu helfen.

»Ja, ja, danke. Die Aufregung … und meine Ungeschicklichkeit.«

»Das erste Mal ist immer schwer. Du hast es doch ganz gut gemacht.«

Karla merkte genau, dass Veronika nur höflich sein wollte, und gab ihr ein Lächeln zurück.

Gegen zweiundzwanzig Uhr war endlich alles aufgeräumt. Karla schnappte Mantel und Schirm, verabschiedete sich und ging.

Das Wetter hatte sich gebessert. Sie hob den Kopf und sah den Mond zwischen Wolkenfetzen leuchten. Sie roch die feuchte, kühle Luft, aber auch Öl und Treibstoff, wie man es in Hafennähe erwartete.

Sie hatte Lust, zu Fuß zum Hotel zu spazieren, um den Kopf freizukriegen. Egal, ob es eine Stunde dauerte oder länger. Ihr Zimmer hatte eine Badewanne, in der sie sich hinterher würde aufwärmen können. »Na dann«, sagte sie, schritt los und hatte schnell die ersten zwei-, dreihundert Meter hinter sich gebracht.

Karla ging den Fall noch mal im Kopf durch.

Sie war auf den Tipp eines deutschen Kollegen hin nach Hamburg gekommen. Er hatte ihr den Hinweis auf die IP-Adresse gegeben. Genau wie in ihrer Heimat Österreich waren die Behörden auch in Deutschland viel zu schwerfällig, um schnell genug im Internet auf Spurensuche zu gehen. Besonders plump wurde die Strafverfolgung, wenn es über die Landesgrenzen hinausging, wie in diesem Fall. Bis die entsprechenden Rechtshilfeersuchen bearbeitet waren, war der Teufel längst untergetaucht. Viel leichter war es, selbst auf die Suche zu gehen. Inkognito und inoffiziell, so wie sie es tat. Aber es war auch gefährlicher.

Plötzlich fühlte sie sich unsicher. Sie wollte telefonieren – oder wenigstens so tun als ob. Doch als sie ihr Handy suchte, fand sie es nicht. Sie tastete ihren Mantel ab, dann ihre Hosentaschen. Wann hatte sie es zuletzt gesehen? Hatte sie es in der Mission in die Hand genommen? Sie wusste es nicht mehr.

»Mist!«, schimpfte sie und drehte um. Gott allein wusste, wie oft sie das Ding schon vergessen hatte. Stets hatte sie es wiederbekommen.

Sie brauchte es. Also ging sie zurück und drückte die Klingel an der Mission – erfolglos. Und noch mal, mit demselben Ergebnis.

Das fehlende Handy war ein echtes Problem. Sie hatte keinen Laptop dabei. All ihre Daten, Telefonnummern und Passwörter steckten in dem Telefon. Sie musste gleich morgen früh noch mal hierherkommen.

Als sie sich abwandte und zur nächstgelegenen S-Bahn-Station gehen wollte, hörte sie den Klingelton. *Ihren* Klingelton, den niemand sonst hatte, persönlich eingespielt von ihrer Nichte Anna-Lena, die seit zwei Semestern Klarinette am Mozarteum in Salzburg studierte.

Karla riss den Kopf herum. Schwach leuchtete das Display in den Händen einer fremden Gestalt, die einen Kapuzenpullover trug.

»Hey!«, rief Karla.

Der Dieb rannte los.

»Stehen bleiben!«, schrie sie und folgte ihm, empört über den Undank der Welt. Da rackerte sie sich stundenlang für die Bedürftigen ab, und zum Dank dafür wurde man bestohlen …

Rasch holte sie auf. Sie mochte nicht mehr die Jüngste sein, aber im Hundertmeterlauf ließ sie noch heute alle Altersgenossen und bestimmt auch jüngeres Gemüse stehen. Sie versuchte, den taktischen Kugelschreiber aus der

Hosentasche zu bekommen, was aber nicht ging, während man sprintete.

Kaum zehn Meter trennten sie noch, als der andere einen Haken schlug und an der Freihafenelbbrücke die Treppe zum Ufer hinunter nahm. Der Abstand zu ihm wurde immer kleiner, sie flog förmlich die Stufen nach unten …

Und plötzlich lag sie da. Der Nachhall eines Knalls wummerte in ihren Ohren. Aber sie registrierte nicht viel. Keine Schmerzen, keine Ursache. Nur die Wirkung war ihr bewusst: Sie lag auf dem Boden, und dieser Boden war kalt.

Dann kamen die Farben. Ein regelrechtes Meer davon funkelte plötzlich vor ihren Augen, aufgeregt wie die Millionen Ameisen, die man früher bei schlechtem Empfang auf dem Fernsehbildschirm sah.

»Wie hast du mich gefunden?«, hörte Karla die Stimme im selben Moment, in dem eine Welle von Schmerzen sie überrollte.

»Bitte … ich brauche Hilfe! Ich bin gestürzt«, versuchte sie sich dumm zu stellen.

»Du bist nicht gestürzt. Also? Wie hast du mich gefunden?«, wiederholte der andere.

»Wieso gefunden? Bitte, helfen Sie mir hoch! Behalten Sie in Gottes Namen mein Handy. Aber bitte rufen Sie Hilfe. Schnell!« Karla wusste, dass sie schwer verletzt war. Da war etwas nicht richtig mit ihrem Kopf. Jetzt spürte sie das warme Blut, das über Stirn und Nase lief, in ihren Mund, der das Eisen schmeckte.

Doch das war nicht das Schlimmste. Es durchfuhr sie wie ein Blitz, als sie plötzlich begriff, was diese Frage bedeutete.

Sie hatte den Teufel gefunden. Und war ihm in die Falle gegangen wie eine blutige Anfängerin.

Wenn sie noch eine Chance haben wollte, musste sie sich weiter dumm stellen. »Ich will doch bloß mein Handy wiederhaben!«, schrie sie und schluchzte, ohne es zu wollen.

»Steht mir eine Krone auf der Stirn?«, wiederholte er die Frage, die sie in der Mission gestellt hatte. »Wie kommt man wohl auf so etwas?«

Karla wimmerte. Suchte fieberhaft nach einer Ausrede, die sie nicht fand.

»Okay. Ich zähle jetzt von drei zurück. Bei null bist du tot. Drei.«

»Bitte … ich … bitte nicht …«

»Zwei.«

»Es ist alles ein …«

»Eins.«

Karla nahm alle Kraft zusammen und folgte einer letzten, verzweifelten Eingebung, die tief aus ihrem Unterbewussten an die Oberfläche kam: »Ich will Ihnen doch nur helfen!«

Nichts.

Keine Null, kein Schlag. Nur Hamburger Nacht. Irgendwo ertönte ein Schiffshorn, woanders das Martinshorn der Polizei. Dazu das eigene Keuchen. Und all das Blut, das stumm um Hilfe schrie.

»Wie will jemand wie du mir helfen?«

Verzweifelt klammerte sie sich an den dünnen Faden, der ihr eine letzte Chance bot. »Ich weiß alles«, sagte Karla und bewegte ihre Hand ganz langsam zur rechten Hosentasche. Der andere schien es in der Dunkelheit nicht zu bemerken. Sie zog den Selbstverteidigungsstift heraus und umschloss ihn mit der Faust. »Ich verstehe Sie«, log Karla weiter, »ich will Ihnen helfen, aus der Sache rauszukommen. Alles wird gut. Deshalb bin ich hier.«

»Nichts wird je wieder gut.«

»Es gibt eine Möglichkeit«, sagte sie verzweifelt.

»Öffnen Sie die Augen. Los!«, zischte er.

Etwas wurde hell, ganz nah an ihrem Gesicht. Karla war verwirrt, zwängte die Augenlider auseinander und musste sie gleich wieder schließen, weil ihr Kopf zu explodieren drohte.

»Mach die Augen auf, verflucht!«

Sie versuchte es nochmals – und plötzlich sah sie etwas. Das Display ihres Handys. Das Foto von Anna-Lena, als die noch ein Kind war. Es war ihr Lieblingsfoto. Eine kleine Entschädigung dafür, niemals eigene Kinder bekommen zu haben.

Oben sah Karla das Symbol der Bildschirmsperre – das Vorhängeschloss –, das sich öffnete.

Der andere richtete sich auf und ging etwa zwei Meter weg.

Karla konnte ihn nur schemenhaft sehen, wusste aber, dies war ihre letzte Chance. Mit aller Kraft mühte sie sich auf die Knie, dann auf die Beine. Ihr war schwindlig und schlecht, so entsetzlich schlecht, aber sie schaffte es in die Senkrechte, holte aus ... und spürte bloß, wie der Teufel ihren Arm wegschlug und sie mühelos zu Fall brachte.

»Alles wird wieder gut, ja?«, hörte sie ihn spöttisch sagen. »Wie Frau Oberst Karla Hofbauer aus Wien mir wohl helfen wird, alles wiedergutzumachen?«

Und da war plötzlich wieder Anna-Lenas Klarinettenstück. Doch es kam nicht aus ihrem Handy. Ihr Geist untermalte die letzten Takte ihres Lebens, während der Teufel sein Messer zog, es mit einer eleganten Bewegung ausklappte, sich zu ihr kniete und ihr in einem Zug die Kehle durchtrennte.

2

Das Hotel Dornwald hatte schon bessere Zeiten gesehen.

Bedeutend bessere.

Der Ort, an dem es lag, war ruhig, eingebettet zwischen Bergen, behütet vom Geist einer anderen Zeit.

Es war schon eine Weile her, als sich hier Adel und Großbürgertum ihr Stelldichein gaben. In den Gassen spazierten königliche Hoheiten, Industriemagnaten, Bankiers und andere Sorten betuchter Herrschaften aus aller Welt, die den Einheimischen, die nichts mit dem Tourismus am Hut hatten, wie Besucher von einem fremden Planeten vorkommen mussten. Man feierte rauschende Feste, knüpfte Netzwerke und Seilschaften und nahm wie nebenbei noch die Erholung mit, die der Kurort seinen illustren Gästen bescherte. Zurück ließ man Unmengen von Geld, das – geschickt investiert – dafür sorgte, dass Bad Gastein nur noch glamouröser wurde.

Dann, so unaufhaltsam wie einst die Ablösung der Pferdekutsche durch das Automobil, folgte der Abstieg. Es mochte in den Neunzehnhundertsiebzigern gewesen sein, in manchen Fällen etwas früher, manchmal auch etwas später, dass ein Hotel nach dem anderen seine Pforten schloss. Weil der Ort aus der Mode kam. Weil der Wintertourismus die Sommerfrische ablöste. Weil die Welt nach zwei Vernichtungskriegen ganz allgemein an Glanz verloren hatte. Und weil – Ironie des Schicksals – der Anblick geschlossener Hotels zu weiteren geschlossenen Hotels führte. Bereitwillig streckte die Natur ihre Arme nach den alten Bauten aus, überwucherte sie, stach ihre Wurzeln in jede Ritze und hinterließ eine Atmosphäre von Morbidität und Niedergang.

Seit ein paar Jahren nun versuchte man, dem Ort neues Leben einzuhauchen. Einzelne Hotels wurden renoviert, neue Attraktionen eingeführt und künstlerische Akzente gesetzt. Doch ob man jemals wieder an den Glanz und Glamour vergangener Zeiten würde anschließen können, stand in den Sternen.

Das Dornwald lag mitten im Ortszentrum, unweit des berühmten Wasserfalls, und trotz der zeitlosen Eleganz seiner Architektur hatte die Zeit ihre Spuren hinterlassen.

Das Hotel hatte lange durchgehalten. Länger als die meisten anderen. Gabriel und Franziska Dorn, Hoteliers in vierter Generation, hatten den Betrieb aufrechterhalten, solange es ging, bis weit in ihren Ruhestand hinein. Nachfolger gab es keine. Und so hatte auch das Dornwald 1987 seine Pforten für immer geschlossen.

Wer dem Hotelbau nahe kam, sah ein Bild der Vergänglichkeit: abgeplatzte Farbe, abgebrochenen Stuck, einen verwildert-verwunschenen Garten und zerbrochene Fenster, die notdürftig mit Brettern vernagelt worden waren. Niemand wäre auf die Idee gekommen, dass zwischen diesen Mauern jemand wohnen könnte.

Und doch, so erzählten es sich die Kinder im Ort, war

es so. *Es ist ein Geist*, der dort hauste. Das wussten sie. *Er frisst die Gäste. Kleine Kinder mag er besonders gern.*

Doch jenes Kind, das in diesem Moment die mächtige Steintreppe zum Dornwald hochstieg, glaubte nicht an Gerüchte solcher Art.

Das Kind war immer schon mutig gewesen. *Mutig* – so nannten es die anderen, wenn man nicht an Geister und anderen Hokuspokus glaubte, sondern einfach nur sah, was man sah, hörte, was man hörte, und fühlte, was man eben fühlte. Für das Kind war das, was es gerade tat, keine große Sache.

Was es sich gerade mit geballten Fäustchen weiszumachen versuchte.

Gestern hatten sie – fünf gleichaltrige Freunde aus der Volksschule, die gerne von sich behaupteten, *die Gegend unsicher zu machen* – eine Wette abgeschlossen.

»Ins Dornwald traust du dich nie.«

»Was krieg ich dafür?«

»Du darfst mit meinem Stunt-Scooter fahren.«

»Das ist lahm.«

»Dann sag du.«

»Wenn ich reingehe, will ich deinen Scooter ganz.«

»Für immer?«

»Für immer.«

»Nie im Leben.«

Ein anderer Junge sprang dem Vorschlag bei. »Komm schon, Peter. Dein Vater kauft dir doch sofort einen neuen. Kannst doch behaupten, dass jemand ihn gestohlen hat.«

»Blödsinn. In Bad Gastein gibt's keine Diebe.«

»Ist dir die Sache etwa zu heiß?«

»Ich glaube, Peter will kneifen!«

Als Sohn des Bürgermeisters durfte Peter natürlich nicht kneifen. Und ein Scooter mit Schrammen und abgefahrener Bremse war ein angemessener Preis für den Mut, ins Dornwald zu gehen. Wo ein Geist wohnte, der kleine Kinder fraß.

»Aber ich will einen Beweis. Aus einem der Zimmer ganz oben.«

»Und was soll das sein?«

»Ein Kinderknochen.«

»Du hast sie doch nicht mehr alle.«

»Dann das Telefon. Oder irgendwas, wo man die Nummer des Zimmers sieht.«

»Von mir aus.«

Und so kam es, dass sich das Kind dem Dornwald näherte – und zugeben musste, dass sein Herz viel schneller schlug, als es selbst erwartet hatte. Die Dämmerung hatte bereits eingesetzt, und die Bäume am Eingang waren so hoch, dass sie auch noch alles Restlicht verschluckten. Drinnen war es bestimmt noch viel düsterer.

Aber jetzt gab es kein Zurück mehr. Niemals hätte das Kind gekniffen. Es hatte nämlich mehr zu beweisen als nur seinen Mut.

Weil dieses Kind ein Mädchen war – ein Mädchen namens Lisa Schauer.

Sie erreichte die schwere Eingangstür und sah sofort, dass sie hier nicht durchkommen würde. Eine Kette mit riesigem Vorhängeschloss versperrte das Dornwald von außen. Zum Reinkommen war das schlecht, andererseits zeigte das ja auch, dass echt niemand hier wohnen konnte, von Mäusen vielleicht abgesehen. Aber Lisa mochte Mäuse.

Wie aber sollte sie jetzt ins Dornwald hineinkommen? Vorne ging es nicht. Also schlich sie seitlich an der Fassade entlang, zwängte sich zwischen zwei riesigen Hecken hindurch und huschte an den noch intakten Fenstern vorbei, die bis zum Boden reichten.

Gleich hinter der nächsten Ecke fand sie ihre Chance: Eines der Fenster war zugenagelt. Aber ein Brett stand ab. Lisa brauchte kaum Kraft, um es wegzuziehen. Sorgsam lehnte sie es an die Mauer, mit den Nägeln zur Wand, damit sich niemand daran verletzen konnte. Das Brett oberhalb rührte sich kein Stück, egal, wie sehr sie es versuchte. Aber das untere war locker. Sie zerrte daran, stemmte sich mit den Beinen ab, setzte all ihre Muskeln ein – und hörte, wie sich die Nägel im Brett quietschend aus dem Holz darunter lösten. Dann war der Spalt groß genug für sie.

Lisa holte tief Luft. »Du schaffst das«, sprach sie sich neuen Mut zu, schlüpfte mit dem Kopf zuerst durch die Öffnung, stützte sich drinnen auf dem kalten Steinboden ab, zog die Beine nach – und war drin.

Es ist ein Geist. Er frisst die Gäste. Kleine Kinder mag er besonders gern.

Blödsinn, dachte sie und zwang sich, nicht daran zu denken. Sie lauschte angestrengt ins Dornwald hinein, hörte aber nichts außer ihrem klopfenden Herzen.

Inzwischen hatten sich ihre Augen so weit an die Dunkelheit gewöhnt, dass das wenige Licht, das durch Ritzen und Spalte fiel, zur Orientierung ausreichte. Die Taschenlampe, die zur Standardausrüstung ihrer *Gang* gehörte, wollte sie so wenig verwenden, wie es nur ging. Also blieb sie aus.

Der Saal hier musste mal der Speisesaal gewesen sein, mit all den Tischen und Stühlen.

Die staubige Luft kitzelte ihre Lungen. Aber natürlich durfte sie nicht husten. Keinen Mucks wollte sie machen, bis sie wieder draußen war.

Sie musste ganz nach oben, ins oberste Stockwerk, so war der Deal.

Langsam richtete Lisa sich auf und huschte durch den Saal hinaus in den Eingangsbereich, wo es noch dunkler war. Nun brauchte sie doch ganz kurz die Taschenlampe. Ihr Blick fiel auf die Rezeption mit einer großen Schlüsseltafel dahinter. Um in eines der Zimmer im obersten Stock zu gelangen, benötigte sie einen Schlüssel mit einer hohen Nummer. Die höchsten Nummern waren die mit der Sieben. Und die hingen ganz oben. Lisa streckte sich, kam mit ihren Fingerspitzen aber nur bis zum dritten Stock. Sie fand nichts zum Draufsteigen. Doch dann fiel ihr Blick auf einen Besen. Den schnappte sie sich, legte die Taschenlampe auf die Theke und versuchte, einen der obersten, schweren Messingschlüssel zu angeln, die an gebogenen Haken hingen …

»Mist!«, fluchte sie leise nach dem x-ten Fehlversuch.

Dann endlich: Der Schlüssel zum Zimmer 777 löste sich vom Brett und flog haarscharf an ihrem Kopf vorbei, bevor er scheppernd auf den Steinboden schlug.

Lisa erschrak, schnappte nach Luft und musste husten, vom vielen Staub in der Luft. Sie lauschte kurz. Als nichts geschah, bückte sie sich, nahm den Schlüssel, griff nach der Taschenlampe und schlich zur mächtigen Treppe, die nach oben führte und sich gleich am ersten Absatz in zwei Richtungen gabelte.

Ein Stockwerk nach dem anderen huschte sie nach oben, dankbar für den dicken roten Teppich unter ihren Füßen, der jedes Geräusch verschluckte.

Oben angekommen sah sie, dass dieses Stockwerk noch edler eingerichtet war als alle anderen. Den Abschluss der Steintreppe bewachten zwei mächtige Löwen aus demselben kostbaren Stein wie die Treppe. Lisa erschrak kurz, als das Licht ihrer Taschenlampe auf sie fiel. Dann konzentrierte sie sich wieder auf ihre Mission.

Das Telefon. Oder irgendwas, wo man die Nummer des Zimmers sieht.

Die 777 lag am Ende des Ganges. Gleich war es geschafft. Bloß noch aufschließen, einen Beweis suchen, mitnehmen und ab die Post. Spätestens, wenn sie hier unbeschadet wieder rauskam, würde sie die Mutigste ihrer *Gang* sein und vielleicht bald schon deren Anführerin.

Lisa ging die letzten Meter auf Zehenspitzen. Führte den Schlüssel ins Schloss. Ihn zu drehen, war ganz schön schwer.

Dann legte sie ihre rechte Hand auf die Klinke, drückte sie runter und ...

»Tu das nicht«, hörte sie eine raue, wütende Männerstimme in ihrem Rücken.

Es ist ein Geist. Er frisst die Gäste. Kleine Kinder mag er besonders gern.

3

Der Notruf kam in den frühen Morgenstunden, abgesetzt von einer Joggerin, die viel zu verstört war, um auf Anhieb brauchbare Informationen zu liefern. Erst durch gezieltes Rückfragen gelang es dem Telefonisten, ein verständliches Bild von der Lage zu erhalten.

Eine Frau lag im südlichen Uferbereich an der Hamburger Freihafenelbbrücke. Flach ausgestreckt auf dem Bauch.

»Können Sie den Puls fühlen?«

»Ich weiß nicht ... ich schaffe es nicht. O Gott, sie ist so kalt.«

»Atmet sie?«

»Ich glaube nicht. Sie müssen schnell kommen. Bitte.«

»Hilfe ist unterwegs. Können Sie Verletzungen erkennen?«

»Nein.«

»Sind Sie mit Erster Hilfe vertraut?«

»Nein ... ich kann das nicht. Bitte macht schnell!«

»Sie müssen handeln, bis die Kollegen eintreffen. Keine Angst, Sie können nichts falsch machen. Sehen Sie noch jemanden, der helfen könnte?«

»Nein. Hier ist niemand. Nur ich ... und sie.«

»Drehen Sie die Frau vorsichtig zur Seite und versuchen Sie zu erkennen, ob sie atmet.«

»Ich kann das nicht …«

»Tun Sie es. Jetzt.«

»Warten Sie.«

»Hallo? Hören Sie mich? Was sehen Sie?«

»O mein Gott. Jemand hat sie … ihre Kehle ist … Ich kann nicht … O Gott, sie ist tot! Um Himmels willen, jemand hat sie umgebracht.«

Anderthalb Stunden nach dem Notruf traf Kriminalkommissar Johannes Lorenz am Fundort ein. Die Kollegen auf Streife hatten sich zum Glück darauf beschränkt, alles abzusichern und gleich die Spezialisten vom LKA einzuschalten. Allen voran die forensischen Experten, deren Untersuchungen bereits liefen. Sie hatten ein Zelt über der Leiche errichtet, um diese vor neugierigen Blicken zu schützen und dem Wetter keine weitere Angriffsfläche zu bieten.

Lorenz hatte schon gehört, dass der nächtliche Regen ganze Arbeit geleistet hatte.

»Bringen wir es hinter uns«, sagte er zu sich selbst, wie er es immer tat, wenn sich der innere Schweinehund zu sträuben versuchte, bückte sich und betrat das Zelt, in dem drei Personen in Schutzanzügen arbeiteten.

Eine von ihnen sah Lorenz fragend an.

»Lorenz, LKA Hamburg.«

»Wo ist Stresemann?«, fragte die Frau von der Forensik, die sich gar nicht erst vorstellte. Aber Lorenz kannte sie auch so. Jeder am LKA kannte Sabina Prochnow. Und keiner hatte Bock, mit ihr zu arbeiten.

»Krank.«

»Ach? Also schickt man Sie?«

»So sieht es wohl aus«, sagte Lorenz, der zu angespannt war, um noch an höhere Diplomatie denken zu können. Außerdem hatte er die Leiche gesehen. Aus dem Augenwinkel. Das hatte ihm schon gereicht.

»Die Personalnot muss groß sein«, sagte Prochnow. »Was hat Stresemann denn?«

»Fragen Sie ihn doch einfach.«

»Wie war das?«

»Ich habe keine Ahnung, was er hat. Er ist krank, mehr weiß ich auch nicht. Also, was können Sie mir über die Frau sagen?«

Prochnow sah zur Leiche und seufzte, sagte aber nichts. Zögerlich folgte Lorenz ihrem Blick.

Er spürte, dass ihm schlecht wurde. Er wollte die Sache abkürzen, so gut es ging, am besten, ohne sein Frühstück wiederzusehen.

»Bitte?«, schickte er nach und wusste, dass ihn das Bild vor seinen Augen noch lange beschäftigen würde. Von ihm und seinen Kollegen wurde oft angenommen, dass sie schon Unmengen von Mordopfern gesehen hatten und entsprechend abgebrüht waren. Aber das stimmte nicht. Nicht einmal seinen alten Kollegen Ernst Stresemann ließ es kalt, wenn er einen neuen Mordfall zugeteilt bekam. Er war dann noch stiller als sonst.

»Was würden Sie denn sagen?«, fragte Prochnow. Sie lehrte an der Uni Hamburg, wo angeblich nur zehn Prozent ihrer Studenten die Prüfung auf Anhieb schafften.

Obwohl Lorenz weder ihr Student noch in einer Prüfung war, stieg er darauf ein. »Durchtrennte Kehle.«

»So weit, so offensichtlich. Und?«

Er schaffte es nicht, das Bild in Worte zu fassen. Wie krank musste man sein, um so etwas zu tun?

»Sagen Sie mir, was Sie sehen«, forderte Prochnow, aber Lorenz konnte nicht mehr. Er schaffte es gerade noch aus dem Zelt, bevor er sich ins Wasser der Norderelbe übergab.

Er wusste, das hier war böse und groß. Zu groß für ihn und seinen Magen.

Vielleicht sogar zu groß für Stresemann und das LKA.

4

Simon Dorn erwachte vom Rauschen des Regens. Früher hatte er schlechtes Wetter gemocht. Besonders während der Nachtstunden, wenn man froh war, sich in sein Bett verkriechen und die Welt da draußen sich selbst überlassen zu können. Doch seit er hier im Dornwald lebte, bedeutete der Regen vor allem eines: Arbeit.

Das Dornwald hatte Schwachstellen. Die größte von ihnen war das Dach. Es war das Einfallstor für den Feind Nummer eins: Wasser.

Es regnete stark. Zu stark.

Dorn stieg aus dem Bett, schnappte sich die Baueimer, dazu die halb volle Dose mit dem Dichtmittel sowie einen Pinsel, nahm die große Sturmlampe und verließ sein Refugium im Keller, um auf dem Dachboden des Dornwald nach dem Rechten zu sehen.

Zwangsläufig fiel ihm dieses Kind wieder ein, das er vor wenigen Stunden dabei ertappt hatte, die *Triple Seven Suite* zu betreten. Er hatte es in letzter Sekunde verhindert.

Ausgerechnet die 777.

Vor zwei Jahren hatte er die Suite versperrt und war nie wieder dort gewesen. Manche Räume des Dornwald überließ man besser sich selbst.

»Tu das nicht«, hatte Dorn gesagt, und das Mädchen war zur Salzsäule erstarrt. »Was machst du hier? Wie um alles in der Welt bist du hier hereingekommen?«

Kurz zuvor hatte Dorn ein metallisches Klirren gehört, oben am Empfang, und sofort gewusst, dass einer der Schlüssel runtergefallen war. Das passierte nicht von selbst, so sorgfältig, wie er sie stets zurück an ihren Platz hängte. Also hatte er nachgesehen und gerade noch den hin und her zuckenden Lichtkegel einer Taschenlampe entdeckt. Erst ganz oben hatte sich der Eindringling als vielleicht zehnjähriges Mädchen mit Lockenkopf entpuppt.

»Bitte tun Sie mir nichts.«

»Was suchst du denn hier?«

»Gar nichts.«

»Was willst du ausgerechnet in diesem Zimmer?«

»Ich ... es tut mir leid, bitte ... ich wollte das nicht.«

»Du bist also eingebrochen, hast dir einen Schlüssel genommen und bist die ganze Treppe hochgeschlichen, ohne es zu wollen? Bist du vielleicht eine Schlafwandlerin?«

Als hätte Dorn mit der *Schlafwandlerin* einen Schalter umgelegt, änderte sich der Tonfall des Mädchens. »Bin ich nicht!«, protestierte sie und fuhr herum. Wenn sein Anblick sie erschreckte, so zeigte sie es nicht, im Gegenteil: Sie hob eine Augenbraue, die man mit dem Untertitel *Ach, sieh mal an!* hätte versehen können.

»Dann sag's mir. Was willst du hier?«

Das Mädchen murmelte etwas, das Dorn erst auf Rückfrage verstand. »Ein Telefon.«

Dann hatte sie es ihm erklärt: Sie brauchte einfach einen Beweis, dass sie den Mut gehabt hatte, ins oberste Stockwerk des Dornwald vorzudringen. Obwohl dort ein Geist wohnte, der die Gäste fraß, ganz besonders gern die Kinder.

Dieser Geist war dann wohl er.

Dorn musste zugeben, dass die Kleine wirklich mutig war. Und ganz schön vorlaut, diese Lisa Schauer. Den Namen hatte sie ihm inzwischen anvertraut. »Solltest du nicht um diese Zeit längst zu Hause sein?«, fragte er, als er ihr ein altes Zimmertelefon aushändigte. Nicht aus der 777, sondern aus der Suite daneben.

»Ach, die sind doch noch bei der Arbeit«, sagte Lisa schulterzuckend und nahm das Telefon an sich wie einen kostbaren Schatz.

»Zu niemandem ein Wort, dass wir uns begegnet sind. Hast du gehört?«

Sie nickte. Nur für einen kurzen Moment wirkte sie wie das Mädchen, nach dem sie aussah.

»Und jetzt raus mit dir.«

»Danke.«

»Verschwinde!« Dorn gab sich wirklich Mühe, wie der Hausgeist zu klingen, der kleine Kinder fraß.

Dabei war die Sache überhaupt nicht komisch. Dorn wollte sich nicht ausmalen, was geschehen wäre, hätte er das Mädchen erst später oder gar nicht bemerkt.

Wenn sie die Suite gesehen hätte. Nicht auszudenken ...

Er musste besser aufpassen. Jedes Schlupfloch vernageln. Warnschilder aufstellen. Niemand durfte hier hereinkommen.

Niemand durfte sehen, was Dorn im Dornwald tat.

Aber zuerst musste er dieses verdammte Dach dicht kriegen. Das Wasser war ein Fluch. Stopfte man hier ein Loch, tat sich dort ein neues auf. Handwerker zu bekommen, war nahezu aussichtslos. Also musste er selbst ran.

Im Nu hatte Dorn alle Eimer unter den undichten Stellen verteilt und hätte noch drei weitere brauchen können. Er holte die Leiter, kletterte ins Gebälk, hielt mit einer Hand die Lampe und mit der anderen den Pinsel, dann überstrich er die undichten Stellen mit dem Dichtmittel, so großzügig es ging.

Plötzlich wurde ihm eiskalt. Nicht äußerlich, sondern von innen.

Irgendetwas stimmte nicht. War es wegen des Mädchens? Diese freche Lisa! Hätte er ihr noch mehr Angst einjagen sollen, damit sie nur ja nie wieder zurückkam? Er zitterte vor Kälte. Brütete er einen Infekt aus? Aber bei wem hätte er sich denn anstecken sollen? Kinder waren bekanntlich Virenschleudern, aber die Begegnung mit Lisa war ja erst vor wenigen Stunden gewesen ...

Der Schlüssel, fiel ihm ein.

Der Messingschlüssel zur Triple Seven Suite.

Er tastete seine Hosentaschen ab und fand den Generalschlüssel, aber auch jenen, den er Lisa abgenommen hatte. Das war es wohl. Er hatte vergessen, den Schlüssel an seinen Platz zurückzubringen.

Dorn war nicht abergläubisch. Aber erst wenn alle Schlüssel an ihrem jeweiligen Haken waren, ruhte das Dornwald auch in seinem Kopf.

Als er mit dem Streichen fertig war, stieg er von der Leiter und ging zum Empfang hinunter. Er hielt die Sturmlampe an die Schlüsseltafel und hängte die 777 wieder an ihren Platz.

Doch die Kälte blieb. Dorn ahnte, dass es nichts mit seiner Gesundheit zu tun hatte.

Irgendetwas passierte gerade.

Es war genau wie damals, als seine geliebte Sarah den Unfall hatte, der ihn letztlich hierhergeführt hatte, ins Dornwald.

Aber was, in Gottes Namen, konnte schon von ähnlicher Tragweite sein?

Zitternd ging Dorn die Zimmer an der Tafel durch, in Schleifen von oben nach unten.

Bei Zimmer 302 hielt er inne.

Und wusste plötzlich, was ihm dieses Unbehagen bereitete.

Kurze Zeit später betrat er die 302. Es war kein gewöhnliches Zimmer. Hier gab es weder morsches Mobiliar noch abgewetzte Teppiche – noch irgendetwas, das mit Dorns spezieller Arbeit zu tun gehabt hätte. Es war das einzige Zimmer, das man einem Gast anbieten konnte. Es hatte ein eigenes Bad – keine Selbstverständlichkeit in alten Hotels wie diesem –, dichte Fenster, einen schicken Balkon und sogar einen kleinen Kamin.

Dorn hatte sich dieses Zimmer ausgesucht, nachdem er nach Bad Gastein zurückgekehrt war. Ursprünglich wollte er selbst darin wohnen, und so hatte er es eigenhändig renoviert. Er hatte die Wand zum angrenzenden Etagenbad durchbrochen, was der 302 ein luxuriös großes Badezimmer verschaffte, das Parkett geschliffen, die Wände gestrichen und die besten Möbel und Kunstwerke aus dem Dornwald zusammengesucht, um sie hier zu einem Ensemble zu vereinen, das sich sehen lassen konnte.

Was er fürs Handwerken wissen musste, brachte er sich mit Youtube-Videos bei. Manches musste er zweimal machen, um mit dem Ergebnis zufrieden zu sein. Er hatte Schwielen an den Händen, und abends schmerzte jede Faser seines Körpers. Diese harte körperliche Arbeit war es, die ihn über die ersten Wochen in Bad Gastein trug und am Leben hielt.

Als er dann nach mehreren Monaten fertig war und das Zimmer bezog, erkannte er, dass er es nicht für sich renoviert hatte. Sondern für Sarah.

Doch Sarah war tot.

Dorn war nicht der Behaglichkeit wegen nach Bad Gastein zurückgekehrt. Er hatte einen Ort gebraucht, an dem er sich neu zusammensetzen konnte – sich und seine Welt, die seit Sarahs Tod in Trümmern lag. Zunächst hatte er das Gefühl, die 302 sei dieser Ort. Doch dann hatte er hier im Dornwald schließlich einen Platz entdeckt, der wesentlich besser zu ihm und seinem jetzigen Leben passte als die 302. Die 302 diente fortan als Gästezimmer.

Besser gesagt: als *Gast*zimmer. Seit Jahren beherbergte es nur den einen, immer gleichen Gast. Der eigentlich heute mit der letzten Zugverbindung aus Wien kommen wollte.

Dorn öffnete einen der hohen Fensterflügel und trat ins Freie hinaus. Das Regenrauschen vermengte sich mit jenem des Wasserfalls. Die Luft war kühl, die Straßen und Gassen menschenleer. In Nächten wie dieser fiel die Vorstellung schwer, dass angeblich noch knapp viertausend Leute hier in Bad Gastein ihren Hauptwohnsitz hatten.

»Wo bist du?«, murmelte er und ließ seinen Blick über die Straße zum Bahnhof hochwandern. Er hoffte, einen

Schatten zu erblicken, irgendwas, das ihm Hoffnung gab. Doch da war nichts, nur Leere, Regen und das monotone Rauschen von Wasser.

Dorn rieb sich die Arme, ging ins Zimmer zurück und schloss das Fenster wieder.

Der Gast war nicht gekommen. Wegen dieses Mädchens und seiner Mutprobe hatte er es schlicht vergessen.

Und jetzt? Was war jetzt?

Was schon, raunte die innere Stimme, *tu nicht so, als hättest du vorhin nicht längst im Bett gelegen.*

Er gähnte. Und es stimmte wohl: Von seinem Gast versetzt worden zu sein, erinnerte ihn eher an die Einsamkeit hier, als dass er sich ernsthafte Sorgen machte. Sein Gast hatte schon mehrmals vereinbarte Treffen platzen lassen, ohne ihm vorher Bescheid zu geben.

Aber was war das dann für eine Kälte in ihm?

5

Dass Lea Wagner eine Vorliebe für einsame Seelen hatte, bewahrheitete sich in ihrem Leben stets aufs Neue. Ganz besonders an jenem Tag, an dem sie kurz davor war, gleich zwei dieser einsamen Seelen auf einmal mit zu sich nach Hause zu nehmen.

»Haben wir uns nicht schon mal im Prater gesehen?«, hatte der eine sie tags zuvor gefragt, gleich nachdem sie sich vorgestellt hatten.

Zugegeben: Lea hatte schon wesentlich bessere Anmachsprüche gehört. Aber der Kerl, den sie als Zeugen im Fall Grasberger, einer völlig außer Rand und Band geratenen Wirtshausschlägerei, vernahm, hatte etwas an sich, das sie sofort in den Bann zog. Dabei entsprach er nicht mal Leas Beuteschema. Mike war groß und schmal, die langen Haare glatt, sein Bart war zwischen fünf und zehn Tage alt. Als Gitarrist hatte er am Abend der Schlägerei auf der Bühne gestanden, was ihm den besten Überblick verschaffte. Doch Mike hatte einen lausigen Zeugen abgegeben.

»Sie müssen doch etwas gesehen haben.«

»Du. Sag bitte Du. Sonst fühle ich mich wie siebzig.«

Lea ging nicht darauf ein. »Noch mal: Wer hat angefangen?« Es war die Frage, die sie auf Ersuchen des LKA

Oberösterreich zu klären hatte, in dessen Bundesland sich der Vorfall ereignet hatte.

»Das kann ich unmöglich sagen.«

»Weil Sie es nicht wissen oder weil Sie nicht wollen?«

»Was glaubst du?«

»Hören Sie auf damit.«

»Womit?«

»Mit allem, was Sie gerade tun. Ich bin nicht zum Flirten hier.«

»Wie schade.«

Er war wirklich in keiner Weise ihr Typ. Und doch waren sie irgendwie am nächsten Abend zum Essen verabredet, beim Italiener ums Eck. Dass Lea sich mal wieder eingelassen hatte, lag vor allem daran, dass sie gerade keinen festen Freund hatte und nicht umhinkam, sich ab und zu einsam zu fühlen, trotz ihres Jobs, trotz der Großfamilie, aus der sie stammte, trotz der Tiere und des Hochbeets, um die sie sich kümmern musste.

Und da saßen sie nun beim Italiener ums Eck.

Die letzten zwei Stunden waren viel besser gelaufen, als Lea gedacht hätte. Inzwischen bereute sie es fast, sich nicht hübsch gemacht zu haben. Sie trug ihre Haare zum Pferdeschwanz gebunden und hatte die Alltagskleidung an, in der sie auch die Polizeiarbeit erledigte.

Mike entpuppte sich als wandelndes Musiklexikon. Ein Stichwort reichte, und er sang ganze Passagen, so laut, dass sich alle Köpfe zu ihm drehten. Ihn schien das nicht zu stören. Und genau das gefiel ihr. Sie mochte unkonventionelle Typen ebenso sehr wie unkonventionelle Lösungen für die Herausforderungen des Lebens.

»Also, Fräulein Wagner«, sagte er, »wie geht es jetzt weiter?«

»Kommt ganz darauf an.«

»Worauf?«

»Wozu wir Lust haben.«

Seine Augenbrauen hoben sich. Mit einer so offensiven Ansage hatte er nicht gerechnet. Doch wer Lea näher kannte, wusste, dass man mit ihr jede Menge Spaß haben konnte. Ganz besonders nach einer halben Flasche Chianti.

Lea trank den letzten Schluck Rotwein aus, stellte das Glas selbstbewusst auf den Tisch zurück und sah Mike in die Augen. »Gehen wir?«, fragte sie.

Entgegen ihrer Erwartung blieb sein Blick nicht auf ihr, sondern ging an ihr vorbei, vielleicht auch durch sie hindurch, jedenfalls aber auf die Straße hinaus. »Da ist er wieder«, sagte Mike und klang nicht gerade erfreut.

»Da ist wer?«, fragte sie und wandte sich um, sah aber niemanden. Bloß ...

»Na, er!«

Er ... war Leas zweite einsame Seele an diesem Tag. Wie Mike war er weiß, groß und haarig, und weil Lea seinen richtigen Namen nicht kannte, hatte sie ihn kurzerhand *Buddy* getauft.

»Du meinst Buddy?«

»Du kennst ihn?«

»Ja ... läuft seit ein paar Tagen hier in der Gegend herum.«

»Ohne Halsband.«

»Genau wie du.«

»Was?«

»Du magst keine Hunde, oder?«

»Doch, doch.«

»Aber?«

»Nichts aber. Alles gut.«

»Hör zu, Mike. Lass uns zahlen …«

»Hab ich schon. Bist eingeladen.«

»Oh … danke.«

»Klar. Ich hab ja schließlich jede Menge Frechheiten wiedergutzumachen. Sorry wegen Buddy. Ist bestimmt ganz nett, dein Hund.«

»Er ist nicht mein Hund. Ich nenne ihn bloß Buddy, weil er wie ein Kumpel wirkt.«

»Verstehe. Also, wie geht der Abend weiter?«

Leas Stimmungspendel schwankte zurück zur Abenteuerlust. Ihr letztes Date lag schon einige Zeit zurück. Außerdem war ihre Tierliebe kein Maßstab, den man an einen Typen anlegen konnte. »Lass uns gehen«, sagte sie schließlich.

»Zu mir oder zu dir?«, fragte Mike, als sie draußen waren.

Lea zuckte mit den Schultern. »Egal. Zu mir ist es näher, oder?«

Kichernd eilten sie über die Straße, zu Leas Hauseingang.

Buddy erwartete sie schon.

Lea hatte am Morgen ein paar Wurstscheiben in seiner Nähe *vergessen*, sorgsam darauf bedacht, sich nicht als edle Spenderin zu outen. Weil ein so großer, schöner Hund bestimmt jemandem gehörte und die Enttäuschung programmiert war, sobald er wieder bei seinem Herrchen war.

Aber Buddy schien smarter zu sein, als Lea gedacht hatte.

»Buddy!«, rief Lea zur Begrüßung und hätte ihm am liebsten das Fell durchgewuschelt.

Mike blieb still.

Dafür knurrte der Hund, zuerst leise, dann immer deutlicher. Schließlich fletschte er sogar die Zähne. Das hatte er noch nie getan. Nicht bei ihr jedenfalls.

»Lass uns zu mir gehen«, sagte Mike.

Buddy bellte jetzt.

»Der ist gefährlich. Hat mich schon mal grundlos angefallen.«

»Buddy?«, staunte sie. Lea hatte ihn bislang bloß sanftmütig erlebt.

Aber Buddys Verhalten schien Mikes Worte zu bestätigen. Er nahm eine Position ein, aus der er jederzeit auf Mike hätte losgehen können.

»Tu was!«, forderte dieser plötzlich.

»Ich? Wieso?«

»Du bist doch von der Polizei, oder? Ruf jemanden. Der Köter gehört endlich weg! Was ist, wenn er Tollwut hat!«

Lea glaubte, nicht recht zu hören.

»Okay, Lea, hör zu, ich bin weg. Entweder du kommst mit …«

»Oder«, fiel Lea ihm ins Wort und ließ keinen Zweifel daran, dass der Abend gelaufen war.

Im selben Moment stürmte Buddy los, biss in Mikes Schlabberjeans und zerrte knurrend daran. Jeder, der etwas von Hunden verstand, konnte sehen, dass Buddy ihm bloß Angst machen wollte.

Doch Mike verlor völlig die Beherrschung. »Dreckiges Mistvieh!«, schrie er, holte mit dem freien Bein aus und trat Buddy mit voller Wucht in die Rippen.

Keine Sekunde später war Lea bei ihm.

»Los, hilf mir!«, rief Mike.

Ja, Lea half ihm. Wenn auch ganz anders, als Mike sich das vielleicht vorgestellt hätte.

Sie packte ihn mit beiden Händen und stieß ihn so rigoros von Buddy weg, dass er das Gleichgewicht verlor und vor ihr auf dem Asphalt landete.

6

»Wir möchten Anzeige erstatten«, sagte Erich Seiler, Bürgermeister von Bad Gastein, der seinen Sohn Peter auf die Polizeiwache mitgebracht hatte.

»In welcher Sache?«, fragte der diensthabende Polizist Markus Aschbrenner, der so früh am Morgen noch mit dem Schlafmangel zu kämpfen hatte, den ihm sein Erstgeborener bescherte.

»Diebstahl. Und Entführung.«

Der Polizist wunderte sich über die Priorisierung der vorgebrachten Delikte, sagte dann aber nur »Bitte« und öffnete das Formular am PC.

Bürgermeister Seiler plusterte sich auf. »Beschuldigter ist Simon Dorn.«

Aschbrenner horchte auf. Wenn ein Name in Bad Gastein für Unruhe und nicht enden wollende Spekulationen sorgte, dann war es Simon Dorn. Der Mann, dem der Tod an den Fersen klebte. Seine Mutter war bei der Geburt gestorben. Der Halbbruder starb in Simons Beisein im Pool des Dornwald, als das Hotel bereits leer stand. Und dann der Busunfall beim Schulausflug. Dorn hatte ihn als einziges Kind ohne jeden Kratzer überlebt, während drei seiner Mitschüler, ein Lehrer und der Fahrer tot waren und alle anderen teils schwere Verletzungen davongetragen hatten. Auch Aschbrenner selbst hatte tagelang im Krankenhaus gelegen. Durch den Busunfall waren die Kinder zu einer Schicksalsgemeinschaft geworden. Um Dorn hingegen machten sie alle einen großen Bogen. Und während die anderen zu einer verschworenen Truppe zusammenwuchsen, ließen sie Dorn spüren, dass sie ihm misstrauten – war es doch mehr als seltsam, dass er stets aus allem unverletzt hervorging. Manch einer munkelte sogar, bei Simon Dorn ginge es mit dem Teufel zu.

Trotz allem: Sie waren mal gute Freunde gewesen, er und Simon Dorn. Schon lange hatte Aschbrenner vorgehabt, ihn zu besuchen, ohne es jemals getan zu haben. Erst recht nicht seit der Geburt seines Sohnes, der jede freie Minute einforderte.

»Diebstahl und Entführung?«, wiederholte Aschbrenner und nahm die Finger von der Tastatur. »Peter, ich nehme an, du bist mitgekommen, weil du alles beobachtet hast?«, wandte er sich an den Burschen, der mit roten Wangen neben seinem Vater saß und es nicht schaffte, Aschbrenner anzusehen.

»Ich spreche für mein Kind«, ging Seiler dazwischen.

»Dann tun Sie das, bitte. Was genau ist denn passiert?«

»Herr Dorn hat Lisa Schauer gegen deren Willen im Hotel Dornwald festgehalten. Eine astreine Entführung!«

Aschbrenner ließ die Worte verhallen. »Wie genau ist Lisa denn in Herrn Dorns Gewalt geraten?«

Vater und Sohn schwiegen. Der Bub sah aus, als wollte er sich in sich selbst verkriechen. »Das müssen doch Sie herausfinden«, blaffte der Bürgermeister.

»Das versuche ich gerade. Also. Peter, du hast alles gesehen, oder?«

»Mein Kind sagt kein Wort.«

Langsam reichte es. »Wieso ist er dann mitgekommen?«

»Ihr Ton gefällt mir nicht.«

Der Polizist seufzte. Der aktuelle Bürgermeister von Bad Gastein war bekannt dafür, gern mal mit der Faust auf den Tisch zu hauen. Aschbrenner versuchte, ganz ruhig zu bleiben. »Sie verstehen doch, dass ich Fragen stellen muss, wenn ich etwas erheben will. Wenn Peter dabei war, dann ist auch er derjenige, der Auskunft geben sollte. Also, wie genau hat Herr Dorn Lisa Schauer entführt?«

Wieder sprach der Bürgermeister für seinen Sohn: »Gepackt hat er sie und in seine Bruchbude verschleppt! Während die Kinder friedlich miteinander gespielt haben.«

»Moment: Simon Dorn hat sich außerhalb des Hotels aufgehalten?«

Spätestens jetzt musste den beiden Seilers klar sein, wie absurd ihre Beschuldigung klang. Jeder wusste, dass Simon Dorn niemals das Hotel verließ, seit er vor ein paar Jahren aus Wien hierher zurückgekehrt war. Was Dorn zum Leben brauchte, ließ er sich liefern. Aschbrenner kannte keinen, der ihn seit seiner Rückkehr zu Gesicht bekommen hätte.

Der Polizist sprach weiter: »Sehen Sie es mir nach, Herr Seiler, wenn es mir schwerfällt, mir den Tathergang vorzustellen. Wir müssten jedenfalls alle Zeugen befragen. Und natürlich Lisa. Ich darf davon ausgehen, dass sie wohlbehalten wieder bei ihren Eltern ist?«

Peter nickte. Dann sagte er wie aus der Pistole geschossen: »Nein, das geht nicht.«

»Halt den Mund!«, schimpfte sein Vater und machte eine Geste, als wollte er dem Kind eine runterhauen.

Aschbrenner verlor die Geduld. »Sie sagten, Dorn habe auch etwas gestohlen. Was denn?«

Peter blieb still, offensichtlich eingeschüchtert von seinem Vater. Aber auch dem alten Seiler kam nicht leicht über die Lippen, was entwendet worden sei: »Einen Scooter.«

»Einen Scooter?«

»Einen teuren Scooter.«

»Elektrisch?«

Inzwischen war der Kopf des Bürgermeisters ähnlich rot wie der seines Sohnes. »Nein. Zum Anschieben.«

»Ungefährer Wert?«

»Was spielt das für eine Rolle? Geht ihr neuerdings nur noch Delikten mit teuren Sachen nach?«

Aschbrenner versuchte sich vorzustellen, was Dorn mit einem Kinderscooter wollte. Diese ganze Geschichte war doch absurd.

»Peter, warte mal draußen«, herrschte Erich Seiler seinen Sohn an. Der ließ sich nicht zweimal bitten.

»Also, Herr Aschbrenner. Wie lange sind Sie schon Polizist in unserem Ort?«

Länger, als Sie Bürgermeister sind, dachte Aschbrenner und sagte: »Sie müssen zugeben, dass die Geschichte sehr abenteuerlich klingt. Verlangen Sie allen Ernstes von mir, damit eine Fallakte zu eröffnen?«

»Das werden Sie wohl müssen.«

»Sonst ...?«

Der Bürgermeister biss die Zähne zusammen. Natürlich hatte er kein Weisungsrecht über die österreichische Exekutive. Aber ihm stand dieselbe Allzweckwaffe zur Verfügung wie jedem anderen Staatsbürger auch: die Dienstaufsichtsbeschwerde.

»Herr Seiler, für mich klingt das alles wie ein Missverständnis. Bestimmt taucht der Scooter wieder auf. Wenn Sie wollen, rede ich mit Lisa Schauer, aber ich bin mir sicher, dass Herr Dorn …«

Seilers Schnauben unterbrach Aschbrenner. »Sie sind sich *sicher*? Na, dann ist ja alles fein!«, rief er sarkastisch. »Schön, wenn man weiß, woran man ist. Aber Sie werden Ihr blaues Wunder erleben, das kann ich Ihnen sagen! Dieses Dornwald … ein Schandfleck ist das für Bad Gastein! Das gehört weg und etwas Vernünftiges draus gemacht. Was glauben Sie, wie Bad Gastein ausschaut, wenn Dorns Beispiel Schule macht? Wenn sich alle verkriechen wie die Ratten in den Löchern und nur noch herausschauen, um auf Beutezug zu gehen?«

»Nach kleinen Mädchen und Kinderscootern«, sagte Aschbrenner trocken.

Der Bürgermeister schlug mit der flachen Hand auf Aschbrenners Schreibtisch. »Eine solche Frechheit muss ich mir nicht gefallen lassen. Ich werde Beschwerde gegen Sie einlegen!«, schrie er und sprang auf.

»Moment«, rief der Polizist mit aller Autorität, die man sich als Exekutivorgan im Lauf seines Berufslebens zulegte.

Der Bürgermeister hielt inne und drehte sich langsam um.

»Herr Seiler, es steht Ihnen selbstverständlich frei, sich über mich zu beschweren. Aber dann werde ich dieser Anzeige nach Strich und Faden auf den Grund gehen: Befragung der Kinder, inklusive Lisa Schauer und Ihres Sohnes

Peter, und Vernehmung von Simon Dorn. Sind Sie sich sicher, dass Sie das möchten?«

Seilers Kieferknochen tanzten Fandango. Doch dann verlor er nicht nur an Körperspannung, sondern auch an Lautstärke. »Ich will, dass Sie mit Dorn reden. Bringen Sie ihn zur Vernunft. Keiner will ihn hier haben. Er ist ein notorischer Störenfried.«

»Und gebürtiger Bad Gasteiner. Wie Sie und ich.«

»Der in einer Ruine wohnt und sich jeder vernünftigen Lösung für das Dornwald verschließt.«

Aschbrenner hatte längst kapiert, dass es hier um etwas ganz anderes ging als um Diebstahl und Entführung. Wobei er bloß noch an einem halbwegs versöhnlichen Ende dieser Begegnung interessiert war. »Gut. Reden wir also: Ich mit Dorn. Sie mit Peter. Falls dann immer noch Anlass für eine Anzeige besteht, kommen Sie gerne wieder.«

Bürgermeister Seiler überlegte kurz, nickte dann und verließ Aschbrenners Büro.

Dorn, dachte Aschbrenner, als er wieder allein war.

Ausgerechnet Simon Dorn.

7

Lea Wagner kam gegen acht Uhr dreißig am Bundeskriminalamt an und ließ ihr Fahrrad wie immer unversperrt. Erstens, weil wohl kaum jemand so blöd war, in unmittelbarer Nähe einer der einflussreichsten Polizeibehörden Österreichs einen Diebstahl zu begehen, und zweitens, weil der Anblick ihres Fahrrads eher Mitleidsbekundungen als neidische Blicke auslöste.

Drinnen brachte sie die Sicherheitskontrolle hinter sich, ging in ihr Büro und warf den PC an, in dem eine mehrstellige Anzahl unerledigter Mails und ebensolcher Akten auf sie wartete – völlig unwichtiges Zeug: Anfragen aus den Bundesländern, Ersuchen um Einvernahmen, Assistenzdienste aller Art. Interessante Fälle hatte Lea bisher nicht übertragen bekommen, und die Kollegen hielten sie auf Distanz, als hätte sie eine ansteckende Krankheit. Sie vermisste die Jahre am LKA Wien, wo sie zuletzt auch in Tötungsdelikten ermittelt hatte.

»Habe die Ehre«, grüßte Kollege Stephan Lipowec, der mit seinem Schreibtisch verwachsen zu sein schien. Lea hatte die beiden noch nie getrennt voneinander erlebt. Ihr Bürogenosse werkelte tagein, tagaus an seinem PC, dessen Bildschirm von ihr und dem Rest der Welt abgewandt ins Zimmereck zeigte. Was genau Lipowec da eigentlich machte, hatte sie in ihrer kurzen Zeit hier noch nicht herausgefunden. Vermutlich irgendetwas mit Gewaltverbrechen. Wobei es ebenso sein konnte, dass er einer jener österreichischen Beamten war, die irgendwann abgestellt und vom System vergessen wurden.

»Morgen, Stephan.«

Lea sah ein gelbes Post-it auf ihrem Schreibtisch. Aber nicht nur das. Mehrere Akten lagen zerwühlt da. Zwei Schubladen standen offen, Stifte lagen am Boden. So hätte selbst sie ihr Büro niemals hinterlassen.

»War irgendwas?«, fragte sie.

»Der Chef … war.«

»Oh.«

Lea löste den Haftklebezettel vom Schreibtisch. Ein schlichtes »R« stand darauf. Sie zog die Augenbrauen hoch.

»Rücksprache«, erklärte Lipowec mit rollendem R. »Heißt, der Chef will dich sprechen, und zwar unverzüglich. ASAP, wie's so schön heißt. Außerdem hat er überall die Akte Grasberger, Oberösterreich gesucht. Sollst sie ihm gleich mitbringen.«

Lea verkniff sich einen Kommentar und wunderte sich. Was konnte so interessant an einer banalen Wirtshausschlägerei sein, um zur Chefsache zu werden?

Ein Handgriff, und sie hatte die Akte. »Bis später«, sagte sie zu Lipowec und wunderte sich, dass er auf sein übliches »Habe die Ehre« verzichtete.

Draußen auf dem Gang spürte sie, dass irgendetwas anders war. Es war ruhiger als sonst. Obwohl einige Leute an der Kaffeemaschine warteten, die auf halber Strecke zwischen ihrem Büro und dem des Chefs stand. Normalerweise herrschte hier zu allen Tageszeiten reges Treiben, es wurde viel gescherzt und gelacht.

Aber nicht so heute.

Sie verlangsamte ihre Schritte und beobachtete, wie mehrere Kollegen mit gesenkten Blicken zusammenstanden. Einer von ihnen erkannte Lea, wandte sich aber gleich von ihr ab.

Lea stellte sich zu ihnen. Sie hatte Geheimniskrämerei noch nie ausstehen können, und genau danach sah es gerade aus. »Was ist denn los?«, fragte sie in die Runde.

»Hast du es noch gar nicht gehört?«, fragte einer aus der Wirtschaftskriminalität, dessen Namen Lea nicht behalten hatte.

»Was denn?«

»Das mit der Hofbauer.«

Lea vergaß zu atmen. Mit Karla Hofbauer aus dem CCM – Cold Case Management – verband sie mehr, als die Leute hier wissen durften. »Nein … was ist denn mit ihr?«, fragte sie, während sich ihr Kopf längst auf schlechte Nachrichten einstellte.

»Sie ist tot.«

»Sie ist … was?«

Der Mann seufzte. »Wie es aussieht, wurde sie ermordet. In Hamburg.«

Lea wurde schwindlig. Die Akte Grasberger fiel ihr aus den Händen. Sie spürte Hände, die sie stützten.

Ein Kollege sprach zu ihr, doch seine Worte erreichten sie nicht. Dann registrierte sie, dass es ihr Chef war: »Los, mitkommen, Wagner!«, befahl er barsch und ging in sein Büro voraus.

Lea atmete ein paarmal tief durch, bis sich das Rauschen in ihren Ohren gelegt hatte. Einer hob die Akte auf und drückte sie ihr in die Hand. Dann überließen sie Lea dem Chef.

»Hier ist die Akte, die Sie gesucht haben«, sagte sie kurz darauf und streckte sie Oberst Weiss entgegen. Lea zitterte am ganzen Körper und musste alle Kraft zusammennehmen, um es zu verbergen.

Der Chef schien ihre Verfassung gar nicht zu registrieren, hackte auf seine Tastatur ein und ließ Lea zappeln. Erst nach einer gefühlten Ewigkeit sprach er sie an.

»Was war da los?«, fragte er nur.

»Mein Kreislauf. Ich habe gehört, dass Karla Hofbauer …«

»Das meine ich nicht.«

»Ach. Die Akte war in meinem Büro, direkt auf dem …«

»Auch darum geht es nicht. Nicht direkt, jedenfalls.«

Lea wusste nicht, worauf er hinauswollte. Ihre Gedanken drifteten immer wieder zur toten Kollegin. »Ich habe gehört, Karla Hofbauer sei …«, fing sie an, schaffte es aber nicht, den Satz zu beenden.

Weiss machte eine Geste, als wollte er eine lästige Fliege verscheuchen. »Das ist noch nicht bestätigt. Woher haben Sie das? Ach, ich verstehe. Kaffeetratsch.«

»Aber es stimmt?«

»Wie es aussieht, ja. Kannten Sie sich näher?«

Lea wusste nicht, was sie darauf antworten sollte. Mehrere Abstufungen einer Antwort kamen in Betracht, die alle zutrafen.

Nicht direkt.

Irgendwie, ja.

Näher, als mir lieb war.

Lea nickte bloß.

»Dann mein Beileid.«

»Sie wurde ermordet?«

»Frau Wagner, wir sind nicht für Spekulationen hier. Die deutschen Behörden werden bestimmt gewissenhaft ihre Arbeit machen. Ich muss Sie jetzt in einer anderen Sache sprechen.«

Der Chef klappte die Akte auf, die Lea ihm gebracht hatte. Er sah sie mehrere Minuten lang durch. *Die reine Zeitverschwendung*, dachte Lea. In ihrem Kopf drehte sich alles: War Karla Hofbauer wirklich ermordet worden? Sie musste so rasch wie möglich mehr darüber herausfinden.

»Konkret, in dieser Sache«, sagte er und deutete in die Akte, bevor er Lea mit seinem Blick fixierte.

Und weiter?, lag ihr auf der Zunge. Die Wirtshausschlägerei, in der sie Mike befragt hatte, war genauso langweilig wie die anderen Fälle, die sie bekam.

»Muss ich es wirklich aussprechen?«

»Ich weiß nicht, was Sie meinen.«

»Ach ja?«

Langsam reichte es. Eine Mitarbeiterin des Bundeskriminalamts war ermordet worden, und der Chef gab sich mit Kleinkram ab. »Bitte: Worum geht es hier?«

»Es geht ums Protokoll«, sagte er, zog es aus der Akte und hielt es ihr hin.

»Was ist damit?«

»Glauben Sie nicht, dass Sie eine essenzielle Information ausgespart haben, Frau Wagner?«

»Und die wäre …?«

Er schüttelte verächtlich den Kopf.

Lea hatte ihn noch nie leiden können. Vom ersten Moment an schien er beweisen zu wollen, dass er nicht zu den Vorgesetzten gehörte, die Frauen förderten.

»Also: Von welcher Information sprechen Sie?«, wiederholte Lea fest.

»Sie haben den Zeugen Michael Kistner körperlich misshandelt.«

»Ich habe – was?«

»Miss-han-delt.«

Endlich dämmerte es ihr: Michael *Mike* Kistner hatte sie angezeigt.

Idiot.

Es war einfach lächerlich. Doch das bitterernste Gesicht ihres Vorgesetzten half ihr, ihre Zunge zu zügeln. »Ach, das!«, sagte sie erleichtert und machte eine wegwerfende Geste.

»*Ach das?* Ich höre wohl nicht recht! Was glauben Sie, wo wir hier sind, Wagner?« Oberst Weiss redete sich in Rage. »›Bundeskriminalamt Österreich misshandelt Zeugen‹. Na, wie gefällt Ihnen die Vorstellung von einer solchen Schlagzeile?«

»Das war eine rein private Geschichte«, fiel Lea ihm ins Wort. Sie hätte platzen können. »Was, bitte, hat Kistner denn zur Anzeige gebracht? Und vielleicht mögen Sie meine Version ebenfalls hören, bevor Sie sich Ihr Urteil bilden?«

»Mir gefällt Ihr Ton nicht.«

»Und ich mag keine Vorverurteilung.«

»Dann bitte«, sagte der Chef eisig.

Lea berichtete von der Befragung, von Mikes Avancen, vom privaten Treffen am nächsten Tag und schließlich von Mikes Übergriff auf den Hund, worauf sie einschreiten musste. »Im Übrigen denke ich, dass wir gerade wichtigere Dinge auf dem Tisch haben, oder irre ich mich?«, schloss sie beim Gedanken an Karla Hofbauer ab.

Unglaublich, dass Karla tot sein sollte. Die Frau, die sich so für Lea eingesetzt hatte. Die sie gleich in ihre Abteilung der Cold Cases hatte holen wollen. Die erkannt hatte, dass Lea im Referat 3.2.1 – Gewaltkriminalität – schlecht aufgehoben war. Doch Lea war geblieben. Weil sie kein Typ war, der in die Vergangenheit blickte. Lea mochte den Dienst an der Öffentlichkeit, sie mochte aktuelle Ermittlungen, die Jagd nach dem Täter, das ganze Programm. Das Wühlen in alten Akten war nicht so ihr Ding.

Jetzt war Karla tot.

Ermordet. In Hamburg.

»Ein Hund? ... Ihr Hund«, fuhr der Chef nach langer Pause fort.

Lea brauchte kurz, um in das Gespräch zurückzufinden. »Nein, nicht *mein* Hund. *Ein* Hund.«

»Herr Kistner sagte, es sei Ihr Hund gewesen, der ihn angefallen hat. Sie hätten ihn *Buddy* genannt.«

Die Wut bohrte sich wie ein glühender Pfeil in ihre Brust. *Angefallen.* Davon konnte nun wirklich nicht die Rede sein. Es war so lächerlich. Alles war lächerlich. »Sehen Sie von mir aus im Register nach. Ich habe keinen Hund. Mike ...

Herr Kistner ist völlig grundlos ausgerastet und hat das Tier misshandelt. Ich habe ihn nur gestoppt.«

»Indem Sie ihn mit der Faust ins Gesicht schlagen?«

Für einen Moment verschlug es Lea die Sprache. Sie hatte Mike von Buddy weggestoßen. Das war alles. Danach war Mike ausgerastet.

»Sie bestreiten es also gar nicht?«

»Doch, natürlich bestreite ich es! Ich habe ihn von dem Hund getrennt, sonst nichts! Lächerlich ist das.«

»Sehen Sie mich lachen?«

Meine Güte, was für ein beschissener Oberlehrer. Lea schüttelte den Kopf.

»Gut. Wenigstens Ihre Beobachtungsgabe scheint noch halbwegs intakt zu sein. Fräulein Wagner, wir nehmen die Anzeige von Herrn Kistner sehr ernst. Bis auf Weiteres werden alle Fälle, die Sie aktuell bearbeiten, auf andere Kollegen aufgeteilt. Wenn Ihnen etwas an Ihrer Arbeit liegt, dann gehen Sie jetzt nach Hause. Übers Wochenende verfassen Sie einen Bericht, in dem Sie jedes Detail Ihrer Begegnung mit Michael Kistner darlegen. Am Montag werde ich entscheiden, ob ein Disziplinarverfahren gegen Sie zu beantragen ist. Haben Sie mich verstanden?«

Lea biss sich auf die Zunge. Das war doch wohl ein schlechter Witz. *Karla Hofbauer ist tot. Dafür sollten Sie sich interessieren, Oberst Vollidiot Weiss.*

Doch Lea hielt sich zurück. Weil sie wusste, dass jedes weitere Wort verschwendet war. Und weil es bedeutend Wichtigeres gab. Ohne eine Antwort an den Chef drehte sie sich um und ging.

8

Dorn hatte die ganze Nacht keinen Schlaf gefunden. Warum bloß war sein Gast nicht gekommen? Darüber hatte er genauso gegrübelt wie über den Eindringling von gestern.

Das mit dem Kind hätte nicht passieren dürfen.

Unvorstellbar, hätte Lisa Schauer eines der Zimmer betreten, in denen Dorn seiner Arbeit nachging. Niemand würde verstehen, was er hier machte. In früheren Jahrhunderten hätte man ihn vermutlich gelyncht oder auf dem Scheiterhaufen verbrannt. Und in der Tat: Bei einem Blick auf seinen bisherigen Lebenslauf konnte man durchaus nachdenklich werden. So viele Schicksalsschläge, so viele Tote in seiner unmittelbaren Umgebung. Nur er selbst war immer noch hier.

Das Licht, das nur einen kleinen Teil seines Refugiums im ehemaligen Weinkeller des Dornwald ausleuchtete, verriet Dorn nicht bloß die Uhrzeit, sondern – verbunden mit den Geräuschen, die er hörte – auch die Witterung. Das Wetter hatte sich gebessert, und der Vormittag war schon weit vorangeschritten.

Er sollte langsam in die Gänge kommen. Aber an diesem Tag fühlte er sich leer und antriebslos, weshalb er noch etwas liegen blieb und gedankenverloren an die Gewölbedecke starrte.

Er war ein Nachtmensch. Immer schon. Die Sonne und er waren niemals Freunde geworden. Hin und wieder fand er es schön, ihre Energie im frisch rasierten Gesicht zu spüren. Aber Dorn konnte den Studien nichts abgewinnen, die besagten, dass das Sonnenlicht direkt mit Gesundheit und Lebensglück verbunden sei. Er war niemals krank, und das Glück – was auch immer man darunter verstand – hatte nichts mit der Sonne zu tun, sondern mit dem Ausbleiben von Dunkelheit. Nicht um uns herum, sondern in uns drin. Das hatte er im Laufe seines Lebens schmerzhaft gelernt.

Da hörte er ein Klopfen.

Oder hatte er sich getäuscht? Hätte er es hier unten überhaupt hören können? Wie klang es denn, wenn jemand an die Eingangstür klopfte? Genau so? Oder anders?

Niemand klopfte jemals am Dornwald an. Die Paketlieferanten ließen ihr Zeug einfach liegen, genau wie der Postbote. Besucher gab es nicht. Nur den einen Gast. Aber auch der klopfte nicht an der Vordertür an. Er meldete sich telefonisch, sobald er am Bahnhof war, und Dorn entsperrte den Hintereingang im Hof. Sie trafen sich meist am Empfang, wo Dorn im Stil seines Großvaters stand und den Schlüssel zu Zimmer 302 wie einen Schatz aushändigte.

Vielleicht funktionierte sein Handy nicht? Dorn griff danach. Er hatte keine Anrufe verpasst, und das Netz war so gut oder so schlecht wie immer – zwei von vier Strichen.

Da kam Dorn noch auf eine andere Idee: Lisa Schauer.

Das vorlaute, freche, neugierige Mädchen, das mutig genug gewesen war, den Schlüssel zur Triple Seven Suite zu klauen, und fast hineingelangt war.

Wieder dieses Klopfen. Dreimal, Pause, wieder dreimal.

Es half nichts: Er musste nachsehen. Dorn schwang sich aus dem Bett, kleidete sich eilig an und verließ den Weinkeller. Über die Treppe und die kleine, unscheinbare Tür zwischen Rezeption und Speisesaal betrat er den Empfangsbereich. Licht fiel durch den mittigen Spalt der Eingangstür, die – anders als zu den Glanzzeiten des Dornwald – nun mit Ketten versperrt war.

Wieder klopfte es. Jetzt sah Dorn auch die zwei dunklen, schmalen Schatten zwischen Tür und Boden. *Beine.*

»Ja bitte?«, sagte Dorn, musste sich räuspern und es wiederholen, weil seine Kehle eingerostet war, wie immer, wenn nicht gerade der Gast hier war, sie stundenlang zusammenarbeiteten und die Stimmbänder zum Tagesausklang mit teuren Weinen ölten.

»Herr Dorn?«

Er war seltsam enttäuscht, eine Männerstimme zu hören. »Ja«, sagte er und trat bis auf wenige Zentimeter an den Türspalt heran.

»Simon … ich bin's, Markus Aschbrenner.«

Dorn dachte nach. Der Name sagte ihm etwas. Aber es war lange her. Eine Ewigkeit.

»Wir sind zusammen zur Schule gegangen.«

»Ach. Hallo, Markus.«

»Es stimmt also.«

»Was stimmt?«

»Dass du hier bist.«

»Sonst würde ich nicht antworten.«

Dorn war schlecht im Small Talk. Er sah überhaupt keinen Sinn darin. Stattdessen fragte er sich gerade, weshalb ein ehemaliger Mitschüler ihn besuchen sollte. Wollte man ihn zu einem Schuljubiläum einladen? Dorn zog ein Vierteljahrhundert von seinem Lebensalter ab und landete bei zwölf. Er war zwölf gewesen, als sich dieser schreckliche Unfall ereignet hatte, den nur er unbeschadet überstanden hatte.

»Worum geht's?«, fragte Dorn.

»Willst du nicht aufmachen?«

»Geht nur von außen. Du siehst ja das Schloss und die Kette.«

»Wo kann ich sonst reinkommen?«

»Wozu?«

Aschbrenner atmete hörbar aus. »Ich muss ... ich will mit dir reden. Ich wollte schon die ganze Zeit mal ...« Er brach mitten im Satz ab.

»Was?«

»Bei dir vorbeischauen. Über früher sprechen und so. Alles, was nicht so gut gelaufen ist in der Schule und später im Ort. Du weißt schon.«

»Was weiß ich?«

»Es gibt Gerüchte. Über dich und das Dornwald. Du kannst dir vorstellen, dass du nicht nur Freunde hast.«

»Ist das so?«, fragte er, obwohl er es natürlich wusste. *Nicht nur Freunde* war die Untertreibung des Jahrhunderts.

»Jedenfalls ... ich weiß nicht, ob du's weißt, aber ich bin Polizist. Genau wie du früher, in Wien.«

»Ich war nie Polizist. Nur psychologischer Berater.«

»Kriminalpsychologe. Einer der besten.«

»Wer sagt das?«

»Hab ich mal in einer Zeitung gelesen.«

»Dann weißt du vielleicht auch, wie die Geschichte weitergegangen ist.«

»Ja … tut mir leid, was dir passiert ist.«

»Muss dir nicht leidtun. Bist ja nicht schuld daran.«

»Du hast in Wien deine Frau verloren.«

Dorn kniff die Augen zusammen. Aschbrenners Worte fühlten sich wie ein Dolch an, der ihm ins Herz gerammt wurde. Und das nach all der Zeit, die inzwischen vergangen war.

»Du bist nicht gekommen, um mir nach sieben Jahren dein Beileid auszusprechen, oder?«

»Nicht direkt. Also gut, Simon. Gestern war angeblich ein Kind bei dir. Lisa Schauer.«

Dorn hielt den Atem an. Die Sache war also schon aufgeflogen. Nach so kurzer Zeit. Das war nicht gut. Überhaupt nicht gut.

»Sie war nicht *bei mir*«, korrigierte er.

»Was dann?«

»Sie ist hier eingedrungen. Hat Bretter von einem vernagelten Fenster gelöst und ist hier hereingeschlichen. Eine Art Mutprobe offenbar. Ich habe sie entdeckt und wieder rausgebracht. Das war's.«

»Man sagt, du hättest sie entführt.«

»Entführt? Geht's noch? Wer behauptet das?«

»Bürgermeister Seiler. Er sagt, sein Sohn Peter hat alles gesehen.«

»Hast du mit diesem Peter gesprochen?«

»War nicht möglich.«

»Und mit Lisa?«

»Ist noch in der Schule. Hör zu, es wäre besser, wir könnten unter vier Augen reden. Ich bin auf deiner Seite.«

»Glaub mir, niemand will auf meiner Seite sein.«

»Komm schon, jetzt mach auf. Lass uns wie normale Menschen reden.«

»Ich muss dich nicht reinlassen.«

»Wir waren mal Freunde. Erinnerst du dich?«

Dorn schwieg. Ja, er erinnerte sich. Markus Aschbrenner war einer der wenigen, die nicht aus Hoteliersfamilien stammten. Sein Vater war einfacher Gemeindemitarbeiter. Früher hätte man ihn Straßenkehrer genannt.

Sie hatten sich vom ersten Tag an gut verstanden.

»Kann ich dir irgendwie helfen, Simon?«, fuhr Aschbrenner fort.

»Wobei? Beim Renovieren?«

»Ich meine eher …«

»Mir fehlt nichts«, sagte Dorn, der überhaupt keine Lust hatte, sich von einem Polizisten psychologischen Rat zu holen. »War's das? Ich muss dann weitermachen. Der Regen letzte Nacht. Hier gibt's viele undichte Stellen.«

»Das glaube ich.«

»Sind wir fertig? Oder ermittelst du offiziell gegen mich, Markus?«

»Nein, natürlich nicht. Seiler wollte, dass ich mit dir rede.«

»Was du ja jetzt getan hast.«

»Du weißt, er mag dich nicht.«

Oh ja, das wusste Dorn. Zweifellos wäre es dem Bürgermeister das Liebste, wenn Dorn sein Hotel verkaufte und ein Neubau entstünde, mit dessen Errichtung sich viel Geld verdienen ließe, was wiederum ordentlich Steuern in die Gemeindekasse spülte.

»Sag, über einen Diebstahl weißt du nichts?«, fuhr Aschbrenner fort.

»Welcher Diebstahl?«

»Ein Scooter.«

»Ich habe keinen und vermisse auch keinen.«

»Nein, ich meine … ach, egal. Ich komme morgen wieder und lasse dich wissen, wie die Sache steht. In Ordnung?«

»Von mir aus«, sagte Dorn.

Die zwei Schatten unter der Tür verschwanden, und Dorn war wieder allein. Er lehnte seine Stirn gegen das warme, massive Holz. Er spürte die Maserung und rieb seine Haut daran. Wie befürchtet, entwickelte sich die gestrige Begegnung mit diesem Mädchen zum Super-GAU. Es war ein Fehler gewesen, ihr das Zimmertelefon mitzugeben. Er konnte keine Aufmerksamkeit brauchen.

Nicht bei allem, was sich hier im Dornwald verbarg.

9

Lea Wagner kam in ihr Büro zurück, um die Sachen zu packen. Der Frust, den sie fühlte, war grenzenlos. Sie musste einen Bericht über den Vorfall mit Mike schreiben – übers Wochenende – und sah sich anschließend womöglich mit einem Disziplinarverfahren konfrontiert. Und alles nur wegen dieses Idioten mit Angst vor dem Hund.

»Habe die Ehre«, grüßte Kollege Lipowec so verlässlich wie die Türglocke in einer Bäckerei. »So schlimm?«, fuhr er fort, weil Lea nichts sagte.

»Ziemlich.«

»Gräm dich nicht. Der Chef ist ein Schwammerl.«

Lea hätte gerne gelacht. Lipowec' Personenbeschreibungen waren stets Volltreffer, wobei er seinen trockenen Humor nur jenen zu offenbaren schien, die er mochte.

»Schlimme Sache, mit der Hofbauer«, redete er weiter.

»Du weißt es schon?«, staunte Lea.

»Ich weiß alles.«

»Es heißt, sie wurde ermordet? In Hamburg?«

»Korrekt.«

»Wann?«

»Vorgestern Nacht. Wobei sie erst seit heute früh wissen, dass es Hofbauer war.«

»Und wie wurde sie …?«

»Arg.«

»Stephan?«, sagte Lea so laut, dass kein Zweifel über ihre Stimmungslage bleiben konnte.

Er zuckte mit den Schultern. »Die Kollegen in Deutschland lassen sich nicht in die Karten schauen. Aber es war wohl ziemlich explizit und arg.«

Lea schloss die Augen. *Explizit und arg.* Egal, wie man die Worte interpretierte, sie klangen in jeder Version nach einem grausamen Ende.

»Haben wir sonst noch was darüber?«

»Bedaure … aber ich lass es dich wissen.«

»Danke, Stephan.« Schnell packte Lea ihre Sachen zusammen und verabschiedete sich von ihm.

Lipowec rief ihr noch nach: »Sei unbesorgt: In Österreich stürzt du schlimmstenfalls seitwärts.«

»Außer, du bist eine Frau«, sagte Lea und schaffte das Kunststück, ihren Bürokollegen sprachlos zu machen.

Draußen war das Wetter freundlich, viel freundlicher als die Umstände und Leas Stimmung. Sie hasste es, nach Hause geschickt zu werden. Gerade jetzt musste sie dranbleiben. Herausfinden, wer hinter dem Mord an Karla Hofbauer steckte. Dieser lächerliche Bericht über den Idioten, auf den sie sich dämlicherweise eingelassen hatte … Oberst Weiss konnte sie mal.

Wo war ihr Fahrrad bloß? Sie musste es immer wieder mal suchen, weil sie beim Abstellen meist in Gedanken verloren war. Doch egal, wie oft sie die Fahrradständer abging, an denen sie ihren verrosteten Drahtesel gelassen haben konnte, es blieb ihr verborgen. »Mist, verdammter!«, fluchte sie. Als hätte sie nicht schon genug Probleme am Hals.

Da hörte sie ein Bellen.

Sie drehte sich um und sah Buddy. Als sich ihre Blicke trafen, legte er den Kopf leicht schief.

»Buddy?«

Wie auf Kommando kam er zu ihr und ließ sich hinter den Ohren kraulen. »Was machst du denn hier, hm?«

Für einen Moment waren ihre Probleme weit weg. Doch schnell genug holten sie sie wieder ein: Ihr Chef, der blöde Bericht, das Fahrrad – und auch Buddy konnte zum Problem werden. Über allem schwebte Karlas Tod.

Buddy winselte leise. Was sollte sie denn jetzt mit ihm machen? Hunde mussten angemeldet werden, jemandem gehören. Man konnte sie nicht einfach so behalten, wenn sie einem zuliefen.

Sie ging die Möglichkeiten durch und entschied sich, die nächstgelegene Tierarztpraxis aufzusuchen. Dort würde man bestimmt wissen, was in einem solchen Fall zu tun war. Sie holte ihr Handy heraus und fand über die Navigationsapp einen Veterinärmediziner, den sie in wenigen Minuten zu Fuß erreichen konnte.

»Dann lass uns mal sehen, wie wir mit dir weitermachen«, sagte Lea und ging los, wissend, dass Buddy nicht von ihrer Seite weichen würde.

Bald darauf waren sie dort. Sie läutete, und zusammen betraten sie den Empfangsbereich, in dem mehrere Leute mit ihren Tieren warteten.

Buddy blieb an ihrer Seite. Leas Blick fiel auf ein altersschwaches Kaninchen, eine fauchende Katze in einer Transportbox und einen Hund in Handtaschengröße.

»Wie kann ich Ihnen helfen?«, fragte die Sprechstundenhilfe.

»Dieser Hund hier«, sagte sie, »er ist mir zugelaufen, und ich würde gerne wissen, wie in solchen Fällen verfahren wird.«

Die Frau stand auf und beugte sich über den Tresen, um Buddy anzusehen. »Verfahren? Was meinen Sie?«

»Na ja, ich kann keinen Chip ertasten, und er trägt auch kein Halsband.«

Die Frau ließ sich wieder auf ihrem Drehstuhl nieder und sah drein, als hätte Lea ihr soeben verraten, dass Osama bin Laden im Wartezimmer saß. »Sie haben ihn also gefunden? ... Und da haben Sie ihn einfach so mitgenommen?«

»Ich habe ihn nicht gefunden, er ist mir gefolgt. Was macht man denn in einem solchen Fall üblicherweise?«

Die Frau schüttelte den Kopf. »Na, jedenfalls nicht zu uns kommen. Sind Sie sicher, dass er keinen Chip hat? So ein großer Hund gehört immer jemandem. Bestimmt wird er vermisst.«

»Sie könnten sich ja selbst überzeugen«, sagte Lea, »wegen des Chips. Sie haben doch sicher ein Lesegerät?«

Die andere ging nicht darauf ein. »Ich muss herrenlose Hunde melden«, sagte sie in jenem Tonfall, in dem Richter ihr Urteil verkünden. »Beim Veterinäramt. Die holen die Hunde dann ab und erledigen den Rest.« Lea erschrak, als die Frau entschlossen zum Telefonhörer griff.

»Ich habe es mir anders überlegt«, sagte sie und schwankte

kurz zwischen dem Einsatz ihrer Polizeimarke und einer überstürzten Flucht.

Die Sprechstundenhilfe schüttelte bedauernd den Kopf. »Strikte Anweisung des Herrn Doktor. Wir lassen uns da auf gar nichts ein. Herrenloser Hund, Veterinäramt.«

Lea war klar, dass mit der Frau kein Land zu gewinnen war.

»Danke für nichts«, sagte sie, drehte sich um und ging, wissend, dass Buddy ihr folgen würde.

»Hey, Sie!« war noch das Freundlichste, was sie von der anderen zu hören bekam.

»Wir finden schon eine Lösung für dich«, sagte sie draußen zu Buddy, dem der Trubel nichts anzuhaben schien. Mühelos hielt er mit Lea Schritt, die rasch so viele Meter wie möglich zwischen sich und die Tierarztpraxis bringen wollte. Zweifellos würde das Veterinäramt bald nach einem großen weißen Hund Ausschau halten.

Als sie an einer Frau vorbeikamen, die entfernte Ähnlichkeit mit Karla Hofbauer besaß, kehrte der Mord wieder in ihr Bewusstsein zurück, *explizit* und *arg*, wie Stephan Lipowec es ausgedrückt hatte.

Nein, nach Hause zu gehen, wie ihr Chef das wollte, und einen Bericht zu schreiben, das war definitiv keine Option.

Lea musste jetzt ganz woanders hin.

»Komm, Buddy«, sagte sie und machte noch schneller.

10

Mein Kopf fühlt sich an, als wollte er jeden Moment explodieren. Aber ich darf mich den Schmerzen nicht hingeben. Ich muss sie immer gut verstecken. Weil er sie nicht mag. Und weil er bloß für neue Schmerzen sorgen würde.

Ablenkungsschmerzen, wie er es nennt, wenn er mich fürs Jammern bestraft.

Dabei bin ich ein einziger lebendiger Schmerz. Ich kann nicht mehr sitzen. Ich habe das Gefühl dafür verloren, wie lange wir schon im Auto sind. Fünf Stunden? Oder fünfzehn?

Er ist die ganze Nacht gefahren und war unterwegs dauernd an seinem Handy. Ich hatte große Angst vor einem Unfall. Einmal wären wir tatsächlich fast in einen Lkw gefahren, der auf dem Pannenstreifen stand.

Wir folgen weiterhin der Autobahn nach Süden. Ab und an bemerke ich die Hinweisschilder, die mir sagen, an welcher Stadt wir gerade vorbeikommen. Hannover. Magdeburg. Leipzig. Zu keinem der Orte habe ich einen Bezug. Wie auch, wenn ich noch nie dort gewesen bin.

Ich muss aufs Klo, doch ich sage nichts. Er hat mir den Mund verboten, und was er sagt, ist mein Gesetz.

Ich merke, wie angespannt er ist. Bestimmt muss er alle

Konzentration darauf verwenden, die nächsten paar Kilometer zu schaffen. Und dann?

Ich denke an das Böse, das ich gesehen habe, am Bahnsteig in Hamburg.

Wo ist es jetzt?

Wird es uns finden?

11

Dorn steckte den Schlüssel, den er von der Tafel am Empfang geholt hatte, ins Schloss von Zimmer 103.

Niemals ging er an die Arbeit, indem er einen Raum mit seinem Generalschlüssel öffnete. Jedem Fall seinen Raum, jedem Raum seinen Schlüssel. Dorns Arbeit erforderte stabile Rahmen, innerhalb derer das Unfassbare fassbar werden konnte.

Zwei volle Umdrehungen entsperrten die Tür. Er drückte sie auf und trat ein, ohne dem Inhalt des Raumes seine Aufmerksamkeit zu schenken. Erst wenn die Tür wieder versperrt war, der Schlüssel innen steckte und folglich keiner raus- oder reinkam, konnte die Arbeit beginnen.

Die 103 war kühl. Kühler als sein Raum im Keller und jedenfalls kühler als die renovierte 302, die auf der Südseite lag. Dieses Zimmer ging auf die Rückseite hinaus, zum Garten, an dessen Ende der Felsen steil in die Höhe ragte. Dorn erinnerte sich, dass sein Großvater sich oft über die ungeraden Nummern der unteren Stockwerke beklagt hatte. Die Feuchtigkeit steckte in den Wänden, und es war schwer, für angenehmes Raumklima und Frischluft zu sorgen. Während Bad Gastein in den Dornröschenschlaf versank, wurden hier noch hin und wieder Bustouristen einquartiert, und bereits Jahre vor der endgültigen Schließung wohnte niemand mehr in den hinteren Zimmern. Sie wurden zu Abstellkammern für Zeug, das keiner jemals wieder dort herausholte.

Dorn mochte es, in diesen Räumen zu arbeiten. Er hatte es gerne kühl, und solange es nicht schimmelte, war feuchte Luft besser für die Lungen als trockene. Noch mehr aber schätzte er die Dunkelheit auf dieser Seite des Hotels. Hier konnte er in der Abgeschiedenheit all die Fälle heraufbeschwören, an denen er arbeitete. Nie geklärte Verbrechen, die kein Licht mochten. Täter und arme Seelen, die ihnen zum Opfer gefallen waren, Fakten, Indizien, Vermutungen, Zusammenhänge und Ideen – Dorn wusste: Das alles war flüchtig. Die Wahrheit scheute die Helligkeit genauso wie die elektronischen Medien, sie wollte in der Dunkelheit gefunden und behutsam herausgemeißelt werden, haptisch, fast sinnlich – einem Bildhauer ähnlich, der die Statue aus dem Stein befreite.

Dorn ging zur Mitte des Raumes und stellte sich direkt unter den Leuchter, der schon lange keine intakte Birne mehr hatte. Es fiel gerade so viel Licht durch die undichten Fenster, dass er all die Fotos, Akten, Notizen, Analysen und Skizzen an den Wänden schemenhaft erkennen konnte.

Drei Wände. Drei Opfer bisher.

Langsam begann er, sich gegen den Uhrzeigersinn zu drehen. Jedem der Opfer schenkte er nur ein paar Sekunden.

Er betrachtete die Fotos aus den Ermittlungsakten, die er längst kannte, die Opfer mit den durchtrennten Kehlen, und auf der Stirn das Symbol, das mit so großer Kraft in die Haut geschnitten wurde, dass es sich noch am Stirnbein abzeichnete.

Die Krone.

Die immergleiche Krone mit drei Spitzen.

Drei Opfer in drei Wochen.

Das letzte vor drei Jahren.

Greta Sorge, Graz.

Harald Lechner, Wien.

Birgit Jacobi, Krems an der Donau.

Dorn drehte sich weiter.

Greta, 37, Mechanikerin.

Harald, 48, Arzt.

Birgit, 29, Polizeibeamtin.

Nichts, was sie verband. Keine Herkunft, kein Verein, nicht die Arbeit, nicht der Wohnort. Nur die kaltblütigen Morde. Und die grausame Verstümmelung ihrer Leichen.

Die Krönung.

Greta.

Harald.

Birgit.

Wollte der Täter sie mit der Zeichnung auf der Stirn posthum zu Königen erhöhen? Seine Tat rechtfertigen? Wiedergutmachen? War es ein Hilferuf, ein Verwirrspiel oder bloßes Symptom einer kranken Psyche?

»Warum?«, fragte Dorn in die Stille des Raumes hinein, während er sich immer weiterdrehte und der leichte Schwindel dafür sorgte, dass die Dinge ineinander übergingen, miteinander verschmolzen, eins wurden.

Der Täter schnitt ihnen eine Krone in die Stirn, bis in den Knochen hinein.

Warum mussten sie sterben, wenn sie Könige waren?

Weil sie Könige waren?

Greta, Harald, Birgit.

Dorn drehte sich weiter im Kreis. Nicht schnell, aber stetig.

»Was habt ihr ihm getan, um den Tod zu verdienen?«

Dorn spielte in der Bewegung die Ermittlungsstände durch, ließ jedes Detail Revue passieren, die Gedanken dann auch wieder frei in alle Richtungen strömen.

Jüngst hatte es in dieser Mordserie einen bemerkenswerten Fortschritt gegeben. Ein deutscher Podcast namens *True Crime True Germany* war darauf aufmerksam geworden und hatte eine Folge darüber veröffentlicht. Die Spekulationen über Hintergründe, Tat und mögliche Täter waren haarsträubend, es wurden die wildesten Theorien gesponnen, bis hin zu Okkultismus und übernatürlichen Mächten des Bösen.

Ab dem Punkt hatte Dorn der Sache keine weitere Aufmerksamkeit schenken wollen.

Doch direkt im Anschluss an die erste Ausstrahlung entwickelte sich in den Kommentaren zur Sendung ein Wortwechsel, der Täterwissen offenbarte. Krude Aussagen mit Andeutungen auf Dinge, die nur Polizei und Täter bekannt sein konnten. Hofbauer war darauf gestoßen und hatte Dorn die Kommentare gezeigt.

Interessante Theorien, lautete der erste Eintrag, *aber alle falsch*.

Der Betreiber des Podcasts, der auf sämtliche Rückmeldungen reagierte, schrieb: *Willst du uns erhellen?*

Invictus: *Es ist doch nicht zu übersehen.*

TCTG-Team: *Was meinst du?*

Invictus: *Was auf der Stirn steht.*

Genau dieses Detail war nie öffentlich geworden. Die zahlreichen Presseartikel hatten zwar die brutalen Morde erwähnt, selbst die Tötungsmethode war häufig thematisiert worden, aber von dem, »was auf der Stirn steht«, hatte keiner je berichtet. Ein Leak innerhalb der Reihen der Ermittler? Ein Schuss ins Blaue eines Wichtigtuers? Oder sprach hier tatsächlich der Täter?

Seit dieser neuen Wendung hatte Simon Dorn nichts mehr von Karla Hofbauer gehört.

Er schloss die Augen. Presste die Handballen darauf und versetzte sich nach und nach in ein Universum, in dem alles, was der Täter machte, Sinn ergab.

Die durchtrennten Kehlen …

Die Krönung …

»Ich bin königlich«, rief Dorn in dieses Universum hinein und versuchte, sich in Karla Hofbauer zu versetzen.

Plötzlich tauchte ihr Gesicht vor Dorns innerem Auge auf.

»Bist du königlich?«, fragte Dorn dieses Gesicht.

Es schwieg.

»Bist du es wert, ein König zu sein?«, rief er und fühlte eine Wut, deren Ursprung er jetzt nicht nachgehen konnte, obwohl er ahnte, dass sie mindestens so viel mit ihm selbst zu tun hatte wie mit der Welt des Täters.

Da sah er noch etwas.

Ein Messer. In seiner Hand. Er bewegte es auf Hofbauer zu, an ihren Hals. Dorn wollte sich den Bildern widersetzen, dem Messer einen Widerstand bieten, doch es wanderte immer weiter, legte an, und in einem kraftvollen Zug …

»Nein!«, schrie Dorn mit aller Kraft, holte sich aus der Imagination heraus und stolperte auf die löchrigen Fensterläden des Zimmers 103 zu. Kraftvoll stieß er sie auf.

Farbe platzte ab, Staub und Dreck, Dorn musste husten. Im Garten erhob sich ein Vogel und flog schimpfend davon. Ein Rabe. Der Todesbote, so hatte man früher zu ihm gesagt.

Dorn holte tief Luft und ließ sie wieder raus.

Ruhig. Konzentriere dich. Versuche, es festzuhalten.

Aber die Erkenntnis war stärker als der Drang, sich die Eindrücke aus seiner Sitzung zu vergegenwärtigen.

Karla war gestern Abend nicht zu ihm gekommen, weil sie nicht mehr kommen konnte.

Weil sie tot war?

Aber das konnte nicht sein. Egal, welcher Teil seines Bewusstseins, welcher elektrische Sturm und welche chemische Verbindung in seinem Gehirn die Bilder von Karla Hofbauer ausgelöst hatte: Sie durften nicht wahr sein.

Und doch, das spürte Dorn jetzt mit jeder Faser seines Körpers, waren sie Realität.

Karla hatte den Täter gefunden. Sie hat die Wahrheit erkannt.

Die letzte Wahrheit ihres Lebens.

Was war geschehen? Und wo?

Als er wieder konnte, griff er zu seinem Handy und wählte Hofbauers Nummer. Augenblicklich hörte er ihre Stimme.

»Das ist die Mailbox von Karla Hofbauer. Ich steige gerade durchs Tor zur Welt und bin fallweise verhindert.«

12

Kriminalkommissar Johannes Lorenz saß am Steuer eines zivilen Einsatzwagens des LKA Hamburg. Er hatte den Auftrag, Kollegen Stresemann von seiner Privatadresse abzuholen und mit ihm zusammen die weiteren Ermittlungen im Fall der Frau zu führen, die im Uferbereich der Norderelbe an der Freihafenelbbrücke gefunden worden war.

Lorenz hatte schlecht geschlafen. Der Fall hatte ihm keine Ruhe gelassen. Die Bilder.

Die Krone.

Auffindesituation und der Zustand der Leiche hatten es nötig gemacht, Stresemann aus dem Krankenstand zu holen. Er war als Einziger erfahren genug für Verbrechen dieser Dimension. Lorenz hatte ihn auch nicht lange bitten müssen. Ein paar Details über den Fall hatten ausgereicht.

Als Stresemann aus seinem Haus kam und gebückt auf den Wagen zu hinkte, vermutete Lorenz, dass ihn wohl ein Problem mit dem Bewegungsapparat plagte. Die Hüfte vielleicht oder die Wirbelsäule. *Alles besser als ein ansteckender Patient*, dachte er, der bis eben keine Ahnung hatte, was Stresemann fehlte.

»Moin«, grüßte er, als Stresemann neben ihm saß, und bekam ein Brummen zurück.

»Sollen wir ins Büro?«

»Bringt nichts«, antwortete Stresemann, der sich wie immer so kurzfasste, wie es nur ging. »Zum Fundort, los. Also erzählen Sie.«

Lorenz fuhr an. Er musste ein Gähnen unterdrücken, bevor er ausführlich von der Leiche mit dem Symbol berichtete.

»Eine Krone«, brummte Stresemann.

»Ja. Außerdem konnten wir die Identität der Toten feststellen, obwohl sie keine persönlichen Sachen mehr an sich hatte.«

Lorenz berichtete von der Hotelzimmerkarte, von einer schier endlosen Suche und der glücklichen Fügung, dass eines der Hotels dieser Kette die Möglichkeit hatte, die Daten auszulesen und sie an das richtige Hotel zu verweisen.

»In ihrem Zimmer fanden wir den Dienstausweis des BKA Österreich.«

»BK«, korrigierte Stresemann. »Es sei denn, Sie sprechen vom österreichischen Bundeskanzleramt.«

»Nein, Bundeskriminalamt.«

»Dann BK. BKA Deutschland, BK Österreich.«

Lorenz blieb still. Dass Stresemann sich aufs österreichische Polizeiwesen verstand, hätte er nicht gedacht. Andererseits hatte der Kollege den Ruf, ein wandelndes Lexikon zu sein. Und ein Oberlehrer.

»Sie hat ihren Dienstausweis im Hotel gelassen?«, fragte Stresemann.

»Genau.«

»Warum wohl?«

Lorenz zuckte mit den Schultern. Auch er fand es mehr

als ungewöhnlich, dass sich eine hochrangige österreichische Polizistin hier in Hamburg herumtrieb, ohne irgendeine deutsche Behörde davon in Kenntnis zu setzen.

»Es wäre ja durchaus möglich, dass sie privat hier war. Als Touristin.«

»Blödsinn«, blaffte Stresemann ihn an und ächzte, als er sich am Haltegriff über dem Beifahrersitz in eine andere Position zu ziehen versuchte. »Wäre ein selten dummer Zufall, oder? Sonst etwas im Zimmer gefunden?«

»Nein. Kein Handy, keine Brieftasche, keine Aufzeichnungen. Die Meldung ans BKA ... ich meine ans BK Österreich erfolgte gestern Abend. Wie vermutet gab es keinen Einsatz, von dem sie gewusst hätten.«

»Fachgebiet?«

»Sie meinen Hofbauers? Wurde nicht abgefragt.«

»Wieso nicht?«

Weil ich nicht daran gedacht habe, dachte Lorenz, behielt es aber für sich. »Wird nachgeholt.«

»Hmhm«, brummte Stresemann. »Was sagt Prochnow?«

Lorenz erinnerte sich mit Schrecken an seine zweite Begegnung mit der Forensikerin zurück. Nachdem er beim Anblick der Leiche hatte spucken müssen, war er ein paar Stunden später gleich ins zweite Fettnäpfchen getreten, in der Rechtsmedizin, neben dem Obduktionstisch.

»Was braucht es wohl, um so etwas zu tun«, hatte er unbedarft geplappert, und Prochnow hatte schulterzuckend geantwortet: »Ein Messer. Außer natürlich, Sie meinen die psychische Komponente.«

Lorenz nickte.

»Dann sollten Sie lernen, sich präziser auszudrücken.

Wird Ihnen helfen, wenn Ihnen ein Reporter das Mikro unter die Nase hält. Also, psychisch gesehen, ist es wahrlich nicht leicht, so etwas zu tun. Ob ante oder post mortem, jemandem ein Symbol in die Stirn zu schneiden, Schnitt für Schnitt und mit so großer Kraft, dass es sich am Os frontale abzeichnet, erfordert große Überwindung. Das ist etwas ... Persönliches. Nichts könnte persönlicher sein. Nicht mal Ihr Schwanz.«

Aber davon erzählte Lorenz Stresemann nichts, sondern nur, dass der Schnitt in die Kehle todesursächlich war und alles Weitere posthum geschah.

»Da war doch mal was«, murmelte Stresemann gerade laut genug, um es zu verstehen.

»War was?«

»Eine Serie. Ich glaube sogar, in Österreich. Sind Sie darüber etwa auch noch nicht gestolpert?«

»Wie?«, rutschte Lorenz im selben Moment heraus, als er merkte, dass es ein Fehler war.

»Wie, wie«, blaffte Stresemann los, »soll ich jedem von euch Frischlingen das Händchen halten? Wie wär's mit Telefon? Von mir aus Datenbanken? Wiesbaden? Europol?«

»Ich kümmere mich drum.«

Den Rest der Fahrt blieb der Alte still, und Lorenz ebenso – für diesen Tag hatte er sich schon genug blamiert.

»Was sehen wir uns an?«, fragte Lorenz erst wieder, als sie am Fundort ankamen. Er wusste nicht genau, was sich Stresemann davon versprach. Schließlich war nichts mehr abgesperrt, und der Regen hatte ja schon in der Mordnacht alle Spuren, die es mal gegeben haben mochte, fortgespült.

»Wir putzen die Klinken«, sagte Stresemann und mühte sich aus dem Fahrzeug, blieb gebückt auf der Beifahrerseite stehen und verlangte von Lorenz, ihm ein Foto Hofbauers aufs Handy zu schicken.

»Sie gehen da lang, ich dort«, sagte Stresemann, als er es hatte, und hinkte davon.

Lorenz wollte sich kein weiteres Mal blamieren. Er nahm an, dass sie das Foto herumzeigen und fragen sollten, ob jemand die Frau gesehen hatte. Routinearbeit, die man normalerweise an die uniformierten Kollegen delegierte. Offensichtlich gingen in dem Punkt theoretische Ausbildung und Stresemanns Praxis auseinander.

Der Stadtteil am Fundort war heruntergekommen. Hier hatte die Gentrifizierung noch nicht gewütet. Keine hippen Großstadtbewohner, deren größte Sorge es war, ob sie ihren Latte mit Soja- oder Hafermilch bekamen. Hier prägte der pure Mangel das Straßenbild.

»Guten Tag«, sagte Lorenz zu einer Passantin, die eine Plastiktüte trug, »Lorenz, LKA. Haben Sie diese Frau schon mal gesehen?«

Die andere schüttelte den Kopf, noch bevor sie hingesehen hatte, und ging eilig weiter.

Lorenz warf einen Blick über die Schulter. Stresemann war nicht mehr zu sehen. Das schlechte Gewissen plagte Lorenz. Hätte er gestern besser gearbeitet, *Klinken geputzt*, wie der Kollege sagte, hätte der Alte jetzt nicht mit seinem schlimmen Rücken durch die Gegend ziehen müssen. Andererseits hatte Lorenz immerhin ihre Identität klären können, was bestimmt nicht jedem gelungen wäre. Und er war beim Anblick der Leiche gleich zweimal über seine bisherige Schwelle gestiegen und hatte sich redlich bemüht, an so viele Infos wie möglich zu kommen. Außerdem war erst – verdammt noch mal – ein einziger Tag vergangen, seit die Leiche gefunden worden war.

Lorenz gähnte – und sah den nächsten Menschen, den er fragen konnte. Ein Obdachloser, der seinen voll beladenen Einkaufswagen vor sich herschob.

»Hallo? Guten Tag, Lorenz, LKA. Können Sie mir sagen, ob Sie diese Frau schon mal gesehen haben?«

Entgegen Lorenz' Erwartung ließ der andere sich viel Zeit für eine Antwort und nahm Lorenz das Handy aus der Hand, um das Display bis auf zehn Zentimeter vor seine Augen zu führen. Lorenz sah die schmutzigen Hände und musste sich vor Ekel schütteln. »Ja … das ist doch diese Schauspielerin, nicht wahr? Die mal mit diesem Rennfahrer zusammen war, wie hieß er noch gleich …«

Mehrere erfolglose Versuche später kam Lorenz an einer Kneipe vorbei, die aussah, als könnte man dort zu jeder Tages- und Nachtzeit Alkohol und Ärger haben. Niemals wäre er dort privat reingegangen. Aber für Informationen aus dem Zwielicht schien sie wie geschaffen zu sein.

Die abgestandene, biergeschwängerte Luft raubte ihm fast den Atem. Um nicht mehr Aufruhr zu provozieren als nötig, fing er bei der Frau hinter dem Tresen an, die ihm aber nichts zu Karla Hofbauer sagen konnte. Lorenz fragte sich durch, bis er bei einem Mann ankam, der aussah, als hätte ihn ein seltsamer Zufall hierher verschlagen. Jederzeit hätte man ihn sich auf den Champs-Élysées vorstellen können oder in einer Villa in Bel Air, aber hier?

Lorenz hielt es für ausgeschlossen, dass der deplatzierte

Schickimicki etwas über Hofbauer wusste, und zeigte ihm bloß der Vollständigkeit halber das Bild.

»Lassen Sie mal sehen ... ja, da klingelt was.« Der Mann lächelte, wodurch sich seine schlechten Zähne offenbarten – oben in der Mitte fehlte einer ganz, und fast alle Zähne hatten braune Stellen. »Die habe ich gesehen, ja. Gestern.«

»Gestern?«, wiederholte Lorenz und wollte schon gehen. Dass der Mundgeruch des Typen es schaffte, sich gegen den allgemeinen Gestank durchzusetzen, sprach Bände und stand in krassem Gegensatz zu der attraktiven Erscheinung des Mannes.

»Warten Sie. Nein, es war vorgestern. Vorgestern Abend. In der Mission Hamburg. Sie hat da das Essen ausgegeben. War neu und hatte so einen komischen Dialekt, wie aus Bayern.«

»Österreich?«, fragte Lorenz, dessen Aufregung wuchs.

»Auch möglich. Jedenfalls war sie nicht ganz – Sie wissen schon«, sagte der Mann, machte die Scheibenwischer-Geste und sah Lorenz bedeutungsvoll an.

»Wie meinen Sie das?«

»Na ja: fragt mich irgendwas Komisches, warten Sie – ach ja: ob ihr eine Krone auf der Stirn steht.«

13

Wir sind endlich in einem Hotel. Die Vorhänge sind geschlossen, die Klimaanlage gibt ein leises Rauschen von sich. Das Haus wirkt billig und heruntergekommen. Aber alles ist besser, als weiter in diesem Mietwagen zu sitzen, den wir statt des Zuges nehmen mussten.

Ich habe schlimme Migräne. Ich falle ihm zur Last. Aber er hat sofort alles für mich getan, hat eine Apotheke gefunden, wo ich meine Medikamente bekam.

»Sieh zu, dass du bald wieder auf dem Damm bist. Jetzt schlaf«, fordert er.

Ich schließe die Augen und gebe mir wirklich Mühe, zur Ruhe zu kommen. Aber ich schaffe es nicht. Das Adrenalin wird noch lange in meiner Blutbahn sein. Bis die Tabletten wirken, können Stunden vergehen.

»Ich habe es gesehen. Das Böse«, sage ich. Erst jetzt, in der Sicherheit dieser vier Wände, bringe ich es über die Lippen. Auf dem Bahnsteig hatte ich dem Bösen direkt ins Gesicht gesehen.

»Das – das tut mir leid. Ich wollte dich davor bewahren. Aber jetzt weißt du, wie wichtig die Gesetze sind. Das Böse ruht niemals«, sagt er.

Ich nicke. »Was, wenn es mich eines Tages findet?«

»Das werde ich nicht zulassen«, sagt er mit einer Bestimmtheit, die mir Sicherheit gibt.

»Wo sind wir?«

»Kurz vor Passau. Wir bleiben ein, zwei Tage hier. Schlaf jetzt. Mach dir keine Sorgen.«

Ich wünschte, er würde sich ebenfalls ausruhen. Aber das wird nicht geschehen.

Ich bin unendlich dankbar für die Jahre, die wir in Frieden in Hamburg leben konnten. Man schätzt vieles erst dann, wenn man es nicht mehr hat.

Alles vorbei ...

Irgendwann piept sein Handy. Er lässt mich nicht hinsehen. Er legt einen Schalter an der Seite um, tippt etwas ins Gerät, wartet eine Minute, tippt wieder.

Ein paar Minuten später sieht er auf die Uhr, steckt das Handy weg, sucht ein paar Sachen zusammen und geht.

»Wohin willst du?«, frage ich, als er schon halb draußen ist.

»Bin bald wieder da.«

»Bitte lass mich nicht allein.«

»Ich bringe dir etwas zu essen mit.«

Bitte nicht chinesisch, denke ich, als wäre es wichtig.

Dann ist er fort.

14

Simon Dorn hatte die 103 in aufgewühltem Zustand verlassen und war in den Keller des Dornwald gegangen, in den Weinkeller mit seinen dicken Mauern und den elegant geschwungenen Gewölben, wo die Temperatur selten unter zwölf Grad fiel und kaum je über achtzehn Grad anstieg.

Man hatte den Keller tief in den Hang gebaut. Viele Jahre lang behütete er die kostbarsten Weine und Edelbrände für die Gäste des Dornwald.

Heute gab es bloß noch ein paar Restbestände der edelsten Jahrgänge, welche die Jahrzehnte überstanden hatten. Dorn rührte nichts davon an. Nicht allein jedenfalls. Nachdem seine Frau Sarah gestorben war, hatte er eine Zeit lang versucht, seine Trauer im Alkohol zu ertränken. Aber er hatte schnell gemerkt, dass es nicht funktionierte. Das Einzige, was ihm geholfen hatte, war die Arbeit, die er hier im Dornwald leistete. Hier, geschützt vor dem Leben, das es nicht gut mit ihm meinte, konnte er dazu beitragen, Verbrechen aufzuklären, Opfer zu rächen, Täter zu fassen – aus der sicheren Distanz, nur mithilfe der Zimmer des Dornwald, mit seinen Erfahrungen, mit seiner Vorstellungskraft – und natürlich zusammen mit Karla Hofbauer.

Karla …

Kalt war die Gewissheit, die er im Zimmer 103 erlangt hatte, in einer seiner intensivsten Sitzungen bisher. Doch alles, was er fühlte, blieb abstrakt, solange es keinen Beleg dafür gab. Er brauchte Beweise und hoffte zugleich, sie niemals zu finden.

Was machte ihn nur so sicher, Karla niemals mehr wiederzusehen?

Er konnte sich nicht vorstellen, wie das alles hier ohne sie funktionieren sollte. Ohne sie als Informantin und Verbindung zum BK, ohne ihre Inspiration, ohne das Geld, mit dem sie seine Arbeit bezahlte. Nur mit diesem Geld war es ihm möglich, das Dornwald über Wasser zu halten.

Vergiss das Geld, dachte Dorn. *Mach dir Sorgen um sie, und nicht um deine Zukunft hier.*

Im Dunkel des Weinkellers saß er an seinem altersschwachen PC. Er suchte im Netz nach Nachrichten über Verbrechen oder Unglücksfälle, die irgendwie mit Karla Hofbauers Verschwinden zusammenpassen konnten. Seine Hände zitterten, sodass er ständig die Korrekturtaste benutzen musste, wenn er neue Suchbegriffe eintippte.

Inzwischen ahnte er, was die Botschaft auf ihrem Anrufbeantworter bedeuten sollte.

Das ist die Mailbox von Karla Hofbauer. Ich steige gerade durchs Tor zur Welt und bin fallweise verhindert.

Das *Tor zur Welt* – so wurde die Stadt Hamburg oft genannt. Also wollte Karla Hofbauer ihm mit der Ansage klarmachen, dass sie in den Norden Deutschlands gefahren war?

Fallweise verhindert konnte darauf hindeuten, dass sie an einem Fall arbeitete. An ihrem letzten gemeinsamen Fall?

Aber wieso durfte Dorn es dann nicht wissen? Sie hatten keine Geheimnisse voreinander. Schon gar nicht, wenn es um die gemeinsame Arbeit ging. Und darum ging es immer. Karla hatte kein Privatleben. Sie ging ganz in ihrer Aufgabe auf, genau wie er. Zusammen waren sie unschlagbar.

Es gab nur einen Grund, ihn nicht einzuweihen: weil ihr Vorhaben zu riskant war. Dorn sorgte sich ständig um sie und wollte nicht, dass sie sich in Gefahr begab. Sie musste gewusst haben, dass er es nicht gutgeheißen hätte. Mehr noch: dass er alles getan hätte, um sie von ihren Plänen abzubringen.

Jetzt war sie tot, das spürte er wie eine Gewissheit.

»Karla«, sprach Dorn in die allgegenwärtige Stille hinein. Seine Stimme war rau. Gefühle, die er für gewöhnlich tief in sich verborgen hielt, wollten mit Gewalt an die Oberfläche. Ein weiterer Mensch war tot, der ihm etwas bedeutet hatte. Sein Fluch war zurückgekehrt. Der Fluch, der Dorn dazu verdammte, allein zu bleiben, zum Schutz aller anderen.

Sie war mir zu nah, dachte Dorn und schob es gleich wieder weg. Immerhin bestand die Chance, dass er sich irrte. Dass sein Unterbewusstsein ihm einen Streich spielte. Dass ...

Frauenmord in Hamburg.

Dorns Augen zuckten zur Schlagzeile, die er in der Nachrichtenübersicht sah.

Er hoffte, das Datum würde weit in der Vergangenheit liegen, vielleicht schon Monate zurück – doch die Meldung war topaktuell. Mit klammen Fingern klickte Dorn auf die Schlagzeile, und die Unterseite mit Text und Bild öffnete sich.

Dorns Augen rasteten auf dem Zelt ein, das man im Uferbereich irgendeines Flusses über der Leiche errichtet hatte, um diese vor neugierigen Blicken zu schützen. Die blütenweiße Plane wirkte wie ein Fremdkörper in einer Umgebung, in der sich alles ums Verrotten zu drehen schien: Straße, Mauern, Brücke, Wasser – nirgendwo war Leben, überall Tod.

Viele Sekunden lang schaffte Dorn es nicht, den Text unter dem Bild zu lesen. Er fürchtete jede weitere Bestätigung seiner Vermutung. Denn wenn sie zutraf, dann war Karla Hofbauer eines schrecklichen Todes gestorben, während er hier in der Sicherheit des Dornwald gesessen hatte, in der selbstgefälligen Überzeugung, nichts und niemand könne vernichten, was sie hier geschaffen hatten.

Hab kein Mitleid mit dir selbst, fiel ihm das Mantra ein, das er unzählige Stunden heruntergebetet hatte. Jetzt, nach vielen Jahren, in denen er es nicht gebraucht hatte, war es plötzlich wieder da.

»Hab kein Mitleid mit dir selbst«, sagte er laut und brachte sich damit aus der Schockstarre. Endlich konnte er zum Text übergehen.

Hamburg. Ein neuer Frauenmord hält Hamburg in Atem. Am Freitagmorgen wurde an der Freihafenelbbrücke eine weibliche Leiche entdeckt. Die Identität der Frau konnte geklärt werden, wird jedoch aus ermittlungstaktischen Gründen geheim gehalten. Einer Zeugin zufolge wurde die Tat mit einem Messer ausgeführt. Die Polizei erklärte auf Nachfrage, dass es keinen Migrationsbezug gäbe und das Opfer vermutlich österreichische Staatsbürgerin war. Aufgrund der Brutalität des Verbrechens ist die Presse angehalten, keine Details zum Tathergang zu veröffentli-

chen. Die Fahndung nach dem Täter findet in enger Kooperation zwischen LKA, BKA und den österreichischen Behörden statt.

Dorn holte erst wieder Luft, als das letzte Wort des Artikels in seinem Bewusstsein angekommen war. Seine Hände waren so taub, dass er nicht hätte sagen können, ob die rechte noch auf der Maus lag oder ob sie überhaupt noch mit seinem Körper verbunden war.

Es passte. Alles passte.

Hamburg. Frauenmord. Freitagmorgen. Österreichische Staatsbürgerin. Messer. Brutalität des Verbrechens.

Dass man von Messerdelikten automatisch auf Migrationshintergründe schloss, war typisch für das Revolverblatt, das Dorn niemals freiwillig gelesen hätte. Dass kein weiteres Medium die Nachricht aufgegriffen hatte, deutete auf eine Nachrichtensperre hin. Also war die Sache heiß. Zu heiß für die öffentliche Berichterstattung, zu heiß für konventionelle Ermittlungen.

Alles passte.

Natürlich hätte Dorn versuchen können, jemanden am BK anzurufen, er war dort ja lange genug tätig gewesen. Lipowec vielleicht, dem niemals etwas entging, obwohl er stets bloß an seinem Schreibtisch saß.

Aber Dorn brauchte keine weitere Bestätigung. Er wusste alles, und dieses Wissen machte ihn rasend. Er fühlte Wut, Trauer, Ohnmacht und Sorge – Sorge um sich selbst, die nicht zur Trauer passte, und Ohnmacht, die vorzüglich zur Wut passte. Jedes Gefühl prallte auf ein anderes, löschte es aber nicht aus, sondern machte es bloß mächtiger, bis Dorn nicht länger auf seinem Stuhl sitzen konnte.

Wütend schoss er hoch, packte den Drehstuhl und schleuderte ihn mit aller Kraft gegen das nächstbeste Weinregal. Flaschen gingen zu Bruch, die gut und gerne einen vierstelligen Betrag wert sein mochten. Alkoholdunst erfüllte schlagartig den Raum.

Keuchend und mit geschlossenen Augen stand Dorn in seinem Refugium, das nun plötzlich seiner Grundlage beraubt war.

Karla Hofbauer war nicht bloß eine Ex-Kollegin oder Bekannte gewesen. Sie war der Flaschenhals, ohne den eine Existenz in diesem Haus sinnlos geworden war – und schlichtweg nicht mehr möglich.

Nichts machte Sinn ohne sie.

Wie hatte sie das bloß aufs Spiel setzen können? Das und ihr Leben?

Das ist die Mailbox von Karla Hofbauer. Ich steige gerade durchs Tor zur Welt und bin fallweise verhindert.

Viel zu leicht klangen die Worte, verglichen mit den Folgen, die sie hatten, für Karla, für ihn, für alles, woran sie gearbeitet hatten.

Jetzt musste Dorn den Fall selbst zu Ende bringen.

Und dafür musste er raus.

Raus aus dem Dornwald.

15

Als Lorenz vor dem Gebäude der Mission Hamburg ankam, fröstelte es ihn immer noch von der Zeugenaussage dieses seltsamen Typen in der heruntergekommenen Spelunke.

Er zog den Kragen seiner Jacke höher und musterte das unansehnliche Gebäude vor ihm, das so niedrig war, als wollte es sich ducken. Die graue Fassade schien sich kaum vom Tageslicht erhellen zu lassen. Die Gegend wirkte traurig und erinnerte ihn daran, wie gut er es getroffen hatte, in einer Wohnung leben zu dürfen, die sich seit Generationen im Familienbesitz befand. Nur so war es möglich, überhaupt in Hamburg bleiben und eine eigene Familie gründen zu können.

Vor der Mission hatte sich bereits eine Schlange gebildet. Lorenz sah Gesichter, die vom harten Leben zeugten, aber längst versammelten sich hier auch Menschen, die man überall hätte treffen können. Als er auf den Eingang der Mission zusteuerte, geriet er zunehmend ins Visier der Wartenden.

»Nicht vordrängeln, hörst du?«, zischte eine ältere Frau.

»Keine Sorge«, gab Lorenz zurück und wandte sich der Tür zu, auf der die Öffnungszeiten standen. Man würde wohl erst in einer Stunde öffnen – aber so lange konnte

Lorenz nicht warten. Entschlossen klopfte er an, woraufhin nichts passierte.

Die Leute hinter ihm wurden immer unruhiger. Sie murmelten, und er spürte Blicke, die sich förmlich in seinen Rücken bohrten. Er klopfte erneut, fester, schneller. Im aktiven Dienst hatte er bald gelernt, hartnäckig zu sein. Ohne Beharrlichkeit kam man nicht weiter. Also hämmerte er schließlich mit aller Kraft und ignorierte das Keifen hinter sich.

Endlich ging die Tür einen Spalt weit auf. Ein Mann sah heraus. Seine tief eingefallenen Augen funkelten gereizt. »Wir machen erst in einer Stunde auf.«

Lorenz hielt ihm seine Marke hin. »Lorenz, LKA. Ich würde gern mit dem Leiter der Mission sprechen.«

Der andere runzelte die Stirn. Dann öffnete er die Tür weiter. »Das bin dann wohl ich. Heinrich Pröhl«, stellte er sich vor. »Was gibt es denn?«

»Ich möchte mit Ihnen über eine Mitarbeiterin sprechen, die vorgestern hier in der Mission gearbeitet hat«, erklärte Lorenz.

Pröhl seufzte. »Da sind Sie nicht der Erste«, antwortete er, öffnete die Tür nur so weit, dass Lorenz durch den Spalt passte, und hielt die anderen Wartenden zurück.

Einige Augenblicke später betrat Lorenz das Büro des Leiters der Mission Hamburg. Unvermittelt blieb er stehen – und staunte, als er den Kollegen Stresemann erkannte, der tief in sich versunken dasaß, mit seinem altertümlichen Notizblock in der Hand.

»Da haben Sie aber lange gebraucht«, grüßte Stresemann, ohne von den Notizen aufzusehen.

Der Leiter der Mission ging zu seinem Schreibtisch, nahm Platz und bot Lorenz wortlos den Stuhl neben Stresemann an.

»Ich habe einen Zeugen befragt«, konterte Lorenz und setzte sich. »Hofbauer hat offenbar mehreren Leuten dieselbe merkwürdige Frage gestellt, in der Art, *ob ihr eine Krone auf der Stirn steht.* Unter anderem einem Mann, den ich in einem Lokal in der Nähe getroffen habe.«

Stresemann legte seine Lesebrille ab, wandte sich mit einem schmerzerfüllten Stöhnen Lorenz zu und sah diesem tief in die Augen. »Und diesen Zeugen haben Sie wieder gehen lassen?«

Lorenz war verwirrt, wehrte sich aber sofort: »Ich habe seine Aussage und seine Daten, wie üblich. Er hatte nichts weiter zu berichten. Ich denke nicht …«

»Was Sie denken, ist unerheblich.«

»Hätte ich ihn verhaften sollen, oder was wollen Sie damit sagen?« Lorenz spürte die Wut in sich hochsteigen. Er hatte viel zu wenig Schlaf gehabt, um beherrscht auf Stresemanns Provokationen zu reagieren.

Stresemann starrte wieder in seine Notizen. »Sie hätten ihn mitnehmen sollen. Er könnte uns bei der Klärung der Frage helfen, warum Hofbauer diese seltsame Frage gestellt hat. Wenn er nicht sogar selbst etwas mit dem Mord zu schaffen hat.«

»Wie gesagt, ich habe ja seine Kontaktdaten und werde ihn finden, wenn nötig«, sagte Lorenz, der sich für seinen Fehler selbst hätte ohrfeigen können. Warum hatte er den Typ mit den schlechten Zähnen einfach zurückgelassen?

»Das hoffe ich für Sie, Lorenz.« Damit wandte sich Stresemann wieder dem Leiter der Mission Hamburg zu.

Entgeistert musterte Lorenz seinen alten Kollegen, der mit zusammengekniffenen Augen gegen die Schmerzen ankämpfte, die zweifelsfrei von der Wirbelsäule ausgingen. Sein einschüchternder Blick war jetzt von einem leisen Zittern begleitet.

»Herr Pröhl«, sagte Stresemann, »Sie sagten, dass Frau Hofbauer darum gebeten hat, hier mitarbeiten zu dürfen. Erzählen Sie bitte von Ihrer ersten Begegnung.«

Pröhl lehnte sich in seinem Stuhl zurück, starrte einen Moment lang ins Leere und nickte dann. »Sie kam erst vorgestern Nachmittag. Hier war eine Menge Trubel. Wie immer. Sie schneite herein, wollte helfen, am besten sofort.«

»Erinnern Sie sich, was genau sie gesagt hat?«, hakte Stresemann nach.

Pröhl zuckte mit den Schultern. »Ich erinnere mich nicht an jedes Wort. Sie erwähnte etwas von einer Chance, wollte etwas *zurückgeben*, was auch immer. Sie habe jetzt Zeit und wolle einfach Menschen helfen. Ich überlegte nicht lange und setzte sie bei der Essensausgabe ein, hier ist ja immer viel los.«

»Und wie lief das mit ihr?«

Pröhl schnaubte. »Nicht besonders. Sie war richtig ungeschickt. Hatte kein Gespür für die Abläufe und kein Tempo. Die Leute wurden schnell ungeduldig. Es war klar, dass sie nicht für diese Art von Arbeit geeignet war. So was passiert öfter. Sie wissen schon, Leute wollen Gutes tun, haben aber zwei linke Hände.«

»Das Gegenteil von gut ist gut gemeint«, sagte Stresemann und ließ es wie eine Frage klingen.

Pröhl nickte. »Man darf nicht undankbar sein.«

»Kam Ihnen vielleicht kurz der Gedanke, dass Hofbauer noch eine andere Motivation haben könnte, als zu helfen?«

Pröhl wirkte nachdenklich, schüttelte dann aber den Kopf. »Nein, warum? Ich dachte einfach, sie sei überfordert.«

»Sie war von der Österreichischen Polizei.«

Pröhl erschrak sichtlich. »Polizei?«

Stresemann nickte. »Offenbar ermittelte sie verdeckt – und auf eigene Faust, weshalb wir nichts von ihrem Einsatz wussten. Leider können wir sie auch nicht mehr dazu befragen. Sie ist einem Gewaltverbrechen zum Opfer gefallen.«

»Ich habe es gehört«, sagte Pröhl.

»Dann verstehen Sie bestimmt auch, dass wir weitere Informationen benötigen. Jeden noch so kleinen Hinweis. Bilder, Aufzeichnungen, Aussagen, alles.«

Pröhl hob seine Hände und machte eine abwehrende Geste. »Da gibt es bestimmt nichts. Wir haben keine Kameras und Schriftliches auch nicht. Ich habe Ihnen bereits alles gesagt, was ich weiß.«

»Dann würden wir jetzt gern die anderen befragen.«

»Das dürfte schwer sein.«

»Wieso?«

»Weil keiner hier ist.«

Stresemann wirkte zunehmend ungehalten. »Machen Sie das hier immer so?«, raunte er angriffslustig.

»Was meinen Sie?«

»Einstellen, wen man bekommt, nichts sehen, nichts hören, nichts wissen? Ist das Ihre Art, die Mission zu führen?«

Pröhl machte die Augen schmal und lehnte sich in seinem

Stuhl zurück. Kurz traf sein Blick den von Lorenz, der unsicher zur Seite blickte.

»Ich führe diese Mission, wie es die Umstände erlauben, Herr Kommissar«, erwiderte Pröhl ruhig. »Wir leiden unter permanentem Personalmangel. Glauben Sie vielleicht, es ist leicht, Menschen zu finden, die bereit sind, ehrenamtlich hart zu arbeiten und dabei oft mit schwieriger Klientel umzugehen?«

Stresemann wirkte unbeeindruckt. »Wie sieht es denn mit Ihrer Fürsorge für die Mitarbeiter aus?«, ging er voll auf Konfrontation.

Pröhl schnaubte verärgert. »Sie können mir glauben, ich mache das Beste daraus. Mehr geht nicht. Heute zum Beispiel haben wir wohl keinen einzigen Mitarbeiter hier. Keinen einzigen! Entweder sind sie krank oder im Urlaub, und eine ist einfach nicht aufgetaucht. Schauen Sie aus dem Fenster, Herr Kommissar. Die Schlange wird immer länger. Wenn ich den Ansturm nicht irgendwie bewältige, leidet jeder Einzelne da draußen Hunger. Das hat für mich absolute Priorität.«

Pröhl hatte sich in Rage geredet: »Also glauben Sie mir, Herr Kriminalhauptkommissar, wir sind froh über jede helfende Hand. Und wenn jemand wie Frau Hofbauer kommt und anbietet zu helfen, dann nehme ich dieses Angebot dankend an. Sie können mir vorwerfen, dass ich nicht gründlich genug geprüft habe, wer sie war. Aber das schaffe ich einfach nicht. Im Übrigen darf ich Sie darauf aufmerksam machen, dass das Verbrechen weder in der Mission geschah noch in unmittelbarer Nähe. Wenn Sie mich nun also entschuldigen würden: Ich habe wirklich zu tun. Guten Tag, meine Herren.«

16

Es war früher Nachmittag, als Lea Wagner in einer S-Bahn saß, die sie in den Speckgürtel von Wien brachte. Die Häuser wurden kleiner, die Umgebung dafür üppiger und grüner, bis man kaum noch glauben konnte, sich in direkter Nähe der Metropole zu befinden.

Zu Leas Füßen saß Buddy, für den sie auch noch eine Lösung finden musste. Aber im Moment konnte sie nur an Karla Hofbauer denken und an das, was sie nun vorhatte.

Im Bahnhof Wien Süßenbrunn verließen sie die Bahn. Die Geräuschkulisse hier draußen war anders als in der Stadt. Das Zwitschern der Vögel hatte eine Lautstärke, die fast grotesk wirkte. Selbst den Vögeln ging es besser, wenn ihr Lebensraum nicht von allen Seiten durch Wände begrenzt wurde.

Karla Hofbauers Haus war leicht zu finden. Es war das größte in seiner Straße und beeindruckte schon von Weitem mit seiner Formgebung und den klaren, durchdachten Linien. Man sah sofort, dass hier ein Architekt zeitloses Design geschaffen hatte.

Lea wusste, dass Hofbauer es von ihren Eltern geerbt und sich allein nie richtig wohl darin gefühlt hatte. Doch ein Verkauf war für sie nie infrage gekommen.

Lea schritt durch die Einfahrt auf die Tür des Wohnhauses zu. »Dann wollen wir mal unser Glück versuchen, Buddy«, sagte sie und blickte kurz zum Hund hinunter, der sie erwartungsvoll ansah. »Pass auf. Ich kann zaubern.«

Lea rief sich den Code des elektronischen Türschlosses in Erinnerung, den sie behalten hatte, obwohl sie Hofbauer nur ein einziges Mal bei der Eingabe beobachtet hatte. Der ganze Abend war ihr noch so lebhaft in Erinnerung, als wäre es gestern gewesen.

Sie konnte bloß hoffen, dass Hofbauer die Ziffernkombination nicht geändert hatte. Sie drückte viermal – und hörte, wie das Schloss summte und die Tür freigab.

»Wir haben Glück, Buddy«, sagte Lea, als sie die Tür aufdrückte und Buddy mit hineinließ. Sie wollte verhindern, dass er hier durch die Gegend streunte und die Nachbarn auf sich aufmerksam machte.

Der Eingangsbereich des Hauses wirkte genauso nüchtern und teuer wie der Außenbereich. Alles schien so unnahbar, als würde das Haus seinen Gästen mitteilen wollen, dass sie hier nur störten. Als Lea weiter hineinging, fühlte sie eine Traurigkeit in sich, die mit jedem Gedanken an Karla Hofbauer größer wurde.

Buddy blieb dicht an Leas Seite und winselte leise, als hätte auch er die Stimmung aufgenommen.

Ihr Blick glitt über Wände aus Sichtbeton, an denen Bilder und Erinnerungsfotos hingen. Doch egal, womit Karla Hofbauer versucht hatte, diesem Haus Leben einzuhauchen: Der Kälte ihres Heims schien sie niemals entkommen zu sein.

»Buddy, sitz«, sagte Lea – und der Hund gehorchte.

Lea schritt über den Marmorboden auf eine Wand zu. Ihr Blick verfing sich an den Fotos. Bilder von Karla Hofbauer. Lachend, ernst, mit Freunden, mit Freundinnen, allein.

Sie so lebendig zu sehen, versetzte Lea einen Stich, und automatisch musste sie an ihren letzten Besuch hier denken, vor wenigen Monaten erst …

Es war eine spontane Einladung gewesen und zugleich das erste und letzte Mal, dass sie Karla in deren privater Umgebung erlebt hatte. Lea hatte keine Ahnung gehabt, wie tief sie dabei in das Leben ihrer ehemaligen Kollegin eintauchen würde.

Der ganze Tag war schon seltsam gewesen. Lea war noch frisch am Bundeskriminalamt, als Karla Hofbauer, die erfahrene Cold-Case-Ermittlerin mit legendärer Aufklärungsquote, sie spontan in ihr großes Haus am Rande von Wien einlud – und nach der Arbeit in ihrem E-Klasse-Mercedes mitnahm.

Schon die Einfahrt zum teuren Anwesen hatte Lea beeindruckt. Sie hatte sich sofort gefragt, wie sich eine Polizistin so etwas leisten konnte.

Sie folgte Hofbauer zur Eingangstür und sah genau hin, als der Code in das Tastenfeld eingetippt wurde.

»Schönes Haus«, log Lea, als sie drin waren.

Karla lachte. »Wer es mag. Mein Vater hat es bauen lassen, und ich fühle mich ihm heute noch verpflichtet. Für mich könnte es gern ein, zwei Nummern kleiner sein. Aber es macht wohl Eindruck.«

Mit diesen Worten verschwand Karla. Als sie zurückkam, wirkte sie gelöster, fast entspannt. Sie holte eine

Flasche Champagner aus dem Kühlschrank, mit einem feinen Lächeln auf den Lippen. Sie öffnete die Flasche und schenkte zwei Gläser ein. »Ich bin Karla«, bot sie Lea sogleich das Du an.

»Lea. Worauf trinken wir denn?«

»Darauf, dass wir bald zusammenarbeiten könnten«, antwortete Hofbauer mit einem verschmitzten Lächeln.

Dann rückte sie damit heraus, dass sie Lea ins Cold Case Management holen wolle. Hofbauer habe ihr Talent erkannt und spüre, dass Lea in ihrer aktuellen Abteilung ausgebremst würde – was wohl auch zutraf.

Lea war vollständig überrumpelt. Sie hatte nicht erwartet, so früh ein solches Angebot zu bekommen, und starrte krampfhaft aus dem Fenster in dem Versuch, ihre Verlegenheit vor Karla Hofbauer zu verbergen.

Als sie sich wieder zu Karla drehte, fühlte sie plötzlich deren Lippen auf ihren.

Der Kuss kam völlig aus dem Nichts, aber Lea spürte neben aller Irritation auch eine spontane Lust. Doch im nächsten Moment wandte sie sich ab und sagte: »Es – es tut mir leid, ich bin nicht ...«

»Oh ... ich ...«, stammelte Hofbauer erschrocken, »... ich hatte gedacht, ich hätte ... möglicherweise habe ich etwas missverstanden. Oh, bitte entschuldige, wie dumm von mir.«

»Nein, nein«, entgegnete Lea, »lass uns einfach den Champagner trinken und nicht weiter darüber sprechen.«

Es waren Momente, die Lea bis heute genauso wenig aus dem Gedächtnis gegangen waren wie der Türcode. Sie hatte noch nie eine Frau geküsst, hatte sich immer als hetero empfunden und würde es wohl auch bleiben. Und doch fühlte sie sich Hofbauer seit diesem Kuss auf seltsame Weise nahe und verpflichtet. Bis über deren Tod hinaus. Und dieses Gefühl überrollte sie gerade jetzt, nach Karlas Tod, mit einer unfassbaren Wucht.

Nach dem Kuss und dem anschließenden, ziemlich verkorksten Abend war der Kontakt zwischen ihnen abgebrochen. Obwohl Lea immer wieder versucht hatte, mit Hofbauer ins Gespräch zu kommen.

Jetzt war sie tot.

Lea zog sich Einweghandschuhe über – sie durfte natürlich keine Spuren hinterlassen, geschweige denn welche vernichten, die zum Täter führen könnten. Dann bewegte sie sich leise durch die Räume: das opulente Wohnzimmer, die elegante und viel zu große Küche, die nicht wirkte, als wäre sie oft benutzt worden. Die Geräte waren alt, hatten vor Jahrzehnten aber bestimmt ein Vermögen gekostet.

Im hinteren Teil des Hauses fand Lea dann ein Büro, das weniger abweisend wirkte als der Rest des Hauses. Sie sah sofort, dass Karla regelmäßig hier gearbeitet hatte, was zumindest diesem Raum seine Sterilität genommen hatte.

Hier drin war es ruhig, die Fenster mehrfach verglast und die Luft staubtrocken. In der Mitte stand ein Schreibtisch aus massivem Eichenholz, auf dem sich die Arbeit stapelte. Selbst der Fußboden wurde als Ablage benutzt. Einzig das raumhohe Bücherregal war seltsam leer und beschränkte sich auf kriminalistische Fachliteratur.

Lea setzte sich an den Schreibtisch und begann, durch Karlas Unterlagen zu blättern. Sie fand Versicherungspolicen und Einkaufslisten, dazu jede Menge ungeordneter Belege, Rechnungen für Kleidung, Restaurants, Strom, Telekommunikation – alles unauffällig. An einer Sache blieb sie allerdings hängen: In erstaunlicher Regelmäßigkeit tauchten Fahrbelege der Österreichischen Bundesbahnen auf. Das Ziel war immer dasselbe: Bad Gastein.

»Du mochtest wohl die Sommerfrische«, sprach Lea in die Stille hinein.

Buddy tauchte an der Tür auf und gab neuerlich ein Winseln von sich.

»Aber so oft nach Bad Gastein? So viel Urlaub braucht doch kein Mensch!«, sagte Lea und sortierte die Fahrscheine. Allein vier aus dem letzten Monat.

»Kannst du mir das erklären, Buddy?«, plapperte Lea und sah zum Hund, der den Kopf schief legte.

Gab es womöglich ein weiteres Familienanwesen, um das Karla sich kümmern musste? Eine heimliche Beziehung zu einer Frau, die verheiratet war und sich mit Karla in einem der vielen Hotels dort traf?

Lea wusste, dass die Vorstellungskraft kein guter Ratgeber war, sondern bestenfalls für billige Kitschromane reichte. Sie musste weitersuchen.

Immer wieder fand sie auch Kontoauszüge, die ihr nicht nur Hofbauers üppiges Gehalt verrieten, sondern auch einen Kontostand, der seinesgleichen suchte. Hofbauer kam aus reichem Haus, und bestimmt hatten ihre Vorfahren ihr eine ganze Menge Geld vererbt. Lea war auf niemanden neidisch, der reich war. Aber einen sechsstelligen Kontostand zu sehen, der weder mit einer Eins noch mit einer Zwei begann, das beeindruckte Lea dann doch.

Immer wieder fand Lea hohe Bargeldbehebungen auf den Auszügen, einmal zweitausend Euro, einmal dreitausend, immer gerade Summen, in gleichbleibenden Zeitabständen.

Wie die Fahrten nach Bad Gastein …

Lea verglich die Daten der Zugtickets mit jenen der Geldauszahlungen und stellte fest, dass Hofbauer immer am Tag vor einer Fahrt oder direkt an diesem Tag zur Bank gegangen war, um sich die Summe auszahlen zu lassen.

Um diese nach Bad Gastein mitzunehmen …

Gab es ein Spielcasino in Bad Gastein? Fanden dort, hinter all den alten Hotelfassaden, etwa anonyme Glücksspiele statt? Steckte hinter Hofbauers Fahrten eine Spielleidenschaft, vielleicht sogar eine Sucht, die sie in Wien nicht ausleben konnte?

Nur so viel war sicher: Es wurde immer interessanter. Lea musste weitermachen. Tiefer schürfen. *Da ist noch mehr*, das wusste sie – und es dauerte nicht lange, bis sie klarer sah: Beim Durchforsten der Schubladen fand sie eine Akte aus dem Bundeskriminalamt – oder besser: eine Kopie.

Lea las den Abteilungsnamen CCM – Cold Case Management. Karlas Abteilung.

Beim Durchblättern stockte ihr der Atem. Die Namen der Opfer – Greta Sorge, Harald Lechner, Birgit Jacobi – waren vermerkt, viel eindrücklicher waren aber die Fotos. Lea sah auf der Stirn der Opfer eine Krone, tief hineingeschnitten in die Haut. Als wäre der Mord noch nicht genug.

Explizit und *arg*, fielen ihr die Worte ein, mit denen Stephan Lipowec den Tod Karla Hofbauers beschrieben hatte. Explizit und arg waren auch die Tötungsdelikte in der Aktenkopie. Reihte sich der Mord an Hofbauer in diese Serie ein?

Buddys Bellen riss Lea aus den Gedanken. Er trottete langsam auf sie zu. Dabei blieb ihr Blick am Papierkorb hängen, in dem ein einzelnes, zusammengeknülltes Blatt war.

Lea beugte sich darüber, nahm das Papier heraus, strich es glatt und las mehrere Entwürfe einer Botschaft, die immer dieselbe zu sein schien, bloß anders formuliert. Manche Zeilen waren durchgestrichen, andere hervorgehoben, indem Karla sie unterstrichen hatte.

Hoch im Norden, ~~auf Wassers Wogen~~, tauche ich zeitweise ab
> spiele mit dem Feuer?
Elbe, Elbstrom, Hochspannung, ~~gefährlicher Tanz ins Abseits?~~
~~Drahtseilakt auf der Agenda~~
Tor zur Welt
Hafenstadt, Spiel mit hohem Einsatz
Wasserstraßen, Sprung ins kalte Wasser
~~Sporadisch~~ fallweise verhindert
Alte Speicher, riskanter Zug
~~Tanz auf dem Vulkan?~~

Lea schloss aus, dass Karla hier ihre lyrische Ader ausprobieren wollte. Es ging um eine Botschaft, die sich um Hamburg und ein riskantes Vorhaben drehte. Ein Vorhaben, das sie direkt in den Tod geführt hatte.

»Willst du davon auch nichts wissen?«, fragte sie ihren imaginären Chef, dessen Tadel ihr tief in den Knochen steckte.

Da fiel ihr Blick auf einen weiteren Satz, der an den unteren Rand gekritzelt war.

Was würde SD verstehen?

Lea kapierte sofort: Karla wollte, dass SD die Botschaft verstand.

Nur SD, und niemand sonst?

Aber wer war SD?

Ein Tarnname, ein Code oder ein versteckter Hinweis auf etwas, das sie bisher übersehen hatte?

SD …

War SD Karlas Kürzel für den Täter? Und wie hatte sie ihm die finale Botschaft geschickt?

Tor zur Welt und *fallweise verhindert* waren unterstrichen.

»Und weiter?«, fragte Lea laut in die Stille des Hauses hinein.

Buddy strich inzwischen am Bücherregal entlang, als wollte er den Bibliotheksbestand überprüfen. Lea konnte nicht anders, als Buddy zuzusehen und sich immer wieder die Buchstaben S und D ins Gedächtnis zu rufen, S und D, und über Möglichkeiten nachzudenken, wofür sie stehen könnten …

SD-Karte
Sicherheitsdienst
Sozialdemokratie
Sanitätsdienst
Selten dämlich …

»Simon Dorn«, sprach sie laut aus, was sie gerade las, auf einem Buchrücken, den Buddy soeben beschnüffelte.

S und D, Simon und Dorn … Zufall?, überlegte Lea. Sie holte das Buch aus dem Regal und las den Titel.

Kriminalpsychologie in der Praxis.

Lea schlug es auf. Auf der ersten Seite fand sie eine Widmung in eleganter Handschrift: »Für Karla. Aus einem anderen Leben. Gruß, Simon Dorn. Bad Gastein, 2.4.2019.«

Lea hielt die Luft an. *Volltreffer*, dachte sie.

SD wie Simon Dorn und Bad Gastein … wie Bad Gastein. Der Ort, in den Karla wöchentlich zu fahren schien, mit einer beträchtlichen Summe Bargeld im Gepäck.

Simon Dorn …

Auch bei dem Namen klingelte etwas. Simon Dorn war wohl kein Promi, aber irgendwo hatte sie schon von ihm gehört. In welchem Zusammenhang? Hätte sie nur nicht so ein Namensgedächtnis mit der Durchlässigkeit eines Nudelsiebs gehabt …

Sie konnte förmlich sehen, wie sich die Puzzleteile in ihrem Kopf zusammenfügen wollten. Doch noch gab es zu viele Variablen. Lea ließ das Buch sinken und blickte zu Buddy, der sie erwartungsvoll anstarrte.

Simon Dorn, grübelte sie und zog ihr Handy aus der Tasche für eine Blitzrecherche im Netz und um die wichtigsten Unterlagen zu fotografieren. Gleichzeitig war ihr klar, dass sie für eine substanzielle Antwort nach Bad Gastein fahren musste.

Da hörte sie plötzlich, wie sich jemand draußen an der Tür zu schaffen machte. Buddy sprang auf und spitzte die Ohren.

»Nicht. Bellen«, sagte Lea mit Grabesstimme.

17

Simon Dorn vernagelte das Fenster, durch das Lisa Schauer eingedrungen war, mit extra dicken Brettern. Die Hammerschläge dröhnten in seinen Ohren. Dabei sollten sie auch ein Lebenszeichen sein, das hoffentlich jeden hier im Ort darauf hinwies, dass Simon Dorn immer noch hier war und dass es eine schlechte Idee sein würde, das Dornwald mit einem Spielplatz zu verwechseln.

Niemand durfte mehr die Gelegenheit haben, hier einzudringen. Schon gar nicht ein Kind.

Er würde für einige Tage nicht auf das Hotel aufpassen können. Er hatte begriffen, welches Risiko die Zimmer des Dornwald für jemanden darstellten, der sich unbedarft in sie hineinbegab. Man brauchte mehr als eine dicke Haut, um diese umfangreichen Dokumentationen von Verbrechen zu ertragen, die Bilder von entsetzlichen Taten und Hinweise auf deren Täter, denen Dorn hinterherspürte. Man konnte schnell den Glauben an die Menschheit verlieren, wenn man die Tatortfotos sah und unfassbare Sätze aus den Vernehmungsprotokollen las, die Dorn zum Nachdenken groß an die Wände gepinselt hatte. Nicht zuletzt konnte man durchaus zu dem Schluss kommen, dass Dorn selbst ein kranker Geist war. Denn welcher gesunde Mensch kam schon auf die Idee, alten Verbrechen und deren Hintergründen mit solcher Leidenschaft Bühnen zu errichten und sie zu Schreinen zu arrangieren?

Die stecken mich in die Klapse, dachte Dorn nicht zum ersten Mal, was umso wahrscheinlicher wurde, als Karla Hofbauer jetzt tot war und er sich nicht mehr hier würde halten können.

Er trat zurück und betrachtete das vernagelte Fenster. Das grobe Holz, das jedem signalisieren sollte, dass es hier kein Hereinkommen gab, mochte das Fensterglas auch längst zerbrochen sein. Dann ging er durch den Hintereingang ins Hotel zurück, zur Rezeption und zur Schlüsseltafel, die ihm ein beständiger Mahner war, dass es noch viele Fälle gab, die geklärt werden wollten. Was jetzt aus ihnen wurde, stand in den Sternen.

Dann trat er an den Lederkoffer, der auf dem Rezeptionstresen lag, nahm die Reiseunterlagen heraus und starrte eine Weile darauf. Der Flug von Salzburg nach Hamburg ging um halb fünf, eine gute Stunde vorher sollte er am Terminal sein, die Taxifahrt nach Salzburg dauerte ebenfalls eine gute Stunde – das Taxi, das er schon vor einiger Zeit bestellt hatte, sollte jetzt langsam mal auftauchen. Die ungewohnte Aktivität und der damit verbundene Stress machten Dorn nervös. Ganz zu schweigen von dem Gedanken, das Hotelgelände zum ersten Mal seit Jahren zu verlassen …

Da hörte er Reifen auf dem Schotter vor dem Hotel. Dorn schloss den Koffer und trat an die große Eingangstür heran. Durch den Spalt konnte er sehen, wie das Taxi die Auffahrt hochkam. Der Fahrer stieg aus und suchte nach der Klingel.

Dorn konnte nicht vorn raus, weil die Haupttür mit der schweren Kette versperrt war. Er wollte dem Fahrer bloß Bescheid sagen, dass er hier war – nicht, dass der gleich wieder verschwand.

Aber Dorn brachte kein Wort über die Lippen. Es war, als sei seine Zunge am Gaumen festgetackert.

»Hallo? Ihr Taxi ist da!«, rief der Fahrer so laut, dass es Dorn in den Ohren dröhnte.

Dorn wollte los, auf schnellstem Weg zur Hintertür und hoffen, dass der andere nicht verschwand, doch plötzlich waren seine Beine wie Blei.

Sein Herz pochte. Er fühlte winzige Schweißtropfen, die sich auf seiner Stirn bildeten.

Dorn versuchte, die aufsteigende Panik zu unterdrücken. Mit zusammengezwängten Lidern konzentrierte er sich ganz auf seine Atmung. Dann öffnete er die Augen wieder, drehte den Kopf, sah die vertraute Empfangshalle des Hotels.

Hier war er sicher. Das hier war sein Zuhause. Seine Aufgabe und seine Bestimmung.

»Hallo, Taxi!«, schimpfte der Fahrer von draußen herein.

Wieder versuchte Dorn, etwas zu sagen, doch es kam kein Wort aus seinem Mund.

In einem einzigen Zug brach alles über ihn herein. Sein in Trümmern liegendes Leben, sein zerstörtes Selbstbewusstsein, seine Hoffnung, Karla Hofbauer noch irgendeine Hilfe zu sein. Die Wände des Dornwald stürzten auf ihn zu und drohten, ihn zu zerschmettern.

»Ist da jemand?«, rief der Fahrer.

Dorn konnte nichts tun. Es war, als ob das Dornwald ihn festhalten wollte.

Da bahnte sich eine Welle der Wut ihren Weg durch seinen Körper und schaffte es tatsächlich über die Schwelle, die ihn lähmte.

»Lass mich in Ruhe!«, schrie Dorn das Dornwald mit aller Kraft an, und er hörte seine Worte in den Räumen und Gängen des alten Hotels verhallen.

»Sie haben sie ja nicht alle!«, schimpfte der Fahrer, stieg in den Wagen und brauste davon. Sekunden später war eine Staubwolke das Einzige, was Dorn noch von ihm sah.

Kein Taxi, kein Flug.

Panik überwältigte ihn, riss ihn aber zugleich aus der körperlichen Starre. Er stürzte durchs Foyer, an der Schlüsseltafel vorbei, zurück in den Keller.

Zum Alkohol.

Vor Kurzem noch war er so sicher gewesen, dass all seine Probleme mit der Arbeit im Dornwald ein Ventil gefunden hatten. Doch jetzt war das Ventil selbst das Problem.

Er wohnte hier nicht. Er arbeitete hier nicht.

Er war hier eingesperrt, und er opferte sich einer Sache, die nicht die seine war, bezahlt von jemandem, den es nicht mehr gab.

Er sank auf die Knie. Seine Hände zitterten, als er nach der erstbesten Flasche irgendeines Brandys griff, sie aufdrehte und ansetzte.

Lass mich in Ruhe!, drehten sich die eigenen Worte endlos im Kopf, als er den bittersüßen Geschmack auf seiner Zunge spürte.

Schluck für Schluck, Minute für Minute wurde die innere Stimme leiser, bis sie schließlich ganz verstummte und rabenschwarze Dunkelheit Simon Dorn umhüllte.

18

Er kommt spät zurück. Draußen ist es schon dunkel.

Er macht kein Licht. Leise geht er ins Badezimmer und verschließt die Tür hinter sich.

Erst jetzt rieche ich das Essen, das er mitgebracht hat. China-Nudeln. Zu hundert Prozent wieder welche mit Hühnerfleisch. Beim Gedanken, sie hinunterschlingen zu müssen, bis zum letzten Rest, vergeht mir jeder Appetit. Dabei könnte ich wirklich etwas zu essen gebrauchen. Mein Bauch fühlt sich an, als hätte er sich selbst ausgewrungen auf der Suche nach dem letzten Krümelchen verwertbarer Nahrung.

Er duscht. Dann steht er eine Ewigkeit am Waschtisch. Ich will nach ihm sehen, aber er hat mich ausgesperrt.

Als er fertig ist, macht er kein Licht. Es riecht seltsam. Als hätte er alle Seifen und Fläschchen mit Duschgel, Shampoo und allem Weiteren aufgebraucht.

Dann legt er sich hin, als wollte er ruhen.

Aber was ist mit den Nudeln? Hat er sie vergessen? Er muss doch für mich sorgen …

Ich kann nicht länger warten und im Unklaren bleiben. Also räuspere ich mich und mache andere Geräusche, die ihn darauf aufmerksam machen sollen, dass ich wach bin.

Dass es mich auch noch gibt.

»Hallo«, sagt er endlich und richtet sich auf. Dann macht er das Licht an, aber nur das auf dem Nachtschränkchen neben seinem Bett. Er steht auf, packt die Nudeln aus und weist mir den Platz am kleinen Tischchen zu, wo ich mich setze.

Ich starre in das Essen, zähle die Stückchen Hühnerfleisch, überschlage, wie ich sie am besten hinunterbekomme.

»Fang an«, sagt er.

»Wo warst du?«, frage ich. Eine Frage zu einer Zeit. Ich darf fragen.

»Iss«, sagt er.

Keine Antwort, sondern ein Befehl. Ich muss ruhig sein und essen. Und warten. Ich stecke den Plastiklöffel in die Nudeln und führe sie an meinen Mund, ohne sie einzudrehen. Ich beiße sie ab und lasse den Rest wieder in den Pappbecher zurückfallen.

»Ich war etwas erledigen«, sagt er.

Ich schlucke einen viel zu großen Klumpen. Weil ich eine neue Frage stellen darf. Ich habe sie mir gut überlegt. »Hast du das Böse wieder gesehen?«

»Ja.«

Ich merke, wie ich am ganzen Körper zu zittern beginne.

»Was hast du getan?«

»Iss!«

Plötzlich wird mir schlecht. Ich merke es erst, kurz bevor alles wieder hochkommt. Ich springe auf und renne ins Badezimmer, wo ich mich in die Toilette übergebe.

Ich höre ihn schimpfen.

Ich drücke die Spülung. Richte mich auf. Sehe mich im Spiegel.

Sehe ihn im Spiegel.

Und erschrecke. »Um Himmels willen!«, rufe ich aus und klatsche mir die Hand vor den Mund.

Er ist verletzt. Da sind tiefe Kratzer an seinem Hals. Sie verlaufen parallel zueinander und bluten.

Als ich meinen Blick abwende und zu Boden starre, sehe ich die blutige Kleidung. Es wirkt grotesk, wie nach der Schlachtung eines Großtiers. Die Kratzer allein können das viele Blut nicht erklären.

»Was ist passiert?«, frage ich und merke, dass ich eine Frage zu viel gestellt habe. Er hat mir noch keine Antwort auf die vorige gegeben.

Ich sehe sofort, dass er es bemerkt.

Weil ich weiß, was jetzt kommt, schließe ich nur noch die Augen.

Er donnert meinen Kopf gegen den Spiegel, wieder und wieder, damit ich mir merke, dass ich mich an die Gesetze halten muss.

19

Früh am Morgen kletterte Lea Wagner die schmale Eisenleiter aufs Dach ihres Wohnhauses hinauf, die sie in einer Nacht-und-Nebel-Aktion heimlich am Gebäude angebracht hatte. Niemand sonst konnte diese Leiter sehen, und keiner außer ihr kam an sie heran.

Bevor sie nach Bad Gastein aufbrechen konnte, musste Lea sich noch um die Bienen und Hühner kümmern, die sie auf dem Dach hielt. In den Taschen hatte Lea Körnerfutter und das wenige Werkzeug, das sie brauchte, um die Bienen zu inspizieren. Wie immer hoffte sie bloß, von niemandem gesehen zu werden – und wie immer gewann sie mit jeder Sprosse, die sie erklomm, an Selbstsicherheit.

Die hatte sie auch bitter nötig. Gestern, in Karla Hofbauers Haus, wäre sie um ein Haar von den Kollegen des BK erwischt worden, die sich ebenfalls dort umsehen wollten. Lea hatte es gerade noch geschafft, sich vor ihnen zu verbergen und hinauszuschleichen, mit Buddy dicht an ihrer Seite. Das Eis, auf dem sie beruflich stand, war ohnehin dünn. Sie durfte sich keine weiteren Fehler erlauben. Und dennoch würde sie tun müssen, was sie sich für diesen Tag vorgenommen hatte. Weil es keine andere Möglichkeit gab.

Buddy war unten in Leas Küche und hatte sichtlich

Freude mit dem Hundefutter, das sie beim Discounter ums Eck gekauft hatte. Wie viel er davon brauchte, ob es das richtige für ihn war: Sie hatte keine Ahnung. Erst mal musste der Hausverstand ausreichen, der ihr sagte, dass ein satter und sauberer Hund besser war als das Gegenteil. Also hatte sie gestern noch Futter besorgt und Buddy in die Badewanne gesteckt. Jetzt strahlte sein Fell so weiß, dass es fast blendete.

Lea betrat das Dach des Wohnhauses, dessen viele Winkel ausgezeichnete Verstecke boten. Das Beste aber war, dass man es aus keiner Richtung einsehen konnte, es sei denn, aus der Luft. Sie liebte es, im ersten Tageslicht hier oben zu sein, über den Dächern der Stadt, die samstags wesentlich langsamer auf Touren kam als unter der Woche. Dann stellte sich Lea oft vor, wie schön es doch wäre, diesen freien Himmel jeden Tag über sich zu haben, während man sich um seine Landwirtschaft kümmerte, fernab des Trubels der Metropole.

Heute hingegen hatte sie keine Zeit, ihren Fantasien nachzugehen. Sie musste den Zug nach Salzburg bekommen, dort würde sie nach Bad Gastein umsteigen. Alles in allem würde die Reise gute fünf Stunden dauern.

Was Simon Dorn anbelangte, hatte Lea nicht sehr viel mehr herausfinden können. Es war, als wäre sie einem Phantom auf der Spur. Keine Medienberichte, keine Profile in den sozialen Netzwerken, keine Suchergebnisse im Internet – was in der gläsernen Zeit von heute schon auffällig war. Dabei wusste Lea, dass sie bereits über diesen Namen gestolpert war – nur wo?

Das Gackern der Hühner lenkte Leas Aufmerksamkeit

wieder ins Hier und Jetzt zurück. Sie sah nach den beiden Hennen, die aufgeregt um sie herumstolzierten. Sie wussten, dass es gleich Futter gab, und begleiteten sie zur hölzernen Box, in die Lea das Körnerfutter rieseln ließ. Sofort pickten die Hühner darin und scharrten mit den Krallen.

»Langsam«, sprach Lea ihnen zu, »es gibt genug für alle. Ihr seid ja bloß zu zweit.«

Lea holte die Eier aus dem kleinen Verschlag – von jeder Henne eines, was sie sonst als Zeichen für einen guten Tag wertete. Doch dieser Tag würde alles andere als angenehm werden. Lea stand mit einem Bein im beruflichen Abseits und mit dem anderen auf sehr dünnem Eis. Was sie jetzt tun würde, tat sie auf eigene Faust, und sie musste damit rechnen, dass niemand es ihr danken würde.

Aber darum ging es auch gar nicht. Solange sie nur herausfand, was Karla Hofbauer nach Hamburg geführt hatte. Warum sie so regelmäßig bei Simon Dorn in Bad Gastein war. Und vor allem: wie man diesen Täter stoppen konnte, der den Menschen solche Grausamkeiten antat und frei herumlief. Dass ihm Karla auf der Spur gewesen war, erschien Lea inzwischen immer plausibler.

In der Nacht war sie aus einem Albtraum hochgefahren: Karlas Kopf hatte über ihr geschwebt, die Augenhöhlen leer, die Lippen zu einem stillen Schrei verzogen, und auf dem Kopf eine goldene Krone.

Lea wusste, dass ihr die Sache keine Ruhe lassen würde, beruflich, aber auch psychisch nicht. Sie musste ihr einfach nachgehen.

Zuerst aber musste sie Buddy unbemerkt am alten Schubert vorbeischmuggeln.

Hörte sie Buddy bellen, unten in der Wohnung? Das hätte ihr gerade noch gefehlt …

Sie warf einen raschen Blick zu den Bienen. Vereinzelt schwirrten sie schon um die hellblaue Holzbeute herum, die Lea im Wind- und Wetterschatten des großen Schornsteins platziert hatte. Lea sah, wie weitere Bienen ums Einflugloch spazierten, aber noch zu *gechillt* waren, um sich an die Arbeit zu machen. Lea verzichtete auf Schutzkleidung und Rauch. Ihr Volk war weder aggressiv noch besonders produktiv, dafür aber zuverlässig. Ein paar Gläser Honig pro Jahr waren drin, gerade genug für den Eigenbedarf.

Mit dem Stockmeißel öffnete sie den Deckel der Beute und begutachtete sie von oben. Vorsichtig zog sie einen Rahmen heraus, inspizierte ihn und warf einen Blick in die Beute hinein. Alles, wie es sein sollte: genug Futter, genug Nachwuchs, und die Königin zu clever, um sich blicken zu lassen.

Wieder hörte Lea das Bellen. Dann knallte ein Fenster zu, in einem der unteren Stockwerke.

Todsicher Schubert. Lea seufzte. Mit sanften Bewegungen verschloss sie die Holzbeute wieder und entfernte sich.

»Brav sein, Mädels. Müsst mal ein Weilchen ohne mich klarkommen, okay?«

Weil Lea keinen Widerspruch hörte und das Gemüse im Hochbeet vorbildlich wuchs, stieg sie über die Eisenleiter rasch nach unten, zurück in ihre Wohnung und zu Buddy, der gerade das ganze Haus aufweckte.

Nur eine Sekunde später klingelte und klopfte es zugleich an ihrer Wohnungstür. Sie ging hin und sah durch den Türspion.

Schubert. Ausgerechnet.

»Pscht!«, machte sie energisch Richtung Buddy. Der Hund wollte raus, klar, aber das ging nicht.

Leise schloss Lea das Fenster zum Dach und hoffte, Schubert würde wieder abrücken. Doch diesen Gefallen tat er ihr nicht. Er klingelte und klopfte immer weiter. Buddy blieb still, trippelte aber aufgeregt herum – er stand unter Druck wie ein Dampfkessel kurz vor der Explosion. Sie führte ihn schnell ins Badezimmer: »Lass laufen, Buddy!«, sagte sie, schloss das Bad hinter sich und ging zur Wohnungstür.

»Wagner! Machen Sie auf! Ich weiß, dass Sie hier sind! Sie und der verdammte Köter von gestern!«

Lea sah wieder durch den Türspion. Schubert trug stets eine unnachahmliche Unzufriedenheit zur Schau. Sein hagerer Körper, die kränklich weiße Haut und das wüste Gewirr aus grauem Haar waren der Inbegriff des menschlichen Griesgrams, des gnadenlosen Wächters über die Hausordnung.

»Totstellen ist zwecklos, Wagner!«, rief er durch die geschlossene Tür, seine Stimme überschlug sich vor Entrüstung.

Lea öffnete einen Spalt breit und betete, dass Buddy still blieb. »Guten Morgen, Herr Schubert. Wie kann ich Ihnen helfen?«

»Sie wissen ganz genau, worum es geht!« Er musterte sie argwöhnisch. »Dieser Köter, den Sie hier halten: Das ist streng verboten, ich werde das melden!«

Lea versuchte, ein freundliches Gesicht zu machen, obwohl ihre Gedanken wild rasten. Machte Schubert seine Drohung wahr und kam es zu einer Inspektion ihrer Wohnung, würde nicht nur die Sache mit Buddy auffliegen, sondern auch ihr kleiner Zoo auf dem Dach. Man würde Lea rausschmeißen und die Tiere gleich mit, und das Leben, das sie sich hier so schön eingerichtet hatte, wäre schlagartig vorbei. Als hätte sie nicht schon genug Probleme.

»Herr Schubert, ich versichere Ihnen, dass ich keinen Hund besitze.« Das war ja nicht mal gelogen. Sie passte schließlich nur auf ihn auf.

Er zögerte kurz und versuchte, einen Blick in Leas Wohnung zu werfen.

Lea fühlte, wie die Wut in ihr zu köcheln begann. Aber sie durfte die Situation nicht eskalieren lassen. Also holte sie tief Luft und sagte ruhig: »Ich verstehe Ihre Sorge, Herr Schubert. Aber Sie müssen sich verhört haben. So, und jetzt muss ich schleunigst zur Arbeit.«

»Am Samstag?«

»Sie wissen ja, die Polizei hat niemals Wochenende.«

»Dann wissen Sie aber auch, wie wichtig es ist, sich an die Regeln zu halten.«

»Selbstverständlich. Einen schönen Tag, Herr Schubert!«

Giftzwerg, dachte Lea, lächelte und schloss die Tür.

Der Alte schleppte sich röchelnd und schimpfend die Treppen hinunter. Lea holte Buddy, der zum Glück still geblieben war, und sie nahmen den Aufzug, um Schubert nicht noch einmal in die Arme zu laufen.

Unten sprang Buddy aufgeregt ins Freie. An der nächsten Laterne hinterließ er eine Markierung, die sich im Nu als riesiger Fleck auf dem Gehsteig ausbreitete.

»Gut gemacht, Buddy«, lobte sie ihn und konnte sich des Eindrucks nicht erwehren, dass ihn das Lob leicht verwirrte.

Dann sah sie auf ihre Uhr und erschrak. Hauptbahnhof, Abfahrt in zwanzig Minuten. Zu knapp für die Öffis, die in Wien zwar gut getaktet waren – aber zur nächsten U-Bahn-Haltestelle zu rennen und unterwegs noch mal umzusteigen, war nicht mehr drin.

Zu rennen, das schon.

»Los, Buddy!«, rief Lea und sprintete los.

20

In der Kühle des Weinkellers kam Simon Dorn zu sich. Sein Kopf fühlte sich an, als hätte eine Bande von Trollen darin die Nacht durchtanzt.

Die abgestandene, schwere Luft ließ ihn nur langsam wieder zu Verstand kommen. Er schluckte. Seine Kehle war trocken und rau wie Sandpapier. Stechende Schmerzen bahnten sich ihren Weg durch den Körper, und jeder Atemzug, den er machte, brachte nur noch mehr Kälte in ihn hinein.

Er hatte sich seit Jahren nicht mehr so elend gefühlt.

Die Kälte, die ihm sonst nichts ausmachte, war jetzt eine Qual, die ihn lähmte. Dorn wusste, dass er hier unten nicht auf Sonnenlicht hoffen konnte, das ihn mobilisierte. Er musste sich aktiv aus der misslichen Lage befreien, in die er sich selbst gebracht hatte.

Die Erinnerungen an die vergangene Nacht drangen als flackernde Bilder ins Bewusstsein. Er sah Brandyflaschen, deren Etiketten von edlen Jahrgängen prahlten. Er konnte die Süße des Hochprozentigen noch in seiner Kehle schmecken. Doch zur Flucht hatte ihm der Alkohol auch dieses Mal nicht verholfen. Im Gegenteil: Tiefer denn je steckte er in den Eingeweiden des Dornwald fest.

»Lass mich in Ruhe!«, hat er das Dornwald angebrüllt, von dem er bisher geglaubt hatte, es gehöre ihm. Seit gestern wusste er: Es war umgekehrt.

Er gehörte dem Hotel.

Er konnte ihm nicht mehr entkommen. Was ihm zunächst als Rettungsinsel erschienen war bei seiner Rückkehr nach Bad Gastein, entpuppte sich nun als Gefängnis.

Noch nie in seinem Leben hatte er sich so allein gefühlt, so ausgeschlossen von der Welt. Und jetzt, vom Alkohol seiner letzten Kräfte beraubt, war er nicht weit davon entfernt, sich damit abzufinden. Einfach liegen zu bleiben. Nie mehr aufzustehen.

Wäre da nicht ein letzter Rest von Motivation gewesen: Er musste wissen, was mit Karla geschehen war. Sie war viel mehr für ihn als ein regelmäßiger Gast oder eine hochprofessionelle Kollegin. Sie war seine Nabelschnur zur Welt. Seine Lebensgrundlage. Nichts hier funktionierte mehr ohne sie.

Er richtete sich stöhnend auf und schleppte sich zum Lichtschalter. Seine Muskeln protestierten gegen jede Bewegung, und der Raum drehte sich um ihn herum.

Als Dorn den Schalter drückte, passierte nichts. Er versuchte es gleich noch mal, ohne Erfolg.

Er blieb einen Moment stehen und überlegte. War die Birne durchgebrannt?

Er ging in den Gang des Kellers hinaus und probierte auch dort, das Licht anzumachen. Wieder Fehlanzeige, es blieb bei dem fahlen Rest von Tageslicht, das es auf verwinkelten Wegen zu ihm in den Keller schaffte.

Vielleicht war eine Sicherung herausgeflogen. Mit einer

Hand an seinem schmerzenden Schädel, tastete er sich vorsichtig zum großen Sicherungskasten im Keller, öffnete ihn und fuhr mit dem Finger die Reihe der Sicherungen entlang – nur um zu merken, dass alle Schalter oben waren.

Aber etwas anderes fehlte. Etwas, das zu diesem Kasten gehörte wie der Donner zum Blitz: das charakteristische Brummen des Transformators, der seit Jahrzehnten im Kasten hing. Er lief immer, egal, ob Verbraucher angemacht waren oder nicht.

Der Strom musste ausgefallen sein.

Ohne Strom kein Licht, kein Kaffee, kein Computer, und: keine Pumpen, die bei Starkregen garantierten, nicht abzusaufen.

Er musste sofort herausfinden, was die Ursache für den Stromausfall war. Also wankte er die steinernen Stufen hoch, an der Rezeption vorbei und weiter in den ersten Stock.

Er stolperte durch den Flur zu einem jener Fenster, durch die man in den Ort sehen konnte. Als er die schweren Stoffbahnen auseinanderzog, offenbarte sich der vertraute Anblick Bad Gasteins. Das renovierte Hotel ganz in der Nähe war hell erleuchtet. Auch in einem Privathaus sah er elektrisches Licht, obwohl es eigentlich hell genug war, um mit Tageslicht auszukommen. Wohin er seinen Blick richtete: Alle hatten Strom. Nur das Dornwald nicht.

Seiler.

Der Name des Bürgermeisters schoss Dorn siedend heiß ins Bewusstsein und mit ihm eine Wut, die ihresgleichen suchte.

»Du weißt, er mag dich nicht«, hatte Markus Aschbrenner zu Dorn gesagt, gestern erst. Seiler hatte ihn schon länger auf seiner Liste, wollte ihn aus dem Dornwald rausha-ben, ihn zum Verkauf bringen, sodass man hier eine neue Touristenburg oder gleich Eigentumswohnungen bauen konnte.

Hatte Seiler ihm ernsthaft den Strom abgedreht? Obwohl er seine Rechnungen stets pünktlich bezahlte? Strom gehörte doch zur Grundversorgung! Das würde er nicht auf sich sitzen lassen. Nur: Was konnte er tun? Ohne Telefon? Ohne Computer? Ohne die Fähigkeit, das Dornwald zu verlassen?

In Dorn wuchs eine Wut, wie er sie bisher noch nie gespürt hatte. Er war ein Gefangener in seinem eigenen Hotel, abgeschnitten von der Außenwelt, und jetzt drehte man ihm auch noch den Strom ab.

Seine Hände zitterten. Er spürte, wie die Hilflosigkeit ihn zu übermannen drohte. Er musste etwas tun. Etwas zerstören. Er stürzte auf den Hinterhof, schnappte sich einen Vorschlaghammer aus dem Lager und machte Kleinholz aus einem Schrank, den er eigentlich restaurieren wollte. Wieder und wieder hieb er auf das massive, staubtrockene Holz ein, bis kein Teil mehr mit dem anderen verbunden war.

Schwitzend und keuchend stand er schließlich da, und sein Herz schlug ihm bis zum Hals. Aber er fühlte sich besser.

Plötzlich merkte er, dass er beobachtet wurde. Ein Zweig brach, in der Nähe des Felshangs. Er drehte sich um – und da stand wieder dieses Mädchen, Lisa. Lisa Schauer. Dieses freche, vorlaute Früchtchen, das er nie wieder hier hatte sehen wollen.

Sie beobachtete ihn, mit einer Mischung aus Besorgnis und Faszination im Blick. Sie sagte kein Wort und machte auch keine Anstalten, zu gehen.

»Du schon wieder!«, rief Dorn.

Sie blieb still.

»Hab ich dir nicht gesagt, du sollst niemals wiederkommen?«

Das Grinsen des Mädchens sprach Bände: Obwohl er sich alle Mühe gab, schaffte er es nicht, böse zu klingen.

»Was willst du hier?«, fragte er und warf den Vorschlaghammer auf die Bretter vor ihm. Der Lärm schmerzte in seinem Kopf. Auch Lisa zuckte zusammen, schien kurz unschlüssig, bevor sie antwortete: »Ich wollte sehen, ob es dir gut geht.«

»Mir geht es prima. Ausgezeichnet!«, log Dorn.

»Obwohl sie dir den Strom abgedreht haben?«

Dorn horchte auf. »Woher weißt du denn davon?«

»Ich habe das Auto von der Elektrofirma wegfahren sehen. Außerdem prahlt Peter überall damit.«

»Peter?«

»Seiler.«

Der Sohn des Bürgermeisters, verstand Dorn. Genauso hatte er sich das vorgestellt.

»Peter ist blöd. Er behauptet, du hättest mir was getan oder so. Außerdem ist er stinksauer, dass ich ihm seinen Scooter abgeluchst habe«, sagte das Mädchen und nickte dorthin, wo das Ding stand.

Dorn durchlebte eine wilde Mischung aus Emotionen. Reste seiner Wut vermengten sich mit Rachegelüsten, garniert von einem seltsamen Gefühl der Belustigung, die überhaupt nicht zu seiner Grundstimmung passte. »Dann hast du ja jetzt gesehen, dass es mir gut geht, und kannst wieder abhauen«, sagte Dorn. »Und komm bloß nie wieder.«

Lisa Schauer zuckte mit den Schultern. »Bis dann«, sagte sie und lief davon.

21

Die Sonne spiegelte sich in einer großen Pfütze vor Ernst Stresemanns Wohnhaus, das im Hamburger Stadtteil Bergedorf lag und nicht so aussah, als könnte es sich ein junger Kollege wie Kriminalkommissar Johannes Lorenz jemals leisten. Was allerdings für die meisten Bezirke der Hansestadt galt.

Lorenz stellte den Wagen ab, schritt zur Haustür und klingelte. Weil sich nichts tat, überprüfte er die Zeitanzeige seines Handys – Punkt neun, genau wie gestern vereinbart. »Samstags eine Stunde später«, hatte er den Alten noch im Ohr.

Wieder klingelte er.

Zweifellos würde der Tag weitere, intensive Arbeit im Mordfall Hofbauer mit sich bringen. Lorenz wollte sich zusammenreißen. Von Stresemann lernen. Auch wenn es schwer war, dessen mürrische Art zu ertragen.

Da hörte er endlich das Türschloss. Doch anstelle seines erfahrenen Kollegen stand eine zierliche Frau mittleren Alters in der Tür. Als sie Lorenz sah, rang sie sich ein Lächeln ab und sagte: »Guten Morgen. Herr Lorenz?«

Er nickte.

»Ich bin Gisela Stresemann«, sagte sie mit ruhiger Stimme. »Sie sind gekommen, um meinen Mann abzuholen.«

Er nickte.

»Leider ist etwas dazwischengekommen, und ich hatte Ihre Nummer nicht. Ernst hatte in der Nacht Lähmungserscheinungen«, sagte sie, und ihre Stimme zitterte kurz. »Er wurde mit dem Rettungswagen ins Krankenhaus gebracht und wird gerade operiert. Bandscheibenvorfall.«

»Oh … ich verstehe, das tut mir leid«, sagte Lorenz und war sich sofort der Konsequenzen bewusst. Noch mehr Verantwortung für ihn. »Hier ist meine Karte. Sagen Sie mir bitte Bescheid, wie die OP gelaufen ist?«

»Die Ärzte sagen, dass er eine Weile ausfallen wird«, berichtete Gisela Stresemann weiter und zuckte resigniert mit den Schultern. »Er geht aber auch ständig über seine Grenzen und lehnt jeden ärztlichen Rat ab.«

Lorenz wusste, dass Stresemann sich leidenschaftlich seinem Job hingab, was ihm große Erfolge bescherte. Aber natürlich zahlte er dafür auch einen hohen Preis.

»Gibt es irgendwas, das ich für ihn tun kann?«, fragte er.

Wieder zuckte sie mit den Schultern. »Wie ich ihn kenne, freut es ihn bestimmt, wenn Sie ihn über den Fall informiert halten. Ach, da fällt mir ein, er hat etwas für Sie«, sagte sie und trat ein paar Schritte ins Haus zurück, bevor sie wieder zur Tür kam und Lorenz das ledergebundene Notizbuch überreichte, das zu Ernst Stresemann gehörte wie der Trenchcoat zu Inspektor Columbo. Fast fühlte er sich geehrt, das Ding berühren zu dürfen. »Er sagte, ich soll es Ihnen geben. Und Sie sollen keinen …«

»Mist bauen?«, machte Lorenz es ihr leichter.

Sie nickte. »Sehen Sie es meinem Mann bitte nach. Er meint es nicht so. Er will bloß, dass keiner seine Wange hinhalten muss, weil er einen vermeidbaren Fehler macht.«

»Ich verstehe«, sagte Lorenz, obwohl er sich ein so edles Motiv nicht vorstellen konnte. »Danke«, sagte er noch und winkte mit dem Notizblock.

Gisela Stresemann lächelte zum Abschied, und Lorenz sah, dass sie mal eine *Zehn* gewesen sein musste, wie man heute so schön sagte, ein Knaller. Dass sie mit einem Mann wie Ernst Stresemann verheiratet war, nahm diesem ein weiteres Stück von jener Härte und Unerbittlichkeit, die man ihm im LKA nachsagte.

Erst als Lorenz zurück im Wagen war, öffnete er das Notizbuch und fand ein Post-it ganz vorne. Die Handschrift darauf war krakelig, und man sah den Zeilen förmlich an, dass sie unter großen Schmerzen geschrieben worden waren, womöglich auf der Trage, kurz vor dem Abtransport ins Krankenhaus.

Bauen Sie keinen Mist.
Suchen Sie nach dem aufschlussreichen Detail.
Schreiben Sie in Zukunft Ihre Notizen selbst.
E. S.

Lorenz zog die Augenbrauen hoch, löste das Post-it aus dem Notizbuch, zerknüllte es und warf es auf den Rücksitz. Dann machte er sich daran, die Notizen von gestern durchzusehen.

Befragung Heinrich Pröhl, Leiter Mission Hamburg
Hofbauer (Österr.) ehrenamtlich, arbeitete erst seit Tatabend mit > wann angereist?
Ungeschickt bei Arbeit > verdeckte Ermittlung?

Pröhl hatte nicht gewusst, dass Hofbauer Polizistin war
Lorenz berichtet von Zeugen: »Hofbauer fragte, ob ihr eine Krone auf der Stirn steht« > Krone > Serientäter? > Mordserie Österreich?
keine Aufzeichnungen/Film/Schriftliches in Mission
Personalmangel > krank, Urlaub, »eine ist einfach nicht aufgetaucht«
Lorenz soll den Zeugen finden

Die letzte Zeile war doppelt unterstrichen und erinnerte Lorenz sogleich an sein Versagen. Tatsächlich hatte er den attraktiven Mann mit den schlechten Zähnen gestern nicht wiederfinden können. Alles, was Lorenz hatte, waren dessen Personalien, die er allerdings nicht durch einen Ausweis bestätigt bekam – und die möglicherweise frei erfunden waren. Wobei Lorenz ausschloss, dass der Kerl irgendetwas mit dem Mord an Hofbauer zu tun hatte. Wieso wäre er dann noch hier in Hamburg und ließe sich einfach so finden und befragen?

Nein, das *aufschlussreiche Detail*, das er laut Stresemann auftreiben sollte, musste woanders zu finden sein.

Lorenz blätterte weiter. Er sah, dass Stresemann auch mit Rechtsmedizinerin Sabina Prochnow Kontakt gehabt hatte.

Prochnow Leichenschau o. B. > Durchtr. Kehle todesursächl., toxikol. o. B.

Außerdem hatte Stresemann die Spur zu einem alten Serienmord weiterverfolgt, von dem er irgendwann gehört haben wollte. Offensichtlich hatte er die österreichischen Behörden kontaktiert und alle einschlägigen Medienberichte durchforstet.

BK Österr. > Hr. Lipowec > »Keine Auskunft ohne Rechtshilfeersuchen« > Lorenz soll Rechtshilfeersuchen stellen
12.6.2019 Kronen Zeitung »Drei Morde in drei Wochen« / Frau, GRAZ; Mann (»Mediziner«), WIEN; Frau, KREMS > »Verstümmelungen im Kopfbereich«
Wieso Pause seither? Wieso Hamburg?
> Lorenz soll Überwachungskameras suchen

Lorenz presste die Lippen aufeinander, wann immer er seinen Namen in Stresemanns Aufzeichnungen las. Es war allzu offensichtlich, dass der Alte ihn ausschließlich mit den unwichtigen Aufgaben betrauen wollte. Papierkram und Überwachungskameras. Er sollte Stresemanns Handlanger sein – und nicht mehr.

Dir werde ich es zeigen, dachte Lorenz, blätterte wieder zurück und ging nochmals Zeile für Zeile durch.

An einer davon blieb er hängen.

Personalmangel > krank, Urlaub, »eine ist einfach nicht aufgetaucht«

»Einfach nicht aufgetaucht«, wiederholte Lorenz die Aussage Pröhls, an die er sich nur ganz vage erinnern konnte. Jetzt aber, in Stresemanns Notizbuch, stach sie heraus.

Stresemann hatte die Zeile weder unterstrichen noch umkreist. Aber sie setzte Lorenz' Gedankenkarussell in Gang.

War es nicht seltsam, unentschuldigt zu fehlen, wenn am Vorabend eine Arbeitskollegin ermordet worden war? Hatte man da nicht das Bedürfnis, sich auszutauschen? Oder dachte er zu empathisch und gehörte das Fernbleiben einfach zum Wesen der Freiwilligenarbeit?

Er wusste, dass es nichts brachte, darüber nachzudenken. Er musste *Klinken putzen*, wie Stresemann es ausdrückte. Statt erneut zur Mission Hamburg zu fahren, rief er deren Leiter einfach an – praktischerweise hatte Stresemann die Mobilnummer gleich unter dessen Namen notiert.

»Hallo?«

»Guten Tag, Herr Pröhl. Lorenz vom LKA. Wir haben uns gestern unterhalten, zusammen mit meinem Kollegen Stresemann.«

»Ich erinnere mich. Was gibt's noch?«

»Es geht um eine Mitarbeiterin, von der Sie erzählt haben. Die unangekündigt gefehlt hat. Kommt so etwas bei Ihnen öfter vor?«

»Wie meinen Sie das?«

»Im Freiwilligendienst. Wer nicht bezahlt wird, fühlt sich vielleicht nicht so verpflichtet, zur Arbeit zu erscheinen …?«

»Ach so. Nein, im Gegenteil. Die Leute sind hier, weil sie helfen wollen. Unangekündigte Fehltage sind selten.«

»Wer hat denn gefehlt?«

»Veronika.«

»Sie hat auch einen Nachnamen, nehme ich an«, sagte Lorenz und merkte, dass er zu aggressiv klang, weshalb er schnell nachschickte: »Würden Sie mir diesen bitte nennen?«

»Schulz. Veronika Schulz.«

»Wie ist Frau Schulz bei der Arbeit?«

»Sehr zuverlässig. Fehlte nie, ohne vorher Bescheid zu sagen. Das war das erste Mal.«

»Haben Sie inzwischen von ihr gehört?«

»Leider nein. Ich habe versucht, sie anzurufen. Auch, um sie von Hofbauers Tod zu informieren. Aber sie ist nicht erreichbar.«

»Hatte Frau Schulz viel mit Frau Hofbauer zu tun?«

»Nein … nur den einen Abend eben.«

Womit Veronika Schulz mehr von Hofbauer mitbekommen haben dürfte als der Leiter der Mission. »Herr Pröhl, ich brauche Frau Schulz' Adresse, bitte. Und ihre Telefonnummer.«

Pröhl zögerte kurz, nannte Lorenz aber schließlich die gewünschten Informationen. Lorenz gab die Adresse in sein Navigationssystem ein und fuhr los.

Unterwegs wählte er Schulz' Nummer. Es klingelte ein paar Mal, aber niemand antwortete. Nach dem vierten Klingeln endete der Anruf mit der Ansage: »Dies ist die Voicemail von Veronika Schulz. Sprechen Sie nach dem Signal.«

Merkwürdig, dachte Lorenz, ihren Tonfall noch im Ohr. Es mochte nicht mehr als sein Bauchgefühl sein, aber er ahnte, dass er sich diese Frau näher ansehen musste.

22

Clarissa Markovski zog den Kragen ihres Trenchcoats hoch. Keiner sollte mitbekommen, was sie darunter trug. Schon gar nicht ihr Mann Stefan, der sie mit seiner notorischen Eifersucht nervte. Glücklicherweise war er nicht aufgewacht, während sie sich vorhin *fürs Büro* fertig gemacht hatte. Er wusste, dass sie die viele Arbeit nur erledigen konnte, wenn sie hin und wieder auch samstags arbeitete, und er genoss es, mal richtig ausschlafen zu können.

Während Clarissa wenige Dutzend Meter von ihrer Wohnsiedlung entfernt auf den Bus wartete, holte sie das kleine Parfumfläschchen aus der Handtasche und zerrieb ein paar Tropfen zwischen ihren Handballen, dann an ihrem Hals. Ein Duft stieg ihr in die Nase, der zu Thomas' und ihrem gemeinsamen Duft geworden war, und wie immer stellte sich mit den Aromen auch die Lust auf das ein, was der Samstagvormittag mit sich bringen würde.

Als der Bus pünktlich an die Haltestelle heranfuhr, war sie froh, dass er leer war. Sie setzte sich auf einen Platz, wo der Fahrer sie nicht beobachten konnte. Hätte er ihr Darunter gesehen, hätte er sie bestimmt für eine verirrte Nachtschwärmerin gehalten, die jetzt bloß noch nach Hause wollte. Dabei war das genaue Gegenteil der Fall …

Immer wieder sah Clarissa hinaus in die Stadt, in der sie seit einem Jahr lebte. Trotz ihrer malerischen Lage an den drei Flüssen, der historischen Architektur und der unzähligen Sehenswürdigkeiten kam ihr Passau immer noch so fremd vor wie die Menschen, die hier ganz anders tickten als in ihrem kleinen Heimatdorf nahe Leipzig. Hätte Stefan, mit dem sie seit zwei Jahren verheiratet war, nicht den lukrativen Job bei einem großen Maschinenbauer bekommen, wäre sie wohl niemals hierhergezogen.

Dabei gab Thomas ihrem Leben hier seit wenigen Wochen eine ganz andere, wahnsinnig aufregende Note …

Vier Stationen weiter, am Rathaus, stieg Clarissa aus und nahm die Schrottgasse Richtung Residenzplatz. Dies war seit einem halben Jahr ihr vertrauter Arbeitsweg – wenngleich die Gegend unter der Woche mit wesentlich mehr Leben erfüllt war. Mit jedem Meter, den sie sich der Anwaltskanzlei näherte, intensivierte sich ihr Verlangen, endlich in Thomas' Armen zu sein. Weil ihre klackernden Absätze am Samstagmorgen aber ohnedies schon auffielen, bemühte sie sich, langsam zu machen. Wenn Thomas oben am Fenster saß, würde er sie schon von Weitem kommen hören, und die Vorstellung davon ließ ein Feuer in ihrem Unterbauch auflodern.

Sie schämte sich nicht für die Affäre. Nicht mehr. Stefan war zuerst untreu geworden, und er wusste nicht, dass sie es wusste. Wie das Fremdgehen mit seiner Eifersucht zusammenpasste, die deshalb nicht etwa kleiner wurde, sondern bloß noch größer, wusste wohl nur Stefan selbst. Stets war er misstrauisch, immer wollte er wissen, wann sie sich mit wem traf und wer sonst noch dabei war. Dabei interessierten ihn seltsamerweise nur die Abende. Was sie tagsüber oder während der Arbeit trieb, kümmerte ihn kein Stück.

Anfangs sollte der Sex mit Thomas bloß eine Retourkutsche sein, eine Vergewisserung, dass auch sie das Leben und seine Möglichkeiten auszukosten wusste und nicht zu Hause verdorrte wie ein Strauß Schnittblumen. Doch schnell war mehr daraus geworden – was viel mit Thomas' außergewöhnlichen Fähigkeiten als Liebhaber zu tun hatte. Heute waren die heimlichen Treffen in der Kanzlei wie eine Insel im stürmischen Alltag, mit dem Reiz des Verbotenen als zusätzlicher Würze. Denn auch Thomas war verheiratet, und zu verlieren hatte er noch wesentlich mehr als sie.

Ob sie Thomas liebte? Ob eines Tages mehr aus ihnen werden würde? Manchmal geisterten diese Fragen durch ihren Kopf. Doch noch war es zu früh, an mehr zu denken als an leidenschaftlichen, hemmungslosen Sex.

Endlich war sie da, sperrte die Eingangstür des Stadthauses auf und eilte die Treppen nach oben.

Das Haus war ruhig. Hier gab es hauptsächlich Ärzte, Steuerberater und eben Thomas' Anwaltskanzlei. Niemand war am Samstagmorgen auf der Etage, abgesehen von ihnen. Was bedeutete: Sie konnten so laut sein, wie sie wollten. Und laut würden sie definitiv werden …

Mit pochendem Herzen und einer Hitze, die ihr bis in den Kopf stieg, wollte sie die Tür der Kanzlei entsperren … als sie merkte, dass diese bloß angelehnt war.

Clarissa stutzte. Die Tür der Kanzlei hatte stets versperrt zu sein. Wer ins Haus wollte, musste schon unten auf der Straße eine gute Begründung abliefern. Schließlich standen Streitfälle bei einem Anwalt an der Tagesordnung, und wo

Streit war, da waren auch wütende Menschen, die auf alle möglichen und unmöglichen Gedanken kamen. Die Sicherheit der Kanzlei und ihrer Mitarbeiter lag Thomas sehr am Herzen.

Doch Clarissa zögerte nur kurz. *Er will keine Zeit verlieren*, kam sie auf eine plausible Erklärung, *es ist Samstag, und niemand weiß, dass wir hier sind.*

Sie drückte die Tür auf und schlüpfte hinein.

Klack, klack, klack machten ihre Absätze. Noch auf den ersten Metern durch den Empfangsbereich streifte sie den Trenchcoat ab und ließ ihn auf den Boden gleiten. Sie fragte sich, wozu sie das Cocktailkleid mit den Spaghettiträgern überhaupt angezogen hatte, wenn sie es doch ohnehin nur noch wenige Sekunden auf den Schultern haben würde.

Nächstes Mal trage ich gar nichts darunter.

Klack, klack, klack.

Thomas' Büro lag geradeaus. Die Tür stand halb offen, doch noch sah sie ihn nicht.

Aber er hört mich. Clarissa stellte sich vor, wie seine Hose vor Erregung zu eng wurde.

Da kann ich dir helfen.

Klack, klack, klack.

Sie stand in der Tür. Legte ihre Hände an die dicke Polsterung und schob auch diese auf.

Sah Thomas.

Er saß in seinem Chefsessel und hielt ihr den Rücken zugewandt. Sein Kopf ragte über den Drehstuhl hinaus. Obwohl er sie längst bemerkt haben musste, drehte er sich nicht um. Er machte es spannend, was ihre Lust ins Unermessliche steigerte.

Da hielt es Clarissa nicht mehr aus. Schnell ging sie auf seinen Schreibtisch zu und um diesen herum, legte eine Hand auf seine Sitzlehne und wollte sich auf Thomas schwingen wie auf einen wilden Hengst – als sie in der Bewegung stoppte und fast die Balance verlor, zurückwich und umknickte und mit dem Gesäß voraus zu Boden fiel, hinein in ein Meer aus kaltem, dunklem Blut.

Augenblicklich raste ihr Herz, und ihr Atem ging viel zu schnell.

Wie es hier roch!

Zögerlich und ohne noch das Geringste begreifen zu können, sah Clarissa zu Thomas auf, der schräg über ihr saß, mit aufgerissenen Augen und geöffneter Kehle.

An seiner Stirn klaffte ein großes Mal.

Es war eine Krone.

23

Der Zug, in dem Lea Wagner und Buddy saßen, ratterte durch die sanfte Landschaft Niederösterreichs. Obwohl sie die Stadtgrenze inzwischen hinter sich gelassen hatten, war Leas Puls noch immer nicht auf dem Ruhelevel angekommen. Sie hatten den Zug mit kaum einer Sekunde Luft erwischt …

»Verdammt, das war knapp«, hatte sie Buddy nach dem Einsteigen zugerufen und sich an einen freien Vierertisch fallen lassen.

Keine Minute später war schon der Schaffner bei ihnen gewesen und hatte Buddy streng gemustert. »Der muss einen Maulkorb tragen. Es sei denn, er ist ein Assistenzhund.«

Weil Leas Repertoire an abenteuerlichen Ausreden für diesen Tag erschöpft war, hatte sie bloß gesagt: »Er wird keinen Ärger machen«, und dem Schaffner ihren Dienstausweis vorgehalten, womit sich dieser zufriedengab – und ihren Fahrschein sehen wollte.

Lea konnte von Glück reden, dass das Ticket auf ihrem Handy abgespeichert war. Denn bei dem ganzen Theater mit Schubert hatte sie beim Herausschleichen ganz ihren Rucksack vergessen, den sie für die Reise nach Bad Gastein gepackt hatte. Jetzt mussten ihr Smartphone und ihre Brieftasche reichen.

Eine knappe halbe Stunde nach der Abfahrt lag Buddy entspannt zu ihren Füßen, den Kopf auf die Pfoten gelegt und die Augen geschlossen. Ihm schien der ganze Stress nichts auszumachen, und die Ruhe, die das Tier ausstrahlte, ging langsam auch auf sie über.

Weil sie nicht untätig herumsitzen und auf ihren Umstieg in Salzburg warten wollte, zog Lea das Handy heraus und begann, über Karla Hofbauers Arbeit für das BK zu recherchieren. Dass Karla eine der gefragtesten und erfolgreichsten Expertinnen in der Aufklärung alter, ungeklärter Mordfälle war, gehörte fast schon zur Allgemeinbildung in den Kreisen der Polizei, auch weit über das BK hinaus. Ihre sensationellen Erfolge hatten zu dem ausgezeichneten Ruf beigetragen, von dem sämtliche Mitarbeiter des Bundeskriminalamts profitierten.

Leas Finger glitten über den Bildschirm und tippten auf die erste gefundene Schlagzeile: »Cold Case nach über 30 Jahren gelöst«. Ein Artikel in der *Kronen Zeitung* vom Juni 2019. Laut dem Bericht hatte das BK dank neuer Möglichkeiten der DNA-Analyse und »neu entdeckter Verbindungen« endlich einen Mann identifiziert, der 1989 eine junge Frau in Innsbruck ermordet hatte. Karla Hofbauers Cold Case Management – das, wie Lea wusste, nur aus Karla selbst bestand – hatte den alten Fall noch einmal aufgerollt, und ihre hartnäckige Arbeit hatte Früchte getragen.

Die nächste Schlagzeile des *Kurier* stammte aus dem Jahr 2020: »Die Puppe war der Schlüssel: Altes Verbrechen geklärt«. Ein kleines Mädchen war 1995 in einem Wald bei

Linz tot aufgefunden worden. In den Armen hielt es eine zerbrochene Puppe. Diese wurde der entscheidende Hinweis zur Lösung des Falles, der mit einem weiteren Fall zusammenhing, den man nun ebenfalls aufklären konnte. Die unermüdliche Arbeit des BK hatte den Mörder entlarvt, einen damals 19-jährigen Jugendlichen, der sich mittlerweile als braver Familienvater gab. Obwohl Hofbauer im Artikel selbst nicht erwähnt wurde, sah Lea sie auf dem Foto der Pressekonferenz neben dem Leiter des Bundeskriminalamts sitzen.

Ein Artikel aus der *Wiener Zeitung* von 2021 titelte »Mörderisches Vermächtnis: Entschlüsselung eines Rätsels«. In diesem Fall war ein angesehener Geschäftsmann in seinem Wiener Büro brutal ermordet worden. Jahrzehntelang hatte jede Spur gefehlt, bis »Hofbauers Team« einen Brief des Opfers entdeckte, der einen neuen Verdächtigen ins Spiel brachte. Der Täter war am Ende der eigene Neffe, der das lukrative Geschäft seines Onkels an sich reißen wollte.

Sowohl Karla Hofbauers Erfolgsquote als auch das Medienecho darauf waren unglaublich, wenn man bedachte, dass ihre Abteilung aus einer einzigen Person bestand. Aber noch etwas stach Lea ins Auge: Der älteste Eintrag in den Medien stammte aus dem Jahr 2019, obwohl sie die Abteilung CCM schon viel länger leitete. 2019 schien eine regelrechte Zeitenwende darzustellen.

Was hatte zu diesem plötzlichen Erfolg geführt? Karla wirkte nicht wie jemand, der von einem Tag auf den anderen beschloss, seine Arbeit plötzlich unbedingt publik machen zu wollen, und daher mit einer PR in eigener Sache begonnen hätte. Im Gegenteil: Auf den Pressefotos, auf denen

Karla zu sehen war, wirkte sie nicht, als sei sie besonders scharf auf die Presse gewesen.

Für Lea stand fest: Irgendetwas musste 2019 passiert sein, es musste einen Grund dafür geben, dass sie ab diesem Zeitpunkt einen Fall nach dem anderen geknackt hatte. Etwas, das Karla Hofbauers Arbeit der letzten Jahre von jener davor unterschied.

»Was meinst du, Buddy?«, fragte sie ihren Begleiter unter dem Tisch und kraulte seinen Kopf.

Leas Gedanken wanderten nach Bad Gastein. Was erwartete sie dort? Ihre Gedanken gingen zu Simon Dorn.

Sie gab dem Internet noch eine weitere Chance, tippte »Simon Dorn« ins Suchfenster ein und stieß auf nur einen einzigen Artikel, der seinen Namen enthielt – doch der Link führte nur zu einer Fehlerseite. *Faszinierend*, dachte sie. Dorn schien großen Wert darauf zu legen, alle Spuren zu sich zu beseitigen.

»Ist hier noch frei?«, hörte sie eine tiefe Männerstimme.

Sie hob den Blick in der festen Absicht, dem anderen eine Absage zu erteilen, zumal der halbe Waggon leer war – und starrte in das Gesicht eines überaus attraktiven Mannes. Er hatte dunkle Haare und markante Gesichtszüge, wirkte gepflegt, und sein weißes Leinenhemd war auf eine Art zugeknöpft, die ihn seriös und rebellisch zugleich erscheinen ließ.

Aber hallo!, dachte Lea, und fort waren alle negativen Erfahrungen, die sie zuletzt mit *Typen* gemacht hatte. »Bitte«, sagte sie und schenkte ihm ihr bestes Lächeln.

»Danke«, sagte er und hob seinen Trolley in das Gepäckfach über ihr. Jetzt konnte sie auch sein teures Markenparfum riechen …

Lea biss sich auf die Unterlippe und hörte zugleich ein leises Knurren. Buddy erhob sich majestätisch, stellte sich in den Mittelgang und fixierte den Mann mit seinem Blick.

Mehr Kommunikation war nicht nötig. Der Mann hob abwehrend die Hände, holte rasch seinen Trolley wieder herunter und suchte das Weite.

»Danke, Buddy«, sagte sie zum Hund, der ihr vielleicht nicht die Tour, aber bestimmt eine nette Begegnung vermasselt hatte. »Wirklich nett von dir.«

Buddy legte den Kopf schief und verkroch sich wieder unter den Vierertisch, der, daran bestand nicht der geringste Zweifel, bis Salzburg Lea und ihm allein gehören würde.

Kurz bevor sie in der Mozartstadt ankamen, rief Lea den offiziellen Web-Eintrag der Polizeiinspektion Bad Gastein auf und sah sich das Dienstfoto des Leiters der Inspektion an: Markus Aschbrenner.

Lea hielt Buddy das Display mit Aschbrenners Bild vor die Nase. »Ist der wenigstens okay für dich?«, fragte sie. Buddy sah sich das Bild mit einem einseitig hochgezogenen Lid an.

»Das nehme ich mal als ein Ja.«

Lea wusste, dass es Blödsinn war, im Alleingang und ohne offizielles Mandat in Bad Gastein herumzuschnüffeln. Sie brauchte jemanden vor Ort, und ein Kollege von der Polizei war die naheliegendste Lösung. Gleichwohl konnte sie nicht abschätzen, inwieweit sie diesen Unbekannten in ihre Pläne einweihen sollte. Aber das würde sich schon ergeben.

Kurz entschlossen wählte sie die Nummer der Inspektion und wartete, bis jemand abnahm. »Polizeiinspektion Bad Gastein, was kann ich für Sie tun?«

»Ist Markus Aschbrenner da?«

»Am Apparat. Wie kann ich Ihnen helfen?«

»Mein Name ist Lea Wagner, Bundeskriminalamt. Ich ermittle gerade in einigen alten Verbrechen und bin auf dem Weg nach Bad Gastein. Hätten Sie Zeit für ein persönliches Gespräch?«

Aschbrenner ließ sich etwas Zeit mit seiner Antwort. »Alte Verbrechen? Wie sollte ich Ihnen dabei helfen können?«

Okay, er brauchte ein bisschen Konkreteres. »Es geht um Simon Dorn.«

»Oh.«

»Was meinen Sie damit?«

»Nichts. Nichts.«

Trotz der doppelten Verneinung konnte Lea förmlich hören, wie bei ihrem Gegenüber die Alarmglocken klingelten.

»Sie kennen Simon Dorn?«

»Natürlich.«

»Dann wissen Sie ja auch, dass er als Kriminalpsychologe gearbeitet hat.«

»Tut mir leid, da kann ich Ihnen wirklich nicht weiterhelfen. Falls das alles war ...«

»Hören Sie, ich will Ihre Zeit nicht überstrapazieren, aber es ist wirklich wichtig. Ich brauche jemanden, der die Verhältnisse vor Ort kennt.«

»Frau Wagner, über Simon Dorn weiß ich vermutlich genauso viel oder wenig wie Sie ... jedenfalls, was seine Arbeit als Kriminalpsychologe betrifft.«

»Es geht nicht nur um seine Arbeit. Bitte, Herr Aschbrenner, können wir uns kurz treffen?«

Aschbrenner seufzte. »Von mir aus. Wann kommen Sie denn an?«

»Um zwanzig vor elf.«

»Heute? Am Samstag?«

»Ja, warum nicht? Sie arbeiten doch auch?«

Aschbrenner blieb einen Moment still, bevor er seufzte und sagte: »Okay. Sie können direkt vor der Inspektion parken.«

»Ich komme mit dem Zug. Vielleicht könnten Sie …«

Aschbrenner seufzte erneut. »Ich komme Sie abholen«, sagte er und legte ohne ein weiteres Wort auf.

24

Kriminalkommissar Johannes Lorenz erreichte den Hamburger Stadtteil Wilhelmsburg, der als sozialer Brennpunkt bekannt war. Er war hier nicht zum ersten Mal und würde im Lauf seiner Karriere wohl immer wieder hier zu tun bekommen.

Vor einem der vielen Sozialbauten hielt er an, stieg aus und sah an der Fassade hoch. Unter dem bleiernen Himmel wirkte die Wohnanlage noch erdrückender. Die Balkone ragten wie Schubladen in einer alten Kommode aus der Wand. Die teils sehr individuelle Dekoration schien den Wunsch der Bewohner zu spiegeln, sich aus dem Korsett zu befreien, in das Architektur und Beton sie zu zwingen versuchten.

Dass Veronika Schulz hier lebte und gleichzeitig Freiwilligendienst für die Armen leistete, beeindruckte Lorenz mehr, als es für ein neutrales Urteil förderlich war. Aber Schulz war keine Verdächtige. Sie war der berühmte Schuss ins Blaue.

Verzweiflungstat, verbesserte sich Lorenz still und knirschte mit den Zähnen.

Er trat an das Haus heran und fand Schulz' Klingelknopf, versuchte es mehrmals, ohne Ergebnis. Als jemand herauskam, schlüpfte Lorenz ins Innere und stieg die Treppen hinauf. Die Fliesen waren teils zersprungen. Manche der Bruchkanten ragten messerscharf heraus, man konnte nur hoffen, dass keiner jemals stürzte. Die Wände waren zerkratzt, voller Flecken und mit allerlei halbstarker Kunst besudelt, und überall waren Abdrücke von Fahrradreifen und Schuhsohlen.

Lorenz hatte eigentlich vor, die Nachbarn nach Veronika zu befragen. Aber der schlechte Zustand der Anlage ließ ihn befürchten, dass hier keiner den anderen kannte und alle bloß ihre Ruhe haben wollten. Ganz besonders vor Leuten wie ihm.

Also versuchte er es an Veronika Schulz' Wohnungstür – und konnte kaum glauben, dass sie unverschlossen war. Lorenz schob sie leise auf und ging hinein.

»Frau Schulz?«, rief er, sog zaghaft die Raumluft ein, insgeheim hoffend, dass ihm der entsetzliche Geruch von Verwesung erspart bleiben würde.

In der Wohnung aber war nichts als abgestandene Luft. Aus dem Korridor, der überraschend großzügig dimensioniert war, führte eine ebenso überraschende Anzahl von Türen zu den Zimmern der Wohnung. Dass Schulz allein hier gelebt haben musste, sah Lorenz am Schuhregal. Er ertappte sich bei dem Gedanken, dass es ziemliche Platzverschwendung war, wenn ein einziger Mensch in einer so großen Wohnung lebte. *Warum nicht?*, korrigierte er sich selbst. Warum sollten ärmere Menschen nicht gleich viel Platz haben wie reichere?

Das Wohnzimmer war zweckmäßig eingerichtet, schien aber aus der Zeit gefallen – alter Fernseher, alte Stereoanlage, alte CD-Sammlung. *Schlager*, dachte Lorenz und rümpfte die Nase. Nicht sein Ding.

Er sah sich auch die anderen Räume an. Im Schlafzimmer, auf der Bettdecke, glaubte er den Abdruck einer großen Tasche oder eines Koffers zu erkennen. Der Schrank stand offen, sein Inhalt wies deutliche Lücken auf. Manches war achtlos zurückgeworfen worden, anderes lag sorgsam gefaltet an seinem Platz.

Sie hatte es eilig, dachte Lorenz. Ein überstürzter Aufbruch? Eine Flucht? Aber vor wem? Vor dem Täter, dessen Mord an Karla Hofbauer sie womöglich beobachtet hatte? Vor dem sie sich jetzt fürchtete? Falls es so war, konnte Schulz tatsächlich ein Schlüssel zur Lösung dieses Falles sein. Er musste sie unbedingt finden …

Lorenz verließ das Schlafzimmer und ging ins Wohnzimmer zurück. Irgendetwas irritierte ihn. Nein, eigentlich irritierte ihn vieles hier. Niemals hätte er sich in einer Wohnung wie dieser wohlfühlen können. Aber da war noch etwas anderes. Etwas, das er nur schwer zu fassen bekam.

Er blickte durch das Fenster auf die regennassen Straßen von Hamburg.

Was würde Stresemann tun?, dachte er. Was würde der alte Griesgram ihm raten? Klinken zu putzen?

Tatsächlich sah es so aus, als führte kein Weg am Allheilmittel des alten Kollegen vorbei. Kilometer machen, Leute befragen, Hinweise sammeln, zuerst genau hier, dann im ganzen Stadtteil, und falls nötig noch darüber hinaus – bis man irgendetwas hatte. Dabei konnte Lorenz nicht auf fremde Hilfe hoffen. Schon gar nicht samstags …

Lorenz seufzte und machte sich daran, ein Foto von Veronika Schulz zu suchen. Bestimmt kannte man sich hier eher vom Sehen als beim Namen.

Er drehte sich in den Raum zurück und begriff, dass es genau das war, was ihn irritierte: Es gab hier keine Fotos. Nicht an den Wänden, nicht auf den Schränken, nicht im Wohnzimmer, nicht im Gang und nicht in den anderen Räumen, soweit er sie schon gesehen hatte.

Er durchsuchte jeden Schrank, der so aussah, als könnte man dort etwas Persönliches verwahren, und erkannte irgendwann, dass es nichts gab. Keine Bilder, keine Dokumente, keine Ordner mit persönlichem Kram, nicht mal Rechnungen.

Wie ein Hotelzimmer …

Als sein Handy klingelte und die Stille der Wohnung zerschnitt, erschrak Lorenz kurz und dachte im ersten Moment an Stresemann, der noch im Aufwachraum wissen wollte, welchen Unfug er wohl gerade trieb.

»Lorenz«, sagte er scharf.

»Guten Tag, Herr Lorenz. Neumann hier, Kriminalpolizeiinspektion Passau. Man sagte mir, Sie seien der Zuständige.«

»Wofür?«

»Für den Fall, mit dem … Sie wissen schon.«

Lorenz konnte die Unerfahrenheit des anderen Kriminalpolizisten förmlich hören. »Mit dem was?«, fragte er und kam sich plötzlich selbst wie Stresemann vor.

»Dem Kronensymbol.«

Lorenz spürte, wie sich die Gänsehaut auf seinem ganzen Rücken ausbreitete. »Ja«, sagte er knapp, »was ist damit?«

»Wir haben hier einen Mord, der genau danach aussieht. Kehle durchtrennt und …«

O Gott, dachte Lorenz und sagte: »Reden Sie schon!«

»Und eine Krone brutal hinein…«

Lorenz kannte den Rest. Eine Krone, die durch alle Hautschichten ging, bis in den Schädelknochen hinein. Er ersparte dem anderen, es auszusprechen.

»Wie lange her?«, fragte Lorenz.

»Vergangene Nacht, vermutlich.«

Ihm wurde heiß und kalt. War das Opfer Veronika Schulz? Die Frau, die überstürzt aus der Wohnung geflohen ist, in der er gerade stand? »Es – es ist eine Frau, oder?«, sagte er in fester Überzeugung.

Neumann zögerte einen Moment. »Nein. Ein Mann. Ein Anwalt, um genau zu sein. Thomas Schreiber. Ich stehe gerade in seiner Kanzlei und … bitte verzeihen Sie.«

Lorenz konnte Neumann schwer atmen hören. Vielleicht würgte er gerade, genau wie Lorenz damals, beim Anblick der Leiche. Aber der Kollege legte nicht auf.

Lorenz ertappte sich beim nächsten unmoralischen Gedanken: *Lieber ein Anwalt als Veronika Schulz.* Dabei war es unwichtig. Stresemanns Vermutung traf zu: Sie hatten hier eine Mordserie. Und zwar eine, die mit einem Serienverbrechen in Österreich zusammenhing und es fortsetzte.

Passau, überlegte Lorenz. Ganz im Süden. Nahe an Österreich.

»Okay. Hören Sie. Schicken Sie mir alle Informationen, Hinweise, Vermutungen – alles, was Sie haben, an diese Nummer. Und verständigen Sie das Bundeskriminalamt.«

»Wie bitte?«

»Rufen Sie das BKA in Wiesbaden an. Jetzt.«

»Ich bin aber allein in Bereitschaft. Ich muss mich um die Untersuchung der Leiche kümmern und alles. Dabei ist Samstag. Die Presse will mich sprechen. Das ist alles nicht so einfach.«

»Hören Sie«, sagte Lorenz, »genau deshalb brauchen Sie das BKA. Das Einzige, was jetzt zählt, ist, den Täter zu finden, der frei herumläuft. Er ist Ihnen näher als mir. Sie müssen Alarm schlagen, sofort!«

»Aber …«

»Tun Sie, was Sie können. Die Forensik soll sich ranhalten. Wir brauchen etwas. Irgendwas.«

»In Ordnung.«

»Dann los!«

Lorenz drückte Neumann weg und suchte im Internet die Nummer des BKA Wiesbaden, um die Kollegen gleich selbst ins Boot zu holen.

Als er die automatische Ansage hörte, über die er sich in die entsprechende Abteilung durchwählen sollte, beschlich ihn die leise Ahnung, dass es nicht einfach sein würde, irgendwem in Wiesbaden irgendwas klarzumachen. Vor allem, wenn es schnell gehen musste.

Er legte auf, blies die Luft aus und fühlte in sich hinein. *Dem Täter hinterher!*, sagte die innere Stimme. Aber das ging nicht. Für Passau war er nicht zuständig. Wenn er Pech hatte, schlug man ihm dort die Tür vor der Nase zu.

Hinterher!, dachte er wieder.

Ob Stresemann es auch so gemacht hätte? Bestimmt nicht. Und doch …

Hinterher!

Zehn Minuten später wusste Lorenz, dass ein Flug von Hamburg nach München ging, den er gerade noch schaffen konnte. Mit einem Mietwagen würde er weitere zwei Stunden später in Passau sein. Wo der Täter war. Oder wenigstens gewesen war, vergangene Nacht. Immer noch zu lange her, als dass man hätte denken können, man sei ihm direkt auf den Fersen, aber es war besser als nichts.

Lorenz hastete aus dem Block, sprang in seinen Wagen und fuhr zum Flughafen los.

25

Der Lautsprecher über Lea Wagner ertönte. »Nächster Halt: Bad Gastein. Ausstieg in Fahrtrichtung links.«

Lea hatte sich schon vor Minuten an eine der Türen gestellt. Es regnete, und Nebelfetzen waberten vorbei. Diese Gegend hatte etwas Melancholisches. Und das war nicht das Einzige, was auf die Stimmung drückte. Buddy war unruhig und gab schon über die halbe Strecke von Salzburg zu erkennen, dass er dringend Auslauf brauchte. »Gleich hast du's geschafft, Buddy. Nur einen Moment noch.«

Beim Einfahren in den Bahnhof warf Lea einen Blick auf die Leute auf dem Bahnsteig und entdeckte sofort einen Mann in Polizeiuniform, der zumindest entfernte Ähnlichkeit mit dem Foto besaß, das Lea auf der Webseite der Polizeiinspektion gesehen hatte. Allerdings wirkte er in echt wesentlich … was war es? *Älter?*

Der Zug hielt an, sie stiegen aus – und Buddy schoss davon, um sich zu erleichtern.

»Inspektor Aschbrenner?«, fragte Lea den Mann, der Buddy irritiert beobachtete und erst dann Lea ansah.

Nein: Unausgeschlafener als auf dem Foto, korrigierte Lea ihren ersten Eindruck. Die dicken Augenringe verrieten ihr, dass der Kerl eigentlich im Bett sein sollte und nicht hier.

»Ja. Und Sie sind Lea Wagner.«

Sie nickte, und er rang sich ein Lächeln ab, das Lea durchaus sympathisch fand. Bestimmt war er sehr umgänglich, wenn er erst mal zehn Stunden geschlafen hatte.

»Lange Nacht?«, rutschte ihr heraus.

Aschbrenner runzelte die Stirn. »Könnte man so sagen. Sebastian, drei Monate. Und der da?«, fragte Aschbrenner und zeigte zu Buddy, der langsam angetrottet kam und jetzt spürbar ruhiger wirkte.

»Buddy.«

»Darf der ohne Maulkorb in die Bahn?«

»Lange Geschichte«, sagte Lea und verzichtete auf weitere Erklärungen.

»Von mir aus. Wobei es mich schon wundert.«

»Was denn?«

»Dass eine Beamtin aus Wien hier aufkreuzt. Am Samstag. Mit ihrem Privathund.«

»Er ist nicht mein ... egal. Glauben Sie mir, auch in Wien wird samstags gearbeitet.«

Aschbrenner zuckte mit den Schultern, wirkte aber nicht sonderlich überzeugt.

Lea wollte nicht länger im Nebel stehen, der sich inzwischen in Regen verwandelt hatte – schließlich hatte sie nichts zum Umziehen dabei. »Gehen wir?«, schlug sie darum vor. »Ich will Sie nicht zu lange von Sebastian fernhalten.«

Seite an Seite verließen sie den Bahnhof. Aschbrenners Tempo und Schrittlänge hatten geradezu militärische Züge. Sie machte schneller, und Buddy trabte locker neben ihnen her.

Sie gingen links am Salzburger Hof vorbei und durch verwinkelte Gassen immer weiter hinunter. Die Hotels überall wirkten so groß wie trist, die Straßen waren menschenleer. Ob dies nur am schlechten Wetter lag?

Lea vertrieb die Gedanken und konzentrierte sich auf den Fall. Sie hoffte, ein paar Infos aus Aschbrenner herauszubekommen, bevor sie bei Dorn waren. »Sie kennen Simon Dorn persönlich?«, fragte sie den Polizisten.

»Natürlich. Jeder hier kennt ihn.«

»Wo wohnt er denn?«

»Das wissen Sie nicht?«

Die Frage war berechtigt, denn der Wohnort einer Person war einfach festzustellen. »Ich muss dringend mit ihm sprechen«, überspielte sie die Situation.

»Er wohnt im Dornwald«, sagte Aschbrenner bedeutungsschwer und wurde etwas gesprächiger. Er erzählte von diesem ehrwürdigen, aber inzwischen leer stehenden Hotel, das einst von der Familie Dorn errichtet worden war und das sich heute, Generationen später, immer noch im Familienbesitz befand – konkret: in Simon Dorns Besitz. Er zeigte auch in die Richtung, in der es lag, doch eine dichte Nebelbank versperrte die Sicht. Aschbrenner berichtete in aller Knappheit vom Niedergang des Tourismus, vom Tod der Besitzer und davon, dass Simon Dorn das Haus bereits seit vielen Jahren leer stehen ließ. Zum Ärgernis der Gemeindeverwaltung, des Bürgermeisters und vieler Bewohner, für die das ehemalige Schmuckstück Dornwald inzwischen zum Schandfleck und sichtbaren Symbol für die Zerrissenheit Bad Gasteins geworden war.

»Wieso tut er das? Ist er so ein Querulant?«

»Nein. Aber es würde Millionen kosten, das Hotel so zu renovieren, dass man es wieder aufsperren kann. Als Privatmann ist das nicht zu stemmen.«

»Ist es überhaupt erlaubt, ein solches Haus einfach verfallen zu lassen?«, fragte Lea, die vom Hotelbusiness so viel Ahnung hatte wie ein Bock vom Gärtnern.

Aschbrenner schnaubte. »Dorn kann damit machen, was er will. Er ist der Erbe und rechtmäßige Besitzer. Und das Dornwald ist ja nicht das einzige leer stehende Haus hier. Solange es niemanden gefährdet, ist es seine Sache.«

Da begriff Lea noch etwas anderes. »Aber er wohnt selbst da drin?«

Aschbrenner nickte und schritt voran, so schnell, dass Lea kaum Zeit blieb, das Wichtigste zu erfahren. »Wissen Sie, was er heute macht? Beruflich?«

»Nein.«

»Aber Sie kennen ihn persönlich.«

»Nur von früher. Wir gingen zusammen zur Schule. Aber die letzten Jahre … Jahrzehnte hatte ich keinen Kontakt mehr zu ihm. Bis gestern.«

Lea horchte auf und beeilte sich, auf gleiche Höhe zu kommen. »Bis gestern – was war da?«

Aschbrenner erzählte von dem Zwischenfall und der Anzeige des Bürgermeisters, von den Schwierigkeiten, die Seiler Dorn wegen des Hotels machte, von Anschuldigungen, die sehr wahrscheinlich übertrieben waren. Offensichtlich wollte man den Druck auf Dorn erhöhen, damit er verkaufte. Und dazu war Seiler jedes Mittel recht.

»Der Bürgermeister will also, dass Dorn an einen Investor verkauft?«, fragte Lea.

Aschbrenner seufzte. »Ja. Wie es hier inzwischen üblich ist. Es wird investiert, ohne zu investieren, und am Ende weiterverkauft. Und währenddessen …«

Lea wartete, aber es kam nichts weiter. »Währenddessen stopfen sich alle die Taschen voll?«, schlug sie vor.

»Hören Sie, Frau Wagner, nichts für ungut, aber ich habe schon zu viel gesagt. Wir sind da. Tun Sie, wozu Sie gekommen sind. Auch wenn ich glaube, dass er nicht mit Ihnen reden wird.«

Lea ignorierte den letzten Satz und sah sich um. Aus dem Nebel tauchte ein Bauwerk auf, dessen schiere Ausmaße ihr den Atem raubten. Das alte Hotel Dornwald erhob sich vor ihr wie ein vergessener Koloss, der die Spuren der Zeit auf seiner steinernen Haut trug. Die mächtige Fassade war von Schmutz überzogen, die Fenster wie leere Augenhöhlen.

»Schüchtert einen ganz schön ein, was?«, sagte Aschbrenner, der ahnen musste, wie beeindruckt Lea von dem Ungetüm war.

Zwei symmetrische Treppentürme erhoben sich zu beiden Seiten des Gebäudes und schienen den wolkenverhangenen Himmel durchbohren zu wollen. Ihr spitzes Schieferdach, das einige dürftig geflickte Stellen aufwies, erinnerte an die unteren Eckzähne eines Raubtiers. Die viktorianischen Ornamente und die schmiedeeisernen Geländer an den Balkonen vermittelten ein Gefühl von morbider Grandezza, aber auch von zeitloser Schönheit, der selbst der schlechte Erhaltungszustand nichts anhaben konnte.

Lea konnte den Glanz vergangener Zeiten erahnen. Sie stellte sich Kammermusik und rauschende Bälle vor, Gäste, die zu jeder Tageszeit edel gekleidet waren – war hier in Bad Gastein nicht auch der Kaiser persönlich abgestiegen?

Doch von alledem schien nichts mehr übrig zu sein.

Außerdem musste sie sich auf ihre Aufgabe konzentrieren …

Lea dachte an Karla Hofbauer, die jede Woche mit der Bahn hierhergefahren war, sehr wahrscheinlich zu Simon Dorn. Bestimmt war sie denselben Weg gegangen und hatte dasselbe gesehen wie Lea gerade … und dann? Hatte sie hier einen Freund besucht? Einen Verbündeten?

Und was hatte sie mit dem Bargeld gemacht, das sie vor ihren Reisen regelmäßig abgehoben hatte? Floss das in Simon Dorns Taschen? Und wenn ja: wofür?

Sie schritten über den Kies die Einfahrt zum Dornwald hoch. Aus jeder Ritze kroch das Unkraut, eroberte sich die Natur ihren Platz zurück.

Der Haupteingang war mit einer dicken Eisenkette verhängt.

»Was jetzt?«, fragte Lea.

»Jetzt klopfen Sie. So laut Sie können.«

26

Lea tat, was Aschbrenner vorgeschlagen hatte, und hämmerte gegen das schwere Holztor des Hotel Dornwald, so laut sie konnte. Um sie herum rauschte jetzt der Regen, sodass sie froh war, von der Eingangslaube geschützt zu sein.

Nichts passierte.

»Weiter«, sagte Aschbrenner. Seine Stimme klang dumpf und seltsam leise, daran gemessen, dass er direkt neben ihr stand.

Lea tat es, bis ihre Knöchel schmerzten. Doch das einzige Geräusch, das zurückkam, war das gelegentliche Knarren des alten Holztores, das die Zeit deutlich aus der Form gebracht hatte. Zentimeterbreite Spalten machten offensichtlich, weshalb man es nicht mehr mit dem Türschloss, sondern bloß noch mit der Kette verschließen konnte.

Als sich weiterhin nichts tat, warf Lea Aschbrenner einen fragenden Blick zu. Er sah sich um – und nickte in Richtung einer schmalen Passage an der Seite des Hotels, die nicht von Ästen, Pflanzen und Hecken zugewuchert war.

Lea ging voraus. An der Seite des Hotels blieb sie an einem Dornenzweig hängen, Wildrosen vielleicht, der sich in ihrer Hose verhakte, bis er abriss. Lea sah nur kurz hinunter und dann wieder nach vorne, zu einem mehrfach vernagelten Fenster und weiteren Fensterbögen, in denen das Glas noch intakt war. Wegen der Spiegelung und der Dunkelheit des Innenraums konnte sie nicht erkennen, was sich hinter den Fenstern verbarg. Sie spürte den Regen nicht, denn die Bäume über ihr reichten bis an die Mauern heran, und ihre Blätter boten genügend Schutz. Der Geruch von feuchtem Moos und nassem Stein war allgegenwärtig, und kurz glaubte sie auch, ihren Atem kondensieren zu sehen.

Was habe ich hier bloß verloren?, dachte Lea und sah sich nach Buddy um. Wo war der schon wieder? Auf dem Weg zum Dornwald hatte er sich völlig still verhalten, und jetzt ... Lea sah sich nach allen Seiten um und fand nur Aschbrenner, der ihr dicht auf den Fersen blieb. Doch Buddy war weg. Buddy, der Streuner, streunte mal wieder ...

An der Rückseite des Hotels, wo Beton den hochragenden Felshang sicherte, kamen sie auf einen verwilderten Hinterhof. Alles war von Gestrüpp und Dornen überwuchert, das Unkraut zwängte sich überall durch die Pflastersteine. Mitten auf dem Hof lag ein zerschmettertes Möbelstück, die Einzelteile kreuz und quer verstreut.

»Hier stimmt doch was nicht«, murmelte Lea.

»Was stimmt hier nicht?«, sagte Aschbrenner.

Leas Blick fiel auf ein altes Motorrad mit Beiwagen, das unter einem kleinen Verschlag stand. Sie sah das Logo von BMW, hätte die Marke aber auch ohne das Emblem erkannt, weil sie vier wesentlich ältere Brüder hatte und einer nach dem anderen in der Pubertät sein Herz an Motorräder verlor. Doch das Modell hier war deutlich älter als die Maschinen ihrer Brüder.

Plötzlich sah Lea, wie sich hinter Aschbrenner etwas bewegte, direkt am Hintereingang des Hotels.

Eine kleine, unscheinbare Tür schwang auf, und aus der Dunkelheit trat ein Mann, dessen Blässe beeindruckend war, selbst hier, auf dem dunklen Hinterhof, bei Regenwetter.

Er starrte sie an. Seine Augen waren wie jene von Aschbrenner mit dicken Ringen unterlegt, zeugten von zu wenig Schlaf. Er war unrasiert, doch für einen Dreitagebart reichte es noch nicht.

Vor allem aber war er jung. Jünger, als Lea sich diesen Simon Dorn vorgestellt hatte. *Wir gingen zusammen zur Schule*, fiel ihr wieder ein, was Aschbrenner ihr vorhin erzählt hatte. Beide schienen kaum älter als Mitte dreißig zu sein.

»Hallo, Simon«, sagte Aschbrenner.

»Was wollt ihr hier? Wer ist das?«, fauchte er.

»Das ist Frau Wagner … aus Wien. Bundes…«

»Bundeskriminalamt«, sagte Lea, ging zielstrebig auf Dorn zu und streckte ihm die Hand entgegen.

Dorn erwiderte die Geste nicht. »Was haben Sie hier verloren?«

Lea blieb stehen und ließ ihre Hand wieder sinken. »Ich bin wegen Karla Hofbauer hier«, ging sie gleich aufs Ganze. »Sie kennen sie.«

Dorn sah kurz zur Seite, schien zu überlegen. Dann starrte er Lea an und sagte: »Was sollte mich das angehen.« Er wandte sich ab und wollte wieder ins Hotel zurück.

»Sie ist tot.« Lea sah, wie Dorn erstarrte. Sie hätte sich ohrfeigen können. Wie unsensibel konnte man sein? Sie wusste ja nicht, in welchem Verhältnis er zu Karla gestanden hatte.

»Ich weiß«, sagte er nach einer langen Pause, schwach, ohne sich umzudrehen. »Bitte gehen Sie. Sofort.«

Aschbrenner sprang Lea bei: »Frau Wagner kommt extra aus Wien, Simon.«

Dorn schnaubte und sah sie wieder an. Um seine Mundwinkel bildete sich ein bitterer Ausdruck. »Und wenn sie vom Mars kommt, ist mir das egal. Ich habe andere Sorgen«, sagte er an Aschbrenner gerichtet. »Kümmert euch lieber mal darum, herauszufinden, weshalb Seiler meine Stromleitungen gekappt hat.«

»Seiler?«, fragte Lea.

»Der Bürgermeister«, erklärte Aschbrenner. »Wieso glaubst du das, Simon?«

»Na, weil nirgendwo mehr Licht brennt? Oder ... weil Lisa Schauer mir vorhin erzählt hat, dass Peter Seiler überall damit angibt, dass sein Vater es war?«

»Lisa Schauer?«, wiederholte Aschbrenner den Namen. »Etwa die Lisa Schauer, die gerade in Tirol mit ihren Eltern Urlaub macht?«

»Was?«, rief Dorn. Seine Augen weiteten sich, und in seinem Gesicht manifestierte sich ein Ausdruck des Entsetzens.

Aschbrenner sprach ungerührt weiter: »Ich wollte sie am Vormittag befragen, zu den Anschuldigungen gegen dich. Gestern hat es wegen der Schule nicht geklappt. Heute nicht, weil die ganze Familie fortgefahren ist. Nach Tirol.«

»Aber ... das kann nicht sein.«

»Ist aber so.«

»Nein! Sie war hier, ich bin doch nicht verrückt!«

Lea sah zu Aschbrenner, der kurz den Kopf schüttelte. »Herr Dorn«, sagte sie dann, »ich muss herausfinden, was mit Karla Hofbauer geschehen ist. Wir waren Kolleginnen, und wir haben uns gut …«

»Verschwinden Sie!«, entfuhr es Dorn, der jetzt auf sie zukam. Seine Nasenflügel bebten. »Sofort!«

Lea hob beschwichtigend die Hände. »Okay, okay. Wir gehen. Kein Grund, sich aufzuregen. Kommen Sie, Herr Aschbrenner.«

Langsam ging sie zur Seite des Hauses und bedeutete Aschbrenner, ihr zu folgen.

Als sie hinter der Ecke verschwunden waren, hörte Lea noch, wie Dorn die Hintertür zuknallte.

27

»Ich habe ja gesagt, dass er nicht mit Ihnen reden wird«, sagte Aschbrenner zu Lea, ohne sie anzusehen. Er schien die Risse im Mauerwerk zu inspizieren, die sich über die gesamte Fassade zogen.

Lea folgte seinem Blick und fröstelte. Inzwischen war sie durchnässt bis auf die Haut, und die Kälte bahnte sich ihren Weg durch die einzelnen Schichten ihrer Kleidung. »Ist es hier immer so?«, fragte sie.

»Was meinen Sie?«

»So … abweisend.«

Aschbrenner zuckte mit den Schultern. »Bad Gastein hat seine besten Zeiten hinter sich. Und Dorn kämpft mit seinen eigenen Dämonen.« Er schien nachzudenken, ob er weitersprechen sollte, und gab sich einen Ruck. »Dorn hat immer schon das Unglück angezogen.«

»Was heißt das?«

Aschbrenner seufzte, als würde er noch überlegen, ob er ihr antworten sollte. Doch dann erzählte er von all den Unglücken und Todesfällen, die sich seltsamerweise immer in Dorns persönlichem Umfeld zugetragen hatten: vom Ertrinken seines Halbbruders, hier, im Pool des Dornwald, vom Busunglück, bei dem so viele von Dorns Mitschülern ihr Leben gelassen hatten, schließlich vom tragischen Tod seiner Frau in Wien. »Nur er selbst hat stets alles unbeschadet überstanden«, sagte Aschbrenner und schüttelte den Kopf. »Muss man erst mal verkraften.«

Lea hob die Augenbrauen und schwieg. *Furchtbar*, dachte sie. Was machte das mit einem Menschen, so oft mit dem Tod konfrontiert zu werden? Und in der Folge womöglich in den Ruf zu geraten, dass mit einem selbst etwas nicht ganz geheuer war? Menschen waren so. Alles, was nicht ins Raster passte, wurde nur zu gern ausgemustert oder gleich auf den Scheiterhaufen geworfen. Und jemand, der das Unglück magisch anzog …?

Dennoch schien es Dorn zu einer glücklichen Ehe und einer ziemlich erfolgreichen Karriere gebracht zu haben – um sich dann, nach dem Tod seiner Frau, hier in diesem heruntergekommenen Hotel zu verkriechen.

War das wirklich nötig? Ihre eigene Trauerverarbeitung hätte wohl anders ausgesehen. Aber alles, was mit Simon Dorn zu tun hatte, folgte offenbar einer ganz eigenen Logik. Auch wenn sie sich das selbst nicht hätte eingestehen wollen: Was sie über Dorn erfuhr, faszinierte sie.

»Was ist das eigentlich für eine Sache mit dem Strom, der ihm angeblich abgedreht wurde?«, fragte sie Aschbrenner.

»Gehört zu den Dingen, die ich herausfinden werde. Verstehen Sie mich nicht falsch. Ich will Simon ja helfen, selbst wenn er sich nicht helfen lässt. Bürgermeister Seiler hat exzellente Kontakte in Politik und Wirtschaft. Schon möglich, dass er hier die Strippen zieht, um Dorn zu vertreiben. Aber vielleicht war's auch nur ein Baum, der auf eine Stromleitung gefallen ist … oder …«

»Oder was?«

»Oder Simon bekommt die Einsamkeit nicht, und er steigert sich gerade in etwas hinein. Wo ist eigentlich Ihr Hund?«

Lea erschrak. Stimmt, Buddy war ja vorhin verschwunden und seither nicht mehr aufgetaucht. Sie fürchtete, ihn nicht wiederzusehen.

Lea kam sich erbärmlich vor. Aber sie konnte diesen Streuner ja nicht einfach an die Leine legen. Außerdem war er gar nicht *ihr* Hund. Er war *ein* Hund. Ein Hund mit ausgeprägtem Eigenwillen.

Ein Hund, den sie von Wien nach Bad Gastein verfrachtet hatte, wo er sich genauso wenig zurechtfand wie sie selbst.

»Ich werde ihn suchen«, sagte Lea.

»Sie wissen ja, wo Sie mich finden, falls noch etwas ist.«

Lea nickte, bedankte sich knapp, und Aschbrenner schritt davon.

Sie stemmte die Hände in die Hüften und sah noch einmal am Dornwald hoch. *Siehst du mich gerade?*, dachte sie. *Stehst du hinter einem der Fenster und fragst dich, weshalb diese Wienerin gekommen ist? Oder bin ich dir scheißegal?*

Aber was war mit Karla Hofbauer? Ihr Tod konnte ihn doch nicht ungerührt lassen, egal, in welcher Verbindung sie zueinander standen.

Ein Hecheln holte sie aus den Gedanken. Sie senkte ihren Blick – und sah Buddy neben sich sitzen, als sei er niemals weg gewesen.

»Du?« Sie schüttelte den Kopf. Und freute sich unbändig,

ihn wiederzusehen. »Ja, wo warst du denn? Wieso haust du einfach ab, das ist unfair!«

Er sah sie an, als würde sich ihm der Sinn ihrer Worte tatsächlich erschließen. Dann bellte er.

»Lass uns gehen«, sagte sie. »Wir kommen hier nicht weiter. Also los.«

Auf den ersten Metern zum Bahnhof fragte sie sich, ob es nicht besser wäre, über Nacht hierzubleiben. Sich ein Zimmer zu nehmen und zu versuchen, ein bisschen mehr von dem zu erfahren, was sich hinter den Kulissen Bad Gasteins so abspielte. Vielleicht konnte sie sich umhören und so mehr über die Hintergründe erfahren, die Simon Dorn und Karla Hofbauer zusammengeführt hatten …

»Buddy, halt die Klappe!«, schimpfte sie, weil der Hund aufgeregt bellte. Mit jedem Meter Richtung Bahnhof schien er sich noch mehr hineinzusteigern, bis es ihr schließlich reichte. »Was?«, rief sie und fuhr herum.

Er legte den Kopf schief.

»Hier gibt's nix. Nicht für dich, nicht für mich. Es war ein Fehler, herzukommen. Fahren wir nach Wien und sehen, was wir dort herausfinden können.«

Buddy verstummte, setzte sich mitten auf die nasse Straße und wartete.

»Was willst du von mir?«, sprach sie die Frage aus, die sich förmlich aufdrängte. Seit der Hund in ihr Leben getreten war, hatte sie das Gefühl, von ihm gelenkt zu werden. Natürlich war das Blödsinn, aber es fühlte sich so an.

Versuchsweise ging Lea einen Meter in die Richtung zurück, aus der sie gekommen war.

Sofort war Buddy wieder auf den Beinen.

»Nicht im Ernst.«

Man brauchte kein Hundetrainer zu sein, um draufzukommen, was Buddy ihr sagen wollte. *Bleib hier.*

Lea konnte ihn nicht zum Mitkommen zwingen. Sie wollte ihn aber auch nicht hierlassen, Hunderte Kilometer weit von jener Stadt entfernt, die sein eigentliches Zuhause war.

Also tat sie ihm den Gefallen und machte kehrt. Buddy folgte ihr still, ganz dicht an ihrer Seite, den Kopf nach vorne gerichtet.

Zum Dornwald.

28

Bereits zum zweiten Mal an diesem Tag schüchterte Lea der Anblick des alten Hotels ein. Dieser dunkle Kasten hatte wirklich das Zeug zur Geisterbahn, mit einem Bewohner, der einen hervorragenden Kinderschreck abgab.

Dabei sagte ihre innere Stimme, dass es richtig war, nicht lockerzulassen. Sie durfte sich nicht einfach so abspeisen lassen. Alte Ermittlerregel: Wer etwas erreichen will, muss hartnäckig sein. Wühlen, bis der berühmte Dreck kommt. Sie wunderte sich über die Mutlosigkeit, die sie vorhin verspürt hatte. Jetzt, mit jedem Meter auf das Dornwald zu, kehrten Energie und Zuversicht zurück.

An der Vordertür blieb Lea stehen. Kurz sah sie zu Buddy hinunter, der dicht an ihrer Seite blieb.

Dann hämmerte sie los. »Dorn?«, brüllte sie durch den Spalt ins Innere hinein. »Lea Wagner. Ich gehe hier nicht weg, bis Sie mit mir gesprochen haben.«

Wieder und wieder schlug sie auf die schwere Tür ein, bis ihre Hände schmerzten. Im Inneren des Hotels blieb es still. Ihr Puls stieg im selben Maß, wie ihre Entschlossenheit wuchs. Sie dachte nicht länger nach, ob sie hier richtig war. Wo war man schon jemals richtig? Und wo richtig erwünscht? Man musste sich überall auf der Welt seinen

Platz erobern. Warum also nicht auch hier, auf der Suche nach der Wahrheit in einem Fall, der sie bis ins Mark erschütterte?

Hier bin ich, Lea Wagner, und gehe nicht mehr weg.

»Dorn, verflucht. Wenn Sie schon nicht für mich aufmachen, dann wenigstens für Karla Hofbauer. Sie hat es nicht verdient, dass alles an Ihnen und Ihrer Sturheit scheitert. Haben Sie gehört? Der Täter läuft frei herum. Helfen Sie mir, ihn zu finden. Herrgott, seien Sie doch nicht so stur!«

Bestimmt schreckte sie gerade halb Bad Gastein auf. Es konnte Dorn nicht recht sein, so viel Aufmerksamkeit auf sich zu ziehen.

»Geschieht dir ganz recht«, knurrte sie, holte sich einen von den dicken Ästen, die überall herumlagen, und schlug auf die Tür ein, so fest sie konnte. Der Lärm war ohrenbetäubend, und Buddy stimmte bellend mit ein, doch im Inneren blieb es weiter still.

Als sie nicht mehr konnte und ihre Stimme schon ganz rau wurde, warf Lea den Stock zur Seite. Schwer atmend lehnte sie sich mit dem Rücken an die Tür und ließ sich daran nach unten rutschen. Sie fühlte die kalte Oberfläche in ihrem Rücken und das hämmernde Herz in ihrer Brust. Sie rieb sich die Hände und legte sie anschließend auf Buddys Fell, das vom Regen ganz durchweicht war.

»Und was jetzt, hm?«, fragte sie ihn.

Doch auch Buddy schien keinen Plan B zu haben.

29

Dorn schlich an der Seite des Dornwald nach vorn. Er war bloß noch einen Meter vom Eck entfernt – als der Lärm plötzlich verstummte.

Er hielt inne.

Diese Frau aus Wien hatte nicht alle Tassen im Schrank. Kapierte sie nicht, dass sie verschwinden sollte? Ihr Getöse machte ihn wahnsinnig. Jeder Schlag fühlte sich an, als ginge er direkt gegen seinen verkaterten Kopf.

Dorn hatte versucht, sich im Keller zu verkriechen, dann in einem der Obergeschosse. Doch egal, wohin er ging, immer hörte er das Klopfen, das ihn an die Dinge erinnerte, die Wagner ihm vorhin auf dem Hinterhof gesagt hatte.

Karla Hofbauer war tot. Nun war es Gewissheit.

Außerdem hatte Wagner sie gekannt. *Beruflich und privat.*

Dorn wusste, dass Karla auf Frauen stand. Waren die beiden etwa ein Paar gewesen? Spielte Wagner mit verdeckten Karten, während sie längst über alles Bescheid wusste? Dann war die Lage noch viel gefährlicher als ohnehin schon.

Dorn spähte ums Eck, zum Haupteingang hin …

Und erstarrte.

Verlor er langsam den Verstand?

Saß da wirklich ein schneeweißer …

30

»Buddy, was ist?«, fragte Lea, folgte seinem Blick – und sah Simon Dorns aschfahles Gesicht, das hinter dem Eck hervorlugte.

»Hey!«, rief Lea und richtete sich auf. »Herr Dorn, bitte bleiben Sie. Lassen Sie uns reden.«

»Was zur Hölle ist das?«, erwiderte er.

»Was meinen Sie?«

Dorn starrte den Hund an.

»Meinen Sie Buddy? Buddy ist ein Hund, falls das auf Anhieb schwer zu erkennen ist. Schäferhund ... nur eben in Weiß.«

Dorn legte die flache Hand an den Mund, womit er noch schlimmer aussah als ohnehin schon.

»Buddy bestand darauf, dass ich zurückkomme. Ich weiß, das klingt merkwürdig, aber ich schwöre, genauso war's. Er lässt mich nicht nach Wien zurück. Womit Sie uns wohl erst mal nicht mehr loswerden.«

Dorn konnte seine Augen noch immer nicht von Buddy reißen. Der trottete ganz langsam auf Dorn zu, mit eingezogenem Schwanz – eine Geste, die Lea erstaunte. Sie kannte Buddy nur erhaben und majestätisch. Unterwürfigkeit hatte sie bei ihm noch nie erlebt.

Was war hier los?

In einer langsamen Bewegung nahm sie den Stock von vorhin wieder an sich, bereit, ihn zu Buddys Verteidigung einzusetzen, falls Dorn auf die Idee kommen sollte, den Hund zu attackieren.

Aber nichts dergleichen geschah.

Dorn trat ums Eck und beugte sich zu Buddy herunter, um seinen rechten Handrücken an dessen Schnauze zu legen.

31

Dorn konnte es nicht fassen. Der Hund, der ihm in diesem Moment über den Handrücken leckte, sah genauso aus wie Ivory, welcher eine Zeit lang der Hotelhund des Dornwald gewesen war – sehr zum Missfallen seines Großvaters, der seinen Gästen zwar Haustiere erlaubte, aber doch nicht sich selbst! Doch Oma Franziska hatte darauf bestanden, Ivory aufzunehmen, und was Oma sagte, wurde gemacht.

Dorn kannte den Hund nur von Fotos, konnte sich aber noch an Großmutters Erzählungen erinnern, dass Ivory ihnen zugelaufen sei. Eines Tages sei er einfach dagestanden und geblieben. Weil er schon alt war, wurde das Dornwald zu einer Art Seniorenheim für ihn. Immer wieder gab es Zwischenfälle und Sonderschichten für den Putzdienst, der meistens Oma Franziska persönlich übertragen wurde. Wenige Jahre später musste man Ivory von einem Tumorleiden erlösen. »Zum Glück bist du dann gekommen«, hatte Dorn seine Großmutter noch im Ohr – und wusste bis heute nicht, was er davon halten sollte, dass Oma ihn offensichtlich als eine Art Hundeersatz betrachtet hatte.

»Er heißt Buddy«, sagte die Frau aus Wien, die einfach nicht kapieren wollte, dass sie verschwinden sollte.

Dorn tat zunächst, als hörte er es nicht.

Irgendwann in den letzten Jahren hatte er mal zu Ivory recherchiert, und so wusste er, dass Buddy als *Berger Blanc Suisse* bezeichnet wurde, alternativ auch als *Weißer Schweizer Schäferhund.* Man sagte ihm ein gutes Gemüt, Ausgeglichenheit und Selbstsicherheit nach, und all das schien sich auch in Buddy zu zeigen.

»Buddy, hm?«, murmelte Dorn, richtete sich wieder auf und klopfte sanft auf seinen Oberschenkel. Der Hund setzte sich sofort neben ihn und lehnte sich gegen sein Bein.

»Er mag Sie«, bemerkte Wagner.

»Ist das so?«, sagte Dorn, mehr an Buddy gerichtet.

»Bei Männern ist er sehr wählerisch.«

»Seit wann haben Sie ihn?«, rutschte es Dorn heraus. Er hatte eigentlich nicht vor, mit der Frau aus Wien zu reden. Aber dieser Hund …

»Das ist nicht so einfach. Eigentlich habe ich ihn gar nicht.«

Ihre Antwort verwirrte ihn, er hob seinen Blick und sah sie zum ersten Mal wirklich an.

Wagner zuckte mit den Schultern und schnitt ein seltsames Gesicht. »Es ist wohl eher umgekehrt«, erklärte sie. »Er hat mich.«

Dorn sah wieder zu Buddy. Sein langes Fell klebte an seinem Körper, und er schien auf Dorns weitere Befehle zu warten.

Immerhin bist du keine weiße Maus, dachte Dorn und gab sich einen Ruck. Vielleicht war er ja doch nicht verrückt. »Sie haben fünf Minuten«, sagte er zu Wagner.

Diese blickte ihn trotzig an. »Um zu verschwinden? Das wird nicht passieren.«

Dorn schüttelte den Kopf und sagte: »Um mir zu erklären, weshalb ich mit Ihnen über Karla Hofbauer reden sollte.«

Wagner kam auf ihn zu und wirkte mit einem Mal so tatendurstig, dass Dorn schon fürchtete, sie gleich wieder bremsen zu müssen.

»Also los«, sagte er schroff und ging zum Hintereingang. Buddy blieb so dicht bei ihm, dass er mehrmals Dorns Bein berührte.

32

Wir sind wieder auf der Autobahn. Das Ziel kenne ich nicht. Ich sitze einfach da und versuche, nicht aufzufallen, weder den Menschen in den anderen Fahrzeugen noch ihm.

Er hat die Gesetze geändert. Seit vergangener Nacht ist es mir nicht mehr erlaubt, Fragen zu stellen.

Schlimmer noch: Ich darf gar nichts mehr sagen.

Also schweige ich und grüble. Aber in meinem Kopf entstehen nur wirre Konstrukte, die zu nichts passen wollen, was ich weiß. Die ganze Welt, wie ich sie kannte, passt nicht mehr zusammen. Was ist mit dem Bösen? Ich habe es mit eigenen Augen gesehen. Wo ist es jetzt?

Ich reibe mir den Kopf. Die Schmerzen, die ich gestern hatte, sind nichts im Vergleich zu jenen, die er mir zugefügt hat. Weil ich das Essen nicht zu schätzen wusste, das er mir gebracht hat. Weil es mir wieder hochgekommen ist und weil ich hysterisch wurde, als ich ihn im Badezimmerspiegel gesehen habe, mit den tiefen Kratzern am Hals und all dem Blut auf dem Boden.

Worauf ich eine Frage zu viel gestellt habe.

Ich bin selbst schuld an meiner Lage. An den Schmerzen. Am fehlenden Schlaf. Am Schweigen.

Die Ungewissheit darüber, was als Nächstes passiert,

macht mich wahnsinnig. Mir fallen bloß Dinge ein, die unerfreulich sind. Vielleicht schlägt er mich wieder. Vielleicht tut er noch mehr.

Ich wünschte, ich könnte die Gedanken einfach stoppen. Einen Moment lang zuckt die Vorstellung durch meinen Kopf, den Türöffner zu ziehen und mich rausfallen zu lassen, auf die Fahrbahn, hinein in den sicheren Tod. Doch dazu fehlt mir der Mut.

Dabei bin ich mal mutig gewesen. Sehr sogar. Aber das ist so lange her, dass es mir wie aus einem anderen Leben vorkommt.

Ich vergrabe mich in dem Kapuzenpullover, den er mir besorgt hat, und starre nach vorne. Wir nähern uns den Bergen. Irgendwann passieren wir die Grenze zu Österreich.

Salzburg, lese ich von einem der Schilder ab.

Neue Erinnerungen prasseln auf mich ein. Erinnerungen, die ich nicht haben dürfte, die mir aber helfen zu verstehen.

Doch was ich verstehe, gefällt mir nicht.

33

Immobilieninvestor Gustav Kronberger sah aus dem Fenster seines Prachtbüros in der Salzburger Altstadt, wo er nun schon seit einem Jahr residierte. Er beobachtete die Leute, die wie Ameisen durch die Gassen strömten und ihr Geld in der Mozartstadt ließen. Automatisch musste er an die vielen Menschen denken, die in seinen unzähligen Wohnungen lebten. Wobei er sie weniger als Ameisen sah denn als fleißige Bienchen, die ihm den Honigtopf füllten.

Kronberger freute sich gerade über ein Geschäft, das weit über das mit den Wohnungen hinausging. Er hatte einen spektakulären Deal an Land gezogen, der ihn in die nächste Liga katapultieren würde. Ein Schloss, das seit Generationen einer verarmten Adelsfamilie gehörte, würde bald zum Luxusresort werden. Pech für die bisherigen Eigentümer, dass es ein Notverkauf war. Mit etwas Ruhe und den richtigen Kontakten hätten sie locker das Doppelte aus dem Schlossbesitz herausholen können. So aber blieb der Honig bei ihm.

Im Einkauf liegt der Gewinn, dachte Kronberger an seinen Leitspruch, und im Spiegelbild der Fensterscheibe sah er sein breites Grinsen.

Die zurückliegenden Jahre waren ein Segen für ihn gewesen. Keine Zinsen und Banken, denen die Kreditsummen gar nicht hoch genug sein konnten. Zur rechten Zeit hatte Kronberger traumhafte Festzinsvereinbarungen geschlossen und konnte jetzt zusehen, wie die davongaloppierende Inflation ihn vom reichen Mann zum steinreichen Mann machte, ohne dass er auch nur einen Finger rührte.

Während viele seiner Mitbewerber ins Elend gestürzt waren, hatte er aus jeder Phase Profit geschlagen. Er war der Welt da draußen überlegen, weil er sie durchschaute.

Es klopfte, und Kronberger rief: »Ja?«

Moser trat ein. Sein *Scherge*, wie er seinen jungen Assistenten scherzhaft betitelte, hielt wie immer ein Klemmbrett in der linken Hand, auf dem er die wichtigsten Sachen vermerkte, die abzuklären waren.

»Was gibt's?«, fragte Kronberger und sah den Mann mit den eingefallenen Wangen spöttisch an. Moser würde es nie zu ähnlichem Erfolg bringen wie Kronberger selbst. Er hatte nicht die Eier, die es dafür brauchte. Was gut war, denn so blieb er länger in seinen Diensten, während Kronberger darauf vertrauen konnte, sich nicht versehentlich einen Nachfolger heranzuzüchten.

»Es geht wieder um die Wohnung in der Grillparzerstraße«, sprach Moser leise.

»Was ist denn damit schon wieder?«, schimpfte Kronberger mit gespielter Empörung und genoss es, zu sehen, wie Moser noch kleiner wurde. In Wahrheit war es Kronberger scheißegal, was aus der Wohnung wurde, deren Miete seit einem halben Jahr nicht bezahlt wurde, während man die Mieter aus sozialrechtlichen Gründen nicht herausbekam. Es war ein kleines Spaßprojekt, das Moser lehren sollte, wie man in dem Business seine Probleme löste.

»Es ist … es ist nicht so einfach«, stammelte Moser. »Laut der Wirtschaftskammer …«

»Wirtschaftskammer?«, wiederholte Kronberger und lachte lauthals. »Was wollen Sie denn mit diesen Deppen? Hätte ich jemals auf die Wirtschaftskammer gehört, wäre ich längst pleite.«

Kronberger genoss es, Moser zurechtzustutzen. Da sah man mal wieder, was ein Studium brachte: nichts. Rein gar nichts. Zu studieren, machte einen bloß zum Systemsoldaten, der Bücher auswendig lernte und die Wirtschaftskammer anrief, wenn er nicht mehr weiterwusste.

Aber heute war ein guter Tag. Es war Zeit, Moser einen Knochen hinzuwerfen. »Ich sage Ihnen, wie Sie das Problem lösen. Hier«, sagte Kronberger und schrieb Moser eine Nummer auf, »sagen Sie Aleksandar Lukić schöne Grüße von mir und nennen Sie ihm Adresse und Top-Nummer der Wohnung. Er und seine Leute regeln das schneller, als diese Ratten die Wohnungstür wieder zubekommen.«

Moser erblasste. »Aber … das ist doch …«

»Das ist was? Nicht erlaubt, meinen Sie? Wieso sollte es nicht erlaubt sein, ein klärendes Gespräch unter Geschäftspartnern zu führen?«, sagte Kronberger und knallte seine Fäuste spielerisch aneinander.

»Das … das kann ich nicht machen.«

»Müssen Sie auch nicht. Sie müssen nicht mal dabei zusehen.«

»Aber …«

Kronberger seufzte. »Schauen Sie, Moser. Sie sind hier, weil Sie der Jahrgangsbeste waren und weil Sie mir empfohlen worden sind. Entweder wollen Sie mein Assistent sein und vom Besten lernen, oder Sie wollen es nicht. Ihre Entscheidung.«

Moser zögerte. Er wirkte jetzt wie ein Wurm. Aber es gab keine Richtung mehr, in die er sich noch hätte winden können, außer jener, die Kronberger ihm vorgab.

Schließlich nickte er und ging.

Als Kronberger wieder allein war, ließ er sich in den riesigen Ledersessel fallen, öffnete einen Seitenschrank und goss sich einen edlen Whisky ein. Das Glas langsam schwenkend, überkam ihn spontane Lust. Ein Tag wie dieser musste gefeiert werden, und das ganz sicher nicht mit Ehefrau und Kindern. Sein Freund Rupert hatte ihm vor Kurzem von diesem Edel-Etablissement vorgeschwärmt, das gerade neue Rumäninnen bekommen hatte, und ihn auf einen *Freischuss* eingeladen, wie Rupert das so schön nannte.

Kronberger wollte Rupert gerade anrufen, um die Sache klarzumachen – da vibrierte das Handy in seiner Hand.

Fünf Minuten später hetzte Kronberger aus seinem Büro. Die Hitze stand ihm im Gesicht, der Schweiß lief ihm den Rücken hinunter. »Sagen Sie alle meine Termine ab«, befahl er Moser, der ihn mit großen Augen anstarrte. »Glotzen Sie nicht so blöd, tun Sie's einfach. Der Chauffeur soll sich bereithalten. Jetzt!«

Vor dem Eingang zu seinem Büro drückte Kronberger den Rufknopf für den Aufzug. Als der nicht sofort kommen wollte, donnerte er seine Fäuste gegen die Metalltür, wieder und wieder – ein Höllenlärm, der im ganzen Haus unüberhörbar sein würde.

Dann verlor er die Geduld und lief die Treppen hinunter, raus aus dem Haus.

Scheißtouristen, dachte er, während er zunächst noch höflich versuchte, sich an der Ameisenstraße vorbeizudrängeln. Unglaublich, welche Lethargie man an den Tag legen konnte, obwohl man Europa in einer Woche zu entdecken versuchte.

»Scheißaltstadt«, schimpfte er. Viel zu verwinkelt und unmöglich, schnell aus ihr herauszukommen, was den fehlenden Tiefgaragen geschuldet war. Man sollte das ganze Drecksviertel einfach niederreißen und durch Neubauten ersetzen und den Mozartfanatikern von ihm aus ein kleines Disneyland bauen, mit Zauberflötenachterbahn.

Endlich kam er zu seinem Fahrzeug. »Nach Hause!«, blaffte er den Fahrer an, dessen Namen er nicht kannte und auch nicht kennen wollte. Fahrer waren dazu da, jemanden von A nach B zu bringen.

»Sofort!«, schrie Kronberger den Typen an, der bestimmt ein fettes Gehalt kassierte. »Wenn Sie auch nur an einer roten Ampel anhalten, dann schwöre ich Ihnen, sind Sie gefeuert!«

34

Lea Wagner folgte Dorn und Buddy durch den Hintereingang ins Dornwald hinein.

Es war sauberer, als Lea erwartet hätte. Sie hatte sich Spinnweben vorgestellt und dicke Schichten von Staub, allerlei Unrat und Gerümpel, über das man steigen musste, um irgendwo hinzukommen. Dabei hatte Dorn bestimmt keine Lust, in einer Müllhalde zu hausen.

Buddy blieb dicht an Dorns Seite und sah immer wieder zu ihm hoch. Dieser Hund war Lea ein Rätsel. Aber immerhin gelang es ihm, eine Brücke zu Dorn zu bauen.

Sie kamen in eine eindrucksvolle Empfangshalle. Auf dem Tresen der Rezeption stand eine Sturmlampe, die hoffnungslos gegen das viele dunkle Holz ankämpfte. Es brauchte einen Moment, bis Leas Augen sich an die Dunkelheit gewöhnten. Dann fiel ihr Blick auf den Marmorboden mit Intarsien, auf schwere Vorhänge in Rot- und Goldtönen, die dem Raum auch noch den Rest von Helligkeit nahmen.

Die große Rezeption, an deren Schlüsseltafel Dorn gerade herantrat, war aus dunkel gebeiztem Holz, mit reich verzierten Umrandungen. An den Wänden hingen große Gemälde, es zeigte wohl Bad Gastein in seiner Blütezeit.

Überall standen schwere Möbelstücke – Sessel in den

Ausmaßen von Sofas, daneben prunkvolle Beistelltische. Alles hier atmete den Geist einer anderen Zeit. Einst mussten die Gäste hier elegant gekleidet ihren Aperitif genommen haben und nach dem opulenten Dinner bei Cognac und Zigarre zusammengesessen sein, bedient von Kellnern in edlen Fracks. Worum sich wohl ihre Gespräche drehten? Was erwartete man sich damals von der Zukunft? Konnten die Leute irgendwie absehen, auf welch dunkle Zeiten die Welt gerade zusteuerte? Dass das Ende des Ersten Weltkriegs auch das Ende der Monarchie bedeutete – und man direkt auf den nächsten irrsinnigen Krieg zusteuern würde?

Lea fühlte eine ungewohnte Last auf ihrer Seele. Sie ahnte, dass man sich im Dornwald verlieren konnte, im Dunkel der Vergangenheit wie auch der Gegenwart.

»Jetzt kommen Sie. Sonst bleiben Ihnen gleich nur noch drei Minuten«, sagte Dorn, der lautlos an ihr vorbeigegangen war, zur großen, dunklen Treppe. Diese monumental zu nennen, war noch untertrieben.

Lea folgte Dorn, der die Sturmlampe trug. Buddys Schatten zuckte auf den Stufen, sein schneeweißes Fell verlieh ihm etwas Geisterhaftes.

Lea schüttelte den Kopf über ihre Gedanken, legte eine Hand an das Geländer und fühlte den dicken Teppich unter ihren Füßen.

Sie erreichten den dritten Stock, und Lea folgte Dorn ein Stück weit in den langen Korridor hinein. An den Wänden hingen Porträts ehemaliger prominenter Gäste, versehen mit deren Autogrammen, allesamt aus der Nachkriegszeit – vielleicht ein Versuch, mit der Zeit zu gehen.

Sie hielten vor Zimmer 302. Dorn steckte den alten

Schlüssel ins Schloss und drehte ihn um. Als er die Tür nach innen aufdrückte, fiel so viel Licht in den Korridor, dass Lea die Augen zusammenkniff.

Dorn ließ sie vorausgehen.

Das Zimmer war ganz anders als alles, was Lea bisher vom Hotel gesehen hatte: Es schien renoviert worden zu sein, die Wände waren in einem sanften Farbton gestrichen, der Raum wirkte hell und freundlich. Möbel mit klaren Linien ergänzten einige Vintage-Stücke, die wirkten, als seien sie niemals in Verwendung gewesen. Es gab einen Kamin und eine gemütliche Sitzecke. Die Fenster zum Balkon waren hoch und hielten das Rauschen des Bad Gasteiner Wasserfalls fast vollständig draußen.

»Hier«, sagte Dorn, der unbemerkt an ihre Seite getreten war, und reichte ihr ein weißes, flauschiges Handtuch. »Trocknen Sie sich ab.« Er deutete auf ihr nasses Haar und die durchweichte Kleidung.

Lea lag schon ein Dank auf den Lippen, doch als hätte Dorn es geahnt, schüttelte er den Kopf und sagte: »Fünf Minuten. Wir sind bloß hier, weil es keinen anderen Platz gibt, an dem es sich gut reden lässt.«

»Wegen des Stroms, oder?«

Dorns Gesicht verhärtete sich weiter. Dann deutete er auf einen der makellosen Chesterfield-Sessel in der Sitzecke. Nachdem Lea sich notdürftig abgetrocknet hatte, versank sie fast in dem herrschaftlichen Teil und musste sich um eine angemessene Haltung bemühen.

»Vier Minuten«, sagte Dorn, dessen wahre Aufmerksamkeit Buddy galt, dem er den Kopf kraulte und über das feuchte Fell strich.

»Karla Hofbauer«, sagte Lea.

Dorn sah nicht auf. »Und weiter?«

»Sie ist … sie *war* unsere gemeinsame Bekannte.«

»Sieht wohl so aus.«

Sie war es leid, weiter drum herumzureden. »Ich weiß von Ihrer Zusammenarbeit hier.«

Für einen Augenblick wirkte Dorn wie versteinert. Dann hob er langsam seinen Blick, wirkte aber weniger getroffen als irritiert. »Was meinen Sie mit ›Zusammenarbeit hier‹?«

»Na ja: Ich weiß, woran Sie hier gearbeitet haben«, präzisierte Lea und sah, wie er den Kopf schüttelte.

»Ich weiß, dass Karla regelmäßig zu Ihnen kam. Immer mit einer ziemlichen Menge Geld im Gepäck. Sie hat Sie für die Arbeit bezahlt, nicht wahr?«

Dorns Kopfschütteln ging weiter, doch es wirkte wenig glaubwürdig.

»Sie haben ihr geholfen, ihre Fälle zu lösen.«

»Das ist Quatsch.«

»Sie kennen sich schon lange. Sie hatte Ihre Diplomarbeit. *Kriminalpsychologie in der Praxis*«, zitierte Lea aus dem Gedächtnis und sah, wie Dorns Gesicht immer länger wurde.

»Ich habe die Akte gesehen, an der sie zuletzt arbeitete. Der Fall der Toten mit den Kronen auf der Stirn. Sie wissen davon.«

Plötzlich blitzte Wut in Dorns Augen auf, und er ließ von Buddy ab, den er bis eben noch gestreichelt hatte. »Ich möchte Sie bitten, mit Ihren Spekulationen aufzuhören.«

»Dann sagen Sie mir, was Sie wissen.«

»Ich bin hier nicht in Ihrem Verhör.«

Lea atmete tief durch, bevor sie weitersprach. »Deshalb bin ich auch nicht gekommen. Ich will denjenigen finden, der Karla das angetan hat. Und ich bin mir ziemlich sicher, dass auch Sie das wollen.«

Dorn sprang auf, stellte sich ans Fenster und starrte hinaus. »Ich will bloß meine Ruhe«, murmelte er gerade so laut, dass Lea es noch hören konnte.

»Bestimmt nicht einfach, die Substanz hier zu erhalten«, redete Lea weiter, »das verschlingt doch Unsummen, oder? Kommen Sie, Dorn. Es ist offensichtlich: Karla hat Sie bezahlt. Geld für Ihre Expertise zu den Fällen, an denen sie arbeitete. Sie haben ihr geholfen. Daran ist doch nichts Verwerfliches, oder?«

Dorn vermied es, Lea anzusehen. Stur schaute er weiter nach draußen und schüttelte wieder den Kopf. Lea ahnte, dass sie langsam bremsen musste, wenn sie nicht schon wieder verjagt werden wollte. Sie entschloss sich, auch etwas von sich selbst preiszugeben, und sagte: »Das BK weiß nichts davon, dass ich hier bin. Der Chef würde mir den Kopf abreißen.«

Die Worte verhallten, und Lea fürchtete schon, eine Dummheit begangen zu haben. Doch schließlich drehte Dorn sich um.

»Waren Sie zwei …«, fragte er und machte eine Geste, mit der er wohl seine Verlegenheit überspielen wollte.

»Was?«, fragte Lea verdutzt.

»Na, Sie wissen schon. Sie und Karla …«

Da kapierte Lea. »Ein Paar, meinen Sie? … Nein, waren wir nicht. Ich wüsste aber auch nicht, was Sie das angeht.«

Dorn hob erneut die Hand, jetzt beschwichtigend.

Er wusste also von Hofbauers sexuellen Präferenzen, die ganz und gar nicht offensichtlich waren. Was bedeutete, dass Karla und er sehr vertraut miteinander gewesen sein mussten ...

»Wie geht es Lipowec?«, fragte Dorn und überraschte Lea damit.

»Gut ... denke ich. Sitzt am Schreibtisch.«

»Wie immer«, gab Dorn hinzu und seufzte hörbar. »Frau Wagner, die fünf Minuten sind vorbei. Sie haben mich nicht überzeugt, mit Ihnen über Karla Hofbauer zu sprechen. Was könnten Sie schon beitragen, Sie haben ja nicht einmal ein offizielles Mandat. Ich bringe Sie hinaus. Fahren Sie nach Hause.« Dorn griff nach der Sturmlampe und war schon halb aus dem Zimmer, als Lea der Kragen platzte.

»Ich werde mich nicht vom Fleck bewegen«, rief sie. »Sehen Sie es so: Ich bin Ihre beste Chance. Vielleicht sogar Ihre einzige. Karla Hofbauers Tod trifft uns beide. Und ich weiß, dass Sie denselben Gedanken verfolgen: Karla Hofbauer ist dem Täter zum Opfer gefallen, gegen den Sie gemeinsam ermittelten. Also tun Sie nicht so, als hätten Sie eine Wahl. Nein, ich werde nicht zu Ihrem Bürgermeisterfreund spazieren und ihm erzählen, was Sie hier im Dornwald treiben. Aber ich werde auch nicht gehen, bevor ich genügend Antworten habe.«

Dorn stieß die Luft aus, was nur halb wie ein Lachen klang. »Sie sind eine schreckliche Nervensäge, Wagner.«

»Ich bin der einzige Mensch, den Sie hier als Verbündeten haben«, erwiderte Lea. Sie sah ihm an, dass jedes ihrer Worte einschlug wie eine Granate.

Dorns Wangenknochen arbeiteten. Er schaffte es nicht,

sie anzusehen. »Sind Sie vielleicht lebensmüde?«, murmelte er gerade so laut, dass sie es hören konnte. Es klang nicht nach einer Drohung. Eher wie eine Warnung davor, sich zu weit in seine Welt hineinzubegeben.

»Ich gehe nicht weg«, sagte sie fest.

Dorn zögerte. Sah zum Fenster hinaus. Dann zog er einen Zimmerschlüssel aus seiner Hosentasche heraus. Er betrachtete ihn lange und nachdenklich.

»Kommen Sie«, sagte er schließlich und deutete zur Tür.

35

Aus Salzburg herauszukommen, wurde für Gustav Kronberger zur Qual. Jede Sekunde zählte, doch der Welt da draußen war das völlig egal.

Eine *Scheintote*, wie Gustav Kronberger alte Leute oft nannte, überquerte im Zeitlupentempo einen Zebrastreifen. Andere Autos fuhren langsamer, als es das ohnehin viel zu niedrige Tempolimit erlaubte. Eine Straßenbahn blockierte die Kreuzung, weil der Fahrer kurz vor Rot noch weitergefahren war. Es war, als hätte sich die ganze Welt gegen ihn verschworen.

Aufgebracht herrschte Kronberger seinen Chauffeur an: »Hupen Sie!« »Machen Sie schon!« »Überholen Sie doch!«

Der Fahrer war eine Schande für alle Berufskraftfahrer dieser Welt. Er würde ihn feuern und sich jemanden mit Rennsporterfahrung holen. Wieso war er nicht schon früher auf die Idee gekommen?

Während er lautstark fluchte in der Angst, nicht rechtzeitig nach Hause zu kommen, versuchte Kronberger, online einen Privatjet zu ordern, der ihn außer Landes brachte. Dubai für zwanzigtausend Euro. Kronberger drückte sofort auf *Buchung abschließen*, warf das Smartphone weg und krallte die Finger ins glatte, schwarze Leder der Rückbank seines Bentleys.

Er spürte eine Last, als hätte er einen Hinkelstein verschluckt. Es war wieder da. Alles. Allem voran die Angst. Angst um sich, um sein Geld, um die Familie. Eine Angst, die wütend machte. Kronberger war es gewohnt, die Zügel in der Hand zu halten. Zu bestimmen. Jetzt konnte er nur noch reagieren. *Wer reagiert, hat schon verloren*, fiel ihm einer seiner Leitsprüche ein, der ihn weit gebracht hatte.

Endlich erreichten sie Kronbergers prachtvolles Anwesen, das etwas außerhalb der Stadt lag, in Hanglage, mit einer fantastischen Aussicht auf Salzburg. Der lokale Bürgermeister hatte den Grundstücksdeal eingefädelt, im Austausch gegen eine andere kleine Gefälligkeit. *Eine Hand wäscht die andere*, wie es so schön hieß. Gleich nach dem Kauf wurde der Grund umgewidmet und war so ein Vielfaches der Kaufsumme wert. Doch statt Wohnungen zu bauen, wie es mündlich abgemacht war, hatte Kronberger sein eigenes Privatanwesen hier errichtet. Der Bürgermeister hatte geschimpft und getobt, doch gegen Kronbergers Anwälte und eine kleine, feine Erpressung mit amourösem Hintergrund hatte er keine Chance gehabt. Mittlerweile war der Dummkopf abgewählt worden, weitere gut Betuchte hatten sich in der Nachbarschaft angesiedelt, und niemand störte sich mehr daran, dass Kronberger auf dem Filetstück der Gemeinde residierte.

Oft, wenn Kronberger nach Hause kam, ließ er seinen Blick zuerst über das Panorama gleiten, bei dem er sich sonst immer fühlte wie ein Herrscher, der auf seine Untertanen herabsah. Heute jedoch sprang er aus dem Wagen, ließ sich die Autoschlüssel geben und schickte seinen Chauffeur nach Hause.

»Wie soll ich denn in die Stadt zurückkommen?«, fragte der Typ allen Ernstes.

Wütend riss Kronberger seine Brieftasche heraus und warf dem Trottel zwei Hundert-Euro-Scheine vor die Füße. »Ihnen wird schon was einfallen … und Sie sind gefeuert!«

Kronberger hastete über den feinen Kies zum Hauseingang, der von zwei Marmorlöwen bewacht wurde. Er liebte Löwen. Sie vereinten alles, was es brauchte, um erfolgreich zu sein. Überlegene Stärke, entschiedenen Mut und im rechten Moment den Killerinstinkt.

»Marie!«, rief Kronberger laut, als er die doppelflügelige Eingangstür aufstieß. Im Eingangsbereich standen hohe Holzkisten, die am Morgen noch nicht da gewesen waren. Die Gemälde waren also endlich gekommen, die Kronberger kürzlich in einer Kunstauktion erstanden hatte. Heute früh war die Lieferung noch sein größtes Problem gewesen. Jetzt kamen ihm diese überteuerten Schmierereien fast lächerlich vor.

Marie erschien an der Tür zum Wohnzimmer, ein Glas Weißwein in der Hand. Es fehlte noch, dass er ihr eine Entziehungskur bezahlen musste. »Was ist los, Gustav? Du wirkst besorgt.«

»Packt eure Sachen. Jetzt sofort!«

Marie lachte beschwipst. »Unsere Sachen?«

Er wurde noch wütender. »Stell den Wein weg und pack für ein paar Tage. Abfahrt in zehn Minuten.«

»Warum sollte ich«, sagte Marie und nahm einen demonstrativen Schluck von dem edlen Tropfen, den gewöhnliche

Leute nur zu besonderen Gelegenheiten tranken. Alles hier war teuer, und das Teuerste von allem war seine Frau.

»Wo sind Maximilian und Victoria?«

»Na, wo schon. Victoria ist beim Reiten, Maximilian oben an seinem Computer.«

»Sag's Maximilian und pack für Victoria. Wir holen sie vom Reiten ab. Beeil dich. Wir fahren gleich.«

»Du bist ja lächerlich.«

»Wir fahren!«

»Und warum glaubst du, dass wir das machen?«

Da platzte Kronberger der Kragen. Mit schnellen Schritten trat er an Marie heran und wischte ihr das Weißweinglas aus der Hand. Klirrend zersprang es auf dem weißen Marmorboden. Er sah in Maries überraschte Augen, packte ihren Arm und drückte zu.

Sie schrie auf.

»Du wirst tun, was ich dir sage!«, zischte er in einem Ton, der keinen Widerspruch duldete. Dann ließ er von ihr ab.

Marie fasste sich an den Unterarm und sagte kalt: »Das wirst du bereuen.«

»Meinetwegen. Aber zuerst müsst ihr von hier fort!«

Endlich schien sie zu kapieren. Ihre Augen weiteten sich, und aus ihrem Hass wurde Angst. Sie ahnte natürlich schon seit Langem, dass er nicht immer nur Geschäfte machte, mit denen man sich in der Öffentlichkeit brüsten konnte. Sie hatte schon mehrmals den Hass erfahren, mit dem Leute wie sie leben mussten. Weil man ihnen die Früchte ihrer harten Arbeit neidete. Weil die Missgunst zu den hervorstechendsten Eigenschaften einer Gesellschaft zählte, die nicht sah, dass Kronberger Wohnraum für alle schuf und vermietete. Man sollte ihm eigentlich ein Denkmal bauen, statt immer wieder über ihn herzuziehen. Aber die Welt da draußen war nun mal kein gerechter Ort.

»Du und deine beschissenen Deals. Bringst uns alle in Gefahr, und wofür? Für noch mehr Geld? Du bist so erbärmlich.«

Sie zeigte Kronberger ihren Unterarm, auf dem man die Abdrücke seiner Finger sah. »Das war's«, sprach sie das Urteil aus, das längst schon überfällig war. Kronberger hatte es nie in den Mund genommen, um eine teure Scheidung zu vermeiden. Dabei hatte er längst vorgesorgt und genügend Geld außer Landes geschafft …

»Ich bringe euch zu deinen Eltern«, sagte Kronberger.

Marie zögerte noch einen Moment, bevor sie schließlich nickte und ins Obergeschoss ging.

Wenige Minuten später kam sie mit Maximilian und zwei Trolleys zurück. Marie wirkte todernst, während sein Sohn bloß in die Spielkonsole starrte, selbst als er die Stufen der Marmortreppe herabstieg. *Was haben wir bloß falsch gemacht?*, überlegte Kronberger zum tausendsten Mal. Weder Maximilian noch Victoria hatten irgendwas von ihm in ihrem Blut. Keiner der beiden würde ihm jemals das Wasser reichen, geschweige denn ihm nachfolgen können.

Aber es waren nun mal seine Kinder.

36

Dorn führte Lea Wagner zu einem Zimmer im ersten Stock.

103 stand auf dem Türschild.

Sie hatte keine Ahnung, was er vorhatte. In der einen Hand hielt er die Sturmlampe, und mit der anderen hantierte er so langsam mit dem Zimmerschlüssel, dass sie glaubte, er wolle es sich noch einmal anders überlegen. Doch dann drehte er ihn zweimal herum, drückte die Tür auf und bedeutete Lea, ihr hinein zu folgen.

Sie tat es, ohne lange zu überlegen.

Das Zimmer hier war deutlich dunkler als jenes zuvor, obwohl die Fensterläden halb offen standen. So fiel ihr zunächst der Geruch auf, eine unangenehme Mischung aus Moder und altem Teppich, vielleicht auch aus Resten der Ausdünstungen der Gäste, die hier einst untergebracht waren.

Buddy hielt sich dicht hinter ihr und winselte leise.

Nach und nach offenbarte sich das Innere des Zimmers 103. Lea staunte – so etwas hatte sie noch nie gesehen. Die Wände waren übersät von Akten, Fotos, Zeichnungen, seltsamen Gegenständen in scheinbar sinnloser Anordnung, eine auf den ersten Blick chaotische Mixtur, die sie an eine Kunstinstallation denken ließ. Doch das hier war etwas anderes. Es musste mit Karla Hofbauer zu tun haben. Und ihrer Verbindung zu Simon Dorn. Alles andere hätte keinen Sinn gemacht.

Als sie nach und nach begriff, was es mit diesem Zimmer auf sich hatte, bekam Lea Gänsehaut am ganzen Körper. Die Fotos in verschiedensten Größen und Formaten bedeckten fast jeden Quadratzentimeter der Wand. Manche waren klar und lebendig, andere unscharf und verblichen. Es waren offizielle Fotos aus Ermittlungsakten, aber offenbar auch ganz private Schnappschüsse. Sie zeigten Gesichter, Orte und Gegenstände. Ein flüchtiger Moment in einer belebten Straße, ein Porträt wie aus dem Fotostudio, eine Werkstätte, ein unordentliches Büro.

Dann sah Lea ein Bild, das eine Leiche zeigte. Und noch eines. Sie erkannte die Fotos sofort wieder. Es waren dieselben wie in der Akte, die Karla Hofbauer in ihrem Arbeitszimmer verwahrt hatte. Leas Blick blieb an dem Symbol hängen, das inzwischen zur Verbindung einer brutalen Mordserie geworden war: die Krone, die sich auf der Stirn jedes Opfers fand.

Derselbe Fall, derselbe Mörder, der Karla getötet hat?

Für einen Moment musste Lea die Augen schließen. Sie spürte, wie sich eine Träne ihren Weg über die Wange nach unten bahnte. Dann zwang sie sich zur Beherrschung und schaute sich weiter um.

Zahllose Zeitungsausschnitte ergänzten das Bildmaterial. Schlagzeilen, die von den Verbrechen berichteten, aber auch handschriftliche Notizen, vermutlich über das Leben der Opfer.

Instinktiv wollte Lea das Papier berühren, es fühlen und

versuchen, die Verbindung zwischen all den Fragmenten herzustellen. Doch sie blieb auf Abstand.

Noch.

Dann sah sie auch die verschiedenfarbigen Wollfäden. Wie Adern überzogen sie die Wände, verknüpften Fotos, Aktenkopien und händische Notizen miteinander und formten ein Gebilde, das Lea entfernt an ein Spinnennetz erinnerte. An manchen Stellen war es offensichtlich, warum zwei Punkte miteinander verbunden waren: ein Gesicht, das auf zwei verschiedenen Fotos auftauchte, derselbe Name oder das Symbol der Krone auf der Stirn der Opfer, was es leicht machte, vom einen zum anderen zu gelangen. Die meisten Verbindungen jedoch erschlossen sich ihr nicht auf den ersten Blick.

Handschriftliche Notizen, auf Zetteln, Kopien oder direkt auf die Wand geschrieben, waren mit dicken, dunklen Markern nachgezogen, oftmals auch doppelt und dreifach. Außenstehenden musste das Zimmer wie der Schrein eines kranken Geistes vorkommen. Doch Lea wusste längst, dass mehr dahintersteckte. Viel mehr.

Manche Notizen und Schlagwörter waren so sorgfältig hingeschrieben wie in einem Schulheft. Andere wirkten hastig und ungestüm, entstanden in einem Moment höchster Aufregung.

Es musste unzählige Stunden gedauert haben, all diese Informationen aufzubereiten und zu inszenieren. Und dann? Wie ging es dann weiter? War Dorn bereits auf dem richtigen Weg? Hatte er zumindest Hinweise auf eine Spur? Wie weit waren er und Karla mit ihren Ermittlungen gekommen – hatten sie den Täter womöglich aufgeschreckt? Und hatte Karla das mit ihrem Leben bezahlen müssen …?

PODCAST stand auf einer der Wände, quer über ältere Notizen und Elemente geschrieben. »Podcast?«, fragte Lea.

»Hmhm«, machte Dorn, dem es hörbar widerstrebte, seine Stimmbänder in Schwingung zu versetzen.

»Was für ein Podcast?«

Dorn räusperte sich und seufzte: »True Crime. Wahre Verbrechen. Großer Mist.«

Lea verzog den Mund. Sie wusste gleich, worauf er anspielte: Die Lust am wahren Verbrechen trieb oft seltsame Blüten. Von *Aktenzeichen XY … ungelöst* über US-Serien bis zu heutigen Internet-Blogs und Audiopodcasts standen viel öfter Schaulust und Sensationsgier im Mittelpunkt als das ehrliche Interesse an einer Aufklärung. Vom Wunsch danach, sich in die Hinterbliebenen einzufühlen, ganz zu schweigen. Aber jetzt war nicht die Zeit für Moral. »Es gibt einen Podcast über den Fall?«

»Kann man so sagen«, sagte Dorn zerknirscht. »Aber um den geht es nicht.«

»Sondern?«

»Die Kommen…«, fing Dorn an und brach mitten im Wort ab. Dann schüttelte er den Kopf. »So bringt das nichts. Sie können nicht einfach hier hereinspazieren und glauben, sich mit Ihrer Neugier irgendwie zu profilieren, Sie kratzen ja nicht einmal an der Oberfläche.«

»Dann geben Sie mir was, womit ich beginnen kann.«

»Sie beginnen hier gar nichts. Sie wollten, dass ich Ihnen zeige, was ich hier treibe. Das habe ich getan. Und jetzt gehen Sie.«

Lea musste etwas finden, wo sie rasch einhaken konnte. Schnell ließ sie ihren Blick nochmals durchs Zimmer schweifen und blieb am Boden hängen, wo eine großflächige Zeichnung war.

Die Krone.

In ihrer Mitte, direkt unter einem Leuchter ohne Glühbirnen, war der Teppichboden kreisrund abgewetzt – fast so, als wäre jemand dort gewesen und hätte sich endlos im Kreis gedreht.

Plötzlich hatte Lea ein Bild vor Augen, von dem, wie Dorn arbeitete.

Sie stellte sich auf dieselbe Stelle und begann, sich langsam, dann immer schneller im Kreis zu drehen.

»Hören Sie auf damit«, rief Dorn und trat energisch auf sie zu.

37

Gustav Kronberger starrte auf die Straße vor ihnen. Hinten auf der Rückbank saßen Maximilian und Victoria, beide völlig ahnungslos von der Gefahr, in der sie schwebten.

Kronberger konzentrierte sich auf seine Aufgabe. Die Kinder in Sicherheit bringen. Nach Hause zurück und packen. Zum Flughafen.

Und dann?

»Ein Schritt nach dem anderen«, sagte er leise und klammerte sich so sehr ans Lenkrad, dass seine Fingerknöchel weiß wurden.

Warum durfte man hier bloß sechzig fahren? Manche Tempolimits waren so absurd, dass man sie nur ignorieren konnte.

Er hatte seit Jahren kein Auto mehr gesteuert. Die unfassbare Anzahl von Bedienelementen und Funktionen, vor allem aber die Kraft seines Bentleys schüchterten ihn ein. Die Aggressivität mancher Verkehrsteilnehmer führte ihn an den Rand seiner Beherrschung. Er wusste, dass er die Nerven nicht verlieren durfte. Er musste sich auf die richtigen Dinge konzentrieren, wenn er die Kontrolle wiedererlangen wollte.

Wenn er weiterleben wollte …

Kronberger sah in den Rückspiegel. Keiner folgte ihm. Er

senkte seinen Blick etwas und starrte in das bleiche Gesicht seines Sohnes Maximilian, der teilnahmslos an seiner Konsole hing, als wäre es ihm völlig egal, wo in der Welt man ihn hinsetzte – Hauptsache, er konnte spielen.

Neben ihm saß Victoria, frisch aus dem Reitunterricht geholt. Sie trug immer noch Helm undStiefel, und alles roch nach Pferd. Bestimmt versaute sie gerade die Bodenmatten auf dem Platz, an dem Gustav normalerweise saß.

Egal. Alles war egal.

»Was ist eigentlich los, Papa?«, fragte Victoria, als sich ihre Blicke trafen. »Ich hatte gerade die Springstunde, die kostet extra, weißt du?«

Kurzzeitig freute er sich über ihre Entrüstung des Geldes wegen. Sie musste ihren Reitunterricht vom eigenen Taschengeld bezahlen, das selbstverständlich fürstlich bemessen war. Ihr Spargedanke gab ihm ein klein wenig Hoffnung zurück, dass zumindest sie etwas von seinem Talent geerbt haben könnte. Dabei war es jetzt einerlei.

»Ich weiß, Schatz. Aber es ist wichtig. Ich verspreche dir, dass du deine Stunde nachholen kannst«, sagte er, bemüht, ruhig und beherrscht zu klingen.

Er registrierte, wie Marie am Beifahrersitz ihn aus dem Augenwinkel musterte. Und ihm war klar, dass sie nur mitkam, weil sie den Ernst der Lage erkannt hatte. Nicht, weil sie glaubte, dass es eine gute Idee war, und schon gar nicht, weil sie ihn liebte.

»Ist das nicht übertrieben?«, fragte Marie gerade so laut, dass er es hören konnte.

Er schüttelte den Kopf. »Es ist besser, wenn ihr untertaucht.«

Kronberger verschwieg die Tatsache, dass es dadurch vor allem für ihn wesentlich leichter war unterzutauchen. Bis sie es merkten, war er längst über alle Berge.

»Warum fährst du uns überhaupt? Wo ist Silvan?«

»Wer?«

»Dein Chauffeur ... Himmel, du kennst nicht mal seinen Namen?«

»Keiner darf wissen, wo ihr seid.«

Sie wurde lauter. »Ich verstehe das alles nicht. Was kann schon so schlimm sein?« Ihre Stimme zitterte.

Er hatte es ihr nie gesagt. Hätte sie von der Sache gewusst, hätte sie ihn wohl verlassen, und die kostspielige Scheidung wäre umso früher gekommen. Wie hatte er jemals so dumm sein können zu heiraten?

»Es ist alles sehr kompliziert, Marie.« Seine Kiefermuskeln spannten sich an.

»Zu kompliziert für mich?«, fragte sie in ihrer typischen Art, die er mittlerweile verabscheute. Alles, was er sagte, drehte sie so, dass sie es gegen ihn verwenden konnte. Ganz besonders schlimm wurde es, wenn sie betrunken war.

»Zu kompliziert für uns alle.«

»Du bist ein solcher Egoist!« Maries Stimme klang scharf.

Dabei hätte sie bloß noch fünf Minuten still sein müssen. Was hatte er nur jemals an dieser Frau geliebt?

»Ich habe immer für euch gearbeitet. Für dich. Für die Kinder. Für deine Schwester, falls du dich erinnerst. Sie wäre längst bankrott ohne mich.«

»Oh, besten Dank«, sagte Marie sarkastisch. »All das hier«, sie machte eine flüchtige Geste durch den Innenraum mit seinen edlen Tropenholz-Applikationen, »all das hast du also nur für uns gekauft, richtig? Wie schön, dass wir es auch mal zu Gesicht bekommen.«

Am liebsten hätte er sie den Rest des Weges zu Fuß gehen lassen. Aber er riss sich zusammen, bis sie schließlich vor dem stattlichen Bauernhaus ankamen, in dem Marie aufgewachsen war. Es war ein Ort der Geborgenheit und Sicherheit – ganz anders als die Verhältnisse, aus denen Kronberger stammte. Nebenan war ein Reiterhof, was Victoria bestimmt freute. Und Maximilian war ohnehin alles egal.

Kronberger stieg aus, öffnete den Kofferraum und zog die zwei Trolleys heraus, die er bis zum Hauseingang trug. Marie klingelte nicht. Noch nicht.

Zuerst verschwindest du, sollte ihr schmaler Blick wohl bedeuten.

»Dann … bis bald«, sagte Kronberger, als würden sie sich schon in wenigen Tagen wiedersehen. Dabei wusste er es besser. Er würde nun untertauchen, um in Dubai neu zu starten, in neuer Umgebung, mit neuen Projekten und auch mit neuen Menschen in seinem Leben – und sicher irgendwann auch mit neuer Liebe. Ein guter Teil von ihm freute sich auf diesen Neuanfang.

Keiner der drei sagte etwas. Keiner war sich der Bedeutung der Situation bewusst. Vielleicht war es ihnen auch einfach egal. ER war ihnen egal.

Was es ihm nur leichter machte.

Als er davonfuhr, sah er im Innenspiegel noch, wie sich die Haustür öffnete und Maries Mutter ihre Tochter und die Enkel in die Arme schloss.

Dann blickte Kronberger nach vorn und fühlte sich so frei wie seit vielen Jahren nicht mehr.

38

»Lassen Sie das«, herrschte Dorn Lea Wagner an und blieb knapp vor ihr stehen. Er hasste sich für diese Drohgebärde. Doch sie durfte das nicht. Das Zimmer und alles, was darin geschah, war seines. Nur er hatte das Recht, hier seiner Arbeit nachzugehen.

Die 103 hatte Respekt verdient, die Toten, ihr Leben und ihr Sterben. Man konnte nicht einfach hereinspazieren und hier herumtrampeln wie der Elefant im Porzellanladen. Das hier war viel mehr als die Ansammlung und Verdichtung von Tatsachen, Indizien, gesammelten Hinweisen. Es war ein organisches Gebilde, das behütet werden wollte. Niemand durfte einfach so hereinkommen und darin herumwühlen.

Lea Wagner sah ihm fragend in die Augen. In ihrem Blick war keine Angst.

Warum habe ich ihr das Zimmer bloß gezeigt?, fragte er sich und gab sich die Antwort gleich selbst: *Weil du keine andere Wahl hast. Weil sie deine einzige Chance ist. Weil du nicht rauskommst aus dem Dornwald. Weil du Gespenster siehst und hoffst, dass wenigstens diese Lea Wagner real ist …*

Er hörte sie atmen. Spürte die Wärme ihres Körpers. Sie rührte sich kein Stück vom Zentrum des Raumes weg.

Erst jetzt nahm er sie richtig wahr. Sie war hübsch, auch wenn sie sich nicht sonderlich um ihr Äußeres zu kümmern schien. Es gab nur wenige Frauen, die sich ganz und gar auf ihre natürliche Schönheit verlassen konnten. War sie sich dessen überhaupt bewusst? Wagner verdrehte bestimmt so manchem Mann den Kopf, mit ihren feinen Gesichtszügen, den durchdringend grünen Augen und ihrer sportlichen Figur. Aber da war noch mehr – etwas in ihrem Ausdruck, das sich nicht benennen ließ. In einem anderen Leben hätte er sich dazu wohl weitere Gedanken gemacht. Jetzt aber wollte er bloß, dass sie wieder verschwand.

Will ich das? Wirklich?

»Was wissen wir?«, fragte sie.

»Das hier ist kein Spielplatz und kein Escape-Room, oder was immer Sie sich vorstellen«, sagte er aufgebracht.

»Habe ich mich so verhalten?«

Er musste zugeben, dass das nicht der Fall war. Vielleicht war er einfach sauer, dass sie so schnell begriffen hatte, wie er arbeitete – seine Methode, für deren Entwicklung er Jahre gebraucht hatte, mal eben so enttarnt?

Oder hatte er Angst vor ihr? Vor Kontrollverlust? Schließlich waren die Zimmer so ziemlich das Einzige in seinem Leben, das er noch kontrollieren konnte …

»Sie wollten Antworten«, sagte er. »Das verstehe ich. Aber nicht auf diese Weise.«

»Dann reden Sie endlich. Was wissen wir?«

Er schaffte es nicht, zu reden.

»Also gut, Dorn. Bisher sind es die drei, die in der Akte dokumentiert sind. Drei Tote aus einer drei Jahre zurückliegenden Mordserie. Greta, Harald, Birgit.« Zu jedem

Namen, den sie aussprach, deutete sie auf die entsprechende Stelle an den Wänden.

Dorn hatte die Vornamen der Opfer groß an die Wand geschrieben, weil es ihm half, sie in seinen Sitzungen direkt anzusprechen.

Wieder einmal fiel sein Blick auf ihre toten Gesichter. Die Kronen. Warum ausgerechnet Kronen?

Wagner sprach unbeirrt weiter: »Jetzt sind es womöglich vier.«

Dorn wusste, dass sie auf Hofbauer anspielte. »Ist es so?«, fragte er. »Hatte sie denn auch …« Er schaffte es nicht, es auszusprechen, sondern deutete bloß auf seine Stirn.

»Das weiß ich nicht, es wäre aber naheliegend.«

»Dann ist es reine Spekulation.«

»Aber Sie haben doch zuletzt zusammen an diesem Fall gearbeitet, oder?«

»Ja«, musste er zugeben.

»War diese Mordserie aktuell der einzige Fall?«

Er nickte. Nur dieser hier hatte sie beschäftigt, seit dieser Podcast-Sendung und dem Dialog in den Kommentaren darunter, der Täterwissen offenbarte.

Es ist doch nicht zu übersehen.

Was meinst du?

Was auf der Stirn steht.

Seit sie das wussten, galt all ihre Aufmerksamkeit der Mordserie mit den Kronen. Aber ein entscheidendes Puzzleteil hatte gefehlt: von welchem Internet-Anschluss die Kommentare geschrieben worden waren. Die entsprechende Recherche brauchte Zeit, vor allem, weil man mit ausländischen Behörden kooperieren musste. Hofbauer musste eine Abkürzung gefunden haben, die sie nach Hamburg und direkt in den Tod geführt hatte …

Das ist die Mailbox von Karla Hofbauer. Ich steige gerade durchs Tor zur Welt und bin fallweise verhindert.

Sie hatte den Täter gefunden. Ihn gestellt.

Und wurde gekrönt.

Dorn schloss die Augen. Es musste so sein. Die Bitterkeit der Erkenntnis legte sich wieder um ihn, viel endgültiger jetzt.

»Sind es wirklich Kronen?«, fragte Wagner plötzlich.

Dorn öffnete die Augen. Sie hatte sich von ihm entfernt, ohne dass er es bemerkt hätte, und stand jetzt an einer der Wände.

»Können Sie mir die mal leihen?«, bat sie und deutete auf die Sturmlampe in seiner Hand. Er reichte sie ihr, zu perplex, um auf ihre Äußerung einzugehen. Nichts war selbstverständlicher als die Kronen. Jedes Kind zeichnete sie so, und jeder Erwachsene auch. Kronen gehörten zum Kopf – auf den Kopf, nicht in diesen hineingeritzt –, aber die Assoziation war so eindeutig, dass weder er noch Hofbauer noch sonst jemand an eine andere Möglichkeit gedacht hätte.

Keine Kronen?, grübelte Dorn.

»Zumindest nicht *nur* Kronen«, sagte Wagner. »Was ist das? Und das? Es ist bei allen gleich. Sehen Sie!«

Dorn lief es kalt über den Rücken. Was meinte sie? Er folgte Wagner, die schnell von einer Wand zur anderen schritt und überall auf die gleichen zwei kurzen Striche deutete, die am unteren linken und rechten Rand der Krone zu sehen waren.

»Es soll wohl der Kopf sein«, sagte Dorn.

Für ebenso selbstverständlich wie die Krone hatte er die zwei unscheinbaren Striche für den angedeuteten Kopf gehalten. Eine Krone, die auf einem Kopf saß. Wo auch sonst.

»Wäre ein ziemlicher Eierkopf, oder?«, sagte Wagner und legte einen Zeigefinger auf das untere linke Ende jener Krone, die Birgit Jacobi aus Krems an der Donau in die Stirn geschnitten wurde. Vom Winkel des Strichs ausgehend, formte sie einen Kreis, der tatsächlich sehr unförmig aussah. »Das ist kein Kopf.«

Dorn hatte jetzt Gänsehaut am ganzen Körper. Wie konnte etwas so selbstverständlich und so falsch zur selben Zeit sein?

Wie hatte er das übersehen können?

»Vielleicht hat der Täter bloß nicht nachgedacht, wie der Kopf darunter aussieht«, versuchte Dorn, sich zu rechtfertigen. Er merkte selbst, dass es Blödsinn war. Der Unbekannte, mit dem sie es zu tun hatten, hatte an alles gedacht. Sonst könnte er nicht heute noch frei herumlaufen.

Und Karla Hofbauer töten.

Mehrmals fuhr Wagner das Symbol der Krone mit ihrem Finger nach, dann die beiden Striche.

»Wissen Sie, was ich so zeichnen würde?«

Er blieb still. Nein, er wusste es nicht. Er war nie gut im Zeichnen gewesen. Ihm fehlte schlicht die künstlerische Vorstellungskraft, die es brauchte, um Dinge des Lebens auf totes Papier zu bannen.

»Vorausgesetzt, es ist keine Pyramide …«

»Reden Sie schon«, drängte Dorn, der die Situation zu hassen begann. Normalerweise erhellte er die anderen mit seiner Arbeit und nicht umgekehrt. Dabei wusste er, dass die nächsten Wörter aus ihrem Mund wichtig sein würden. »Was würden Sie so zeichnen?«, drängte er.

Wagner drehte sich zu ihm um und starrte ihm in die Augen. Dann sagte sie: »Einen Berg.«

39

Gustav Kronberger steuerte den Bentley viel zu schnell in die Einfahrt seines Anwesens. Als er es merkte, trat er voll in die Bremsen. Das ABS griff ein und brachte die Luxuslimousine ruckelnd zum Stillstand – keinen Meter vor dem Garagentor.

Kronberger ließ den Motor laufen, sprang aus dem Fahrzeug und eilte in seine Villa. Die harten Absätze seiner maßgeschneiderten Schuhe klackerten auf dem edlen Marmor, den er direkt aus Carrara hierher hatte bringen lassen. Jetzt hatte er keinen Blick mehr für irgendwas.

Er hetzte die Treppen hoch. Im ersten Stock steuerte er geradewegs auf sein Büro zu und entsperrte es, indem er vier Zahlen ins elektronische Schloss eingab. Niemand kannte den Code, keiner hatte dort etwas verloren außer ihm und jenen ausgewählten Geschäftspartnern, denen er das Privileg zuteilwerden ließ, ihn in seinen privaten Gefilden zu treffen. Politiker vor allem, manchmal auch ausländische Investoren, wenn sie das entsprechende Spielgeld mitbrachten.

Die Tür schwang auf. Der Raum empfing Kronberger mit dem vertrauten Geruch von Leder, von längst gerauchten Zigarren und getrunkenen Spirituosen. Es war besonders das Leder, das ihn noch an andere, äußerst sinnliche Begegnungen denken ließ, von denen Marie niemals hätte erfahren dürfen.

Mit schnellen Schritten trat er an das Bücherregal heran, das mit diversen Werken der Weltliteratur gefüllt war. Keines davon hatte er jemals gelesen. Aber es machte sich im Immobiliengeschäft gut, wenn man weltmännisch und gebildet wirkte. Weil man davon ablenkte, worum sich in Wahrheit alles drehte.

Geld.

Ein versteckter Mechanismus ließ ein Regal aufspringen und wie eine Tür öffnen. Dahinter verbarg sich der große Safe. Kronberger entsperrte ihn, zog die schwere Tür auf und holte drei Goldbarren heraus, von denen jeder ein Kilogramm wog und Zigtausende Euro wert war. Dazu das Bündel mit Hundert-Dollar-Scheinen und – am wichtigsten – die Daten und Codes für seine Offshore-Konten. Er hatte seinen *Exit*, wie er den Neustart in Dubai bezeichnete, schon vor Jahren geplant, sodass er jetzt nur noch die nötigen Schritte abarbeiten musste.

Er packte alles in die unauffällige Umhängetasche, die ebenfalls schon im Safe vorbereitet lag. Dann trat er an den schweren Schreibtisch heran, zog die Schublade auf, nahm seinen Pass heraus und war fertig zum Aufbruch.

Da hörte er ein Geräusch. Ein Rascheln, wie von Kleidung, irgendwo im Haus. Nur einmal, nur kurz, aber doch deutlich genug.

Plötzlich raste sein Herz, und sein Atem stockte. Kronberger griff nach dem silbernen Brieföffner, der sich schwer und kalt anfühlte. Er hielt die Luft an und lauschte. Aber da war nur sein Herz, sein verdammtes Herz, das viel schneller schlug als sonst.

Er schlich durch den Raum, den Brieföffner fest in der Hand. Hinter dem aufgeklappten Bücherregal versteckte er sich.

Da fiel ihm die Waffe ein, die er besaß. Aber die war nicht hier, sondern im Schlafzimmer. Sollte er versuchen hinzukommen? Hatte er überhaupt noch Zeit?

Oder litt er schon an Verfolgungswahn und hörte Gespenster?

Ein weiterer Laut gab ihm die Gewissheit, dass ihn seine Sinne nicht täuschten. Jemand kam die Treppe hoch. Leise, aber nicht leise genug.

Die Tür ging auf. Der ungebetene Gast bemühte sich nicht mal, unbemerkt zu bleiben.

Kronberger wusste, dass er sich wehren musste, aber er war in eine Schockstarre gefallen.

Zuerst sah er die Schuhe. Dann die Beine.

Langsam hob er seinen Kopf.

Als er in das Antlitz seines Gegenübers blickte, fiel ihm vor Schreck der Brieföffner aus der Hand.

40

Kriminalkommissar Johannes Lorenz war vor einer Stunde in München gelandet und saß bereits im Mietwagen, als sich Kollege Neumann aus Passau am Telefon meldete.

»Keine Chance mit dem BKA«, sagte dieser vorauseilend, in einem Tonfall, der die Aussichtslosigkeit unterstrich. Auch Lorenz hatte mehrmals versucht, jemanden vom BKA in die Leitung zu bekommen, doch nach mehrmaliger Auseinandersetzung mit dem automatischen Weiterleitungssystem und einer falschen Umleitung in eine Abteilung, in der tatsächlich jemand samstags arbeitete, aber für alles andere zuständig war als für Serienverbrechen, hatte er aufgegeben. Lorenz wollte noch versuchen, einen seiner Kollegen am LKA um Rat zu fragen, aber dann war das Boarding dazwischengekommen.

»Schon gut«, beruhigte Lorenz seinen Passauer Kollegen und verschwieg ihm vorerst, dass er in einer guten Stunde bei ihm sein würde, in dem verzweifelten Versuch, einen Serientäter zu stoppen, von dem er so gut wie nichts wusste. Es fühlte sich an, als wollte man mit bloßen Händen ein wildes Tier bändigen, das noch dazu unsichtbar war.

»Die Assistentin konnte uns auch nicht richtig weiterhelfen«, sprach Neumann weiter.

Lorenz, der den Mietwagen im Höchsttempo über die Autobahn lenkte, horchte auf. »Welche Assistentin?«

»Die des Anwalts … Clarissa Markovski … hat die Leiche am Morgen gefunden und uns verständigt. Ich dachte, ich hätte das erwähnt.«

»Haben Sie nicht. Heute Morgen also? Sie hatte am Samstag zu arbeiten?«

»Das glaube ich nicht … ihrer Kleidung nach zu urteilen.«

»Ja?« Wie schon beim ersten Telefonat in Hamburg hatte Lorenz erneut das Gefühl, dem Kollegen alles aus der Nase ziehen zu müssen. »Sagen Sie mir doch einfach, was Sie denken«, drängte er.

»Sie war sehr … abendlich gekleidet.«

»Freizügig, meinen Sie?«

»Irgendwie ja. Tiefer Ausschnitt, kein BH. Viel Parfum. Attraktiv.«

Lorenz rätselte, ob Neumann so verklemmt war oder ob ihn die Umstände des Falles schlicht überforderten. »Glauben Sie, die beiden hatten ein Verhältnis?«

»Sieht sehr danach aus. Sie war völlig aufgelöst. Es dauerte fast eine Stunde, bis sie wieder ansprechbar war. Verständlich, wenn man die Leiche sieht.«

Lorenz überholte einen Reisebus, der eine gefühlte Ewigkeit die Überholspur blockiert hatte, und trat das Gaspedal durch. Er versuchte, gedanklich bei diesem Mord, dem toten Anwalt und dessen Assistentin zu bleiben. »Neumann, hören Sie mich? Erzählen Sie bitte einfach weiter, immer weiter. Die Zeit drängt!«

»Sie hat anfangs nur unverständliches Zeug von sich gegeben. Wir haben sie rausgebracht und ärztlich versorgen lassen. Auf meine Fragen hat sie so gut wie nicht geantwortet, aber später wiederholte sie immer wieder denselben Satz: … *Er hat es immer befürchtet.*«

»Schreiber hatte also schon länger irgendetwas befürchtet? Weiter, Neumann, weiter!«

»Jetzt hören Sie mal, Sie sind nicht mein Chef, und ich tue schon, was ich kann.«

»Okay, okay. Sorry. Ich stehe unter demselben Druck wie Sie. Bitte erzählen Sie.«

Als Lorenz eine Hundert-Stundenkilometer-Beschränkung erreichte, scherte ein Kleinwagen vor ihm aus und blockierte die Überholspur, obwohl es weit und breit niemanden zu überholen gab. Lorenz musste scharf abbremsen, um den anderen nicht abzuschießen. »Verflucht!«

»Was ist?«

»Nichts … so ein Wichtigtuer«, sagte Lorenz, der sich ein Blaulicht gewünscht hätte, das Hilfssheriffs wie den Kerl vor ihm davon abhielt, anderen Unterricht in Verkehrserziehung zu erteilen. Lorenz schnitt nach rechts, trat erneut aufs Gas und überholte den Mann, der ihm anschließend wütend mit der Lichthupe hinterherblinkte. *Arschloch*, dachte Lorenz und sah wieder nach vorne.

»Sind Sie noch dran?«

»Ja. Also, was sollte dieser Satz der Assistentin bedeuten? Wie war das noch mal? *Er hat es immer befürchtet*?«

»Genau. Ich musste mehrmals nachbohren, bis sie geredet hat. Einer von Schreibers Klienten lag ihm schwer im Magen. Aus irgendeinem Grund wurde er ihn nicht los. Anscheinend hatte der Anwalt deshalb sogar Beruhigungsmittel genommen.«

»Und dieser Klient ist …?«

»Unbekannt. Schreiber hat es ihr nie offenbart. Er sagte, es sei nicht gut, wenn sie es wüsste.«

»Aber sie hat sofort den Zusammenhang zum Mord an ihm erkannt, oder? Also hat er sich genau davor gefürchtet? Ermordet zu werden?«

»Ihr zufolge hatte er Angst, dass etwas Schlimmes passiert. Konkreter ist sie nicht geworden.«

»Wo ist sie jetzt?«

»Sie war völlig erledigt von den Benzos, die der Arzt ihr gegeben hat. Sie ist mit einem Taxi nach Hause gefahren. Wir haben ihre Daten und können jederzeit mit ihr reden. Das heißt, wenn sie wieder munter ist.«

»Okay. Und Sie sind gerade wo?«

»Immer noch in der Kanzlei. Die Forensik wird bald fertig sein, die Leiche ist schon abgeholt worden. Ich sehe mir gerade Schreibers PC an. Die Assistentin hat mir das Passwort gegeben. Aber da sind so viele Klienten, dass man unmöglich sagen könnte, vor wem er sich gefürchtet hat. Wie es aussieht, waren Immobilien sein Fachgebiet. Bis das alles ausgewertet ist …«

Ist es zu spät, vervollständigte Lorenz den Satz in seinem Kopf. Es schien aussichtslos, am Wochenende weiterzukommen. Doch am Montag war es vielleicht schon zu spät. Nachdem der Mörder, dem er hinterherhetzte, offenbar drei Jahre lang geruht hatte, legte er jetzt ein atemberaubendes Tempo vor. Gut möglich, dass er seinem nächsten Opfer bereits auflauerte …

Schreiber hat ihn gekannt, dachte Lorenz, während er an einer Baustelle wieder langsamer fahren musste.

»Okay, Neumann. Das ist doch schon was. Unser Täter mordet nicht grundlos. Schreiber hatte einen Verdacht, und offenbar gab es einen Grund für ihn, sich zu fürchten. Es gab also eine Verbindung. Einer meiner Kollegen erwähnte eine alte Sache in Österreich, eine Mordserie, mit denselben eingeritzten Kronen.«

Neumann blieb kurz still. »Österreich, sagen Sie?«, fragte er dann, in einem Tonfall, der Lorenz erschaudern ließ. »Österreich, ja. Wieso? Was denken Sie?«

»Schreiber hatte einige Klienten aus Österreich. Schon allein wegen der Grenznähe. Mit einem davon wollte er sich laut Terminkalender treffen. Morgen, Sonntag, acht Uhr morgens. Es sind nur Buchstaben. SBG/AT. AT für Österreich, SBG für …«

»Salzburg«, sprach Lorenz den Namen der Stadt aus, synchron mit Neumann. Kurz schloss Lorenz die Augen. Salzburg in Österreich. Ein Termin am Sonntag, um acht Uhr morgens.

»Hatte er öfter solche Termine?«, fragte er zur Sicherheit.

»Das ist es ja. Sonst sind die Wochenenden in seinem Kalender blütenweiß oder stets nur am Abend belegt.«

»Also Salzburg«, sprach Lorenz mehr zu sich selbst. Salzburg machte die Ermittlungen noch komplizierter, als sie es ohnehin schon waren. Selbst Stresemann hatte sich laut seinem Notizbuch an den österreichischen Behörden die Zähne ausgebissen, als er mehr über diese Mordserie vor drei Jahren erfahren wollte.

»Sie glauben an eine Verbindung?«, fragte Neumann.

»Natürlich ist das eine Verbindung! Finden Sie heraus, mit welchem dieser Klienten er sich treffen wollte. Klingeln

Sie bei allen durch, fallen Sie mit der Tür ins Haus. Jeder noch so kleine Hinweis ist wichtig. Melden Sie sich umgehend, wenn Sie etwas herausbekommen haben.«

»Und dann?«

»Stehe ich bei diesem Klienten auf der Matte«, sagte Lorenz und beendete das Gespräch.

Er drückte auf *Navigation beenden* und gab *Salzburg* als neues Fahrtziel ein. Auf der Routenübersicht sah er, dass er die A 92 bei Landau an der Isar verlassen musste und dass es danach auf Bundesstraßen weiterging. Die neue Fahrtzeit wurde mit zwei Stunden und zehn Minuten angegeben.

Ohne die Österreicher werde ich nicht weiterkommen, begriff er.

Plötzlich tauchte ein Schatten vor ihm auf. Er sah vom Navigationsgerät wieder hoch, während er instinktiv auf die Bremse trat und gerade noch rechtzeitig vor einem Stauende zum Stillstand kam.

»Mist!«, schimpfte er und schlug mehrmals wütend auf das Lenkrad. Es war, als würden sich immer mehr Hindernisse vor ihm aufbauen, je konkreter die Hinweise waren, die ihn näher zum Täter führten.

»Ich kriege dich«, sagte er, biss die Zähne zusammen und lenkte den Wagen in die Rettungsgasse, wo er beschleunigte und das wütende Hupkonzert ignorierte, das seinen Weg durch den Stau begleitete.

Nachdem er den Stau auf diese Weise umgangen hatte, rief er einen gewissen Lipowec vom BK Österreich an, dessen Rufnummer Stresemann in seinem Notizbuch vermerkt hatte. Lorenz brauchte unbedingt einen Kontakt zum BK in Österreich, und das hier war sein einziger.

Zu Lorenz' Erstaunen hatte er den Mann aus Wien sofort in der Leitung. Lorenz stellte sich vor und informierte ihn, was er über den Fall wusste, inklusive des Toten in Passau und eines möglichen Kontakts nach Salzburg. Lorenz hoffte, im Gegenzug ebenfalls Informationen zu erhalten, doch er wurde enttäuscht. Lipowec dürfe nichts rausgeben. Aber er wolle sich bemühen, einen ominösen Vorgesetzten, dessen Antipathie man förmlich durchs Telefon greifen konnte, zu informieren und den Kontakt zu ihm herzustellen.

Na, das kann ja heiter werden, dachte Lorenz, als er wieder für sich war, und gab Gas. Zumindest der Stau hatte ihn nicht aufhalten können.

41

»Es ist ein Berg«, sagte Lea Wagner noch einmal überzeugt. Es war die wesentlich wahrscheinlichere Bedeutung der beiden kurzen Striche am unteren Rand der Krone. Ein stilisierter Kopf schied für sie aus.

»Okay, dann ist es eben ein Berg«, sagte Simon Dorn, der seine Aufregung kaum vor Lea verbergen konnte. »Und wie soll uns das weiterbringen?«

»Eine Bergkrone …«, rätselte sie. »Oder ein Berg namens Krone? Kronenberg? Gibt es den?«

»Was fragen Sie mich?«

»Na, Sie leben eher in den Bergen als ich.«

»Ich hätte noch von keinem Berg dieses Namens gehört. Nicht hier und nicht in der näheren oder weiteren Umgebung.«

Während Dorn sprach, rief Lea schon Google auf und gab den Suchbegriff ein. Wie so oft war der Wikipedia-Eintrag ganz vorn zu finden: *Kronenberg steht für …*

Es gab tatsächlich einen Kronenberg, der westlich von Rolava im Erzgebirge lag. Rolava lag allerdings in Tschechien und war so weit von den bisherigen Fundorten entfernt, dass diese Spur wohl im Sande verlief.

»Berg und Krone, das führt uns auch nicht viel weiter«,

sagte Dorn, inzwischen aber schon etwas weniger abweisend. Er strich an den Wänden entlang und schien jeden Eintrag, jede Notiz und jede Aktenseite noch einmal zu überfliegen.

Was, wenn er nichts fand? Lea wusste nicht weiter. Sie spürte, dass der Berg etwas Neues ins Spiel gebracht haben könnte, aber das reichte nicht.

Da fiel ihr Stephan Lipowec ein, der als das wandelnde Lexikon des Bundeskriminalamts galt. Wenn jemand ihnen weiterhelfen konnte, dann er. Und er war bisher stets auf Leas Seite gewesen …

Also wählte Lea die Nummer ihres Kollegen und wunderte sich kein bisschen, dass er auch am Samstag an seinem Schreibtisch saß und sofort abnahm. »Habe die Ehre, geschätztes Fräulein Wagner. Was läuft?«

»Hallo, Stephan. Bitte entschuldige die Störung.«

»Du störst nie.«

Aus dem Augenwinkel sah Lea, dass Dorn seine Hände in die Hüften gestemmt hatte und böse dreinsah. Bestimmt wollte er nicht, dass man am BK zu viel von Hofbauer, Dorn und der gemeinsamen Arbeit hier erfuhr. Aber das war ihr egal.

»Stephan, der Hofbauer-Fall geht mir nicht aus dem Kopf. Kannst du in diesem Zusammenhang etwas mit einem Berg und einer Krone anfangen? Du weißt schon: Der Täter hat den Toten eine Krone in die Stirn geritzt. Ich glaube, es ist eine Krone auf einem Berg.«

»Du weißt schon davon?«, fragte Lipowec.

»Wovon?«

»Hofbauer.«

Lea kapierte sofort, was er meinte. »Hofbauer hatte also dasselbe Symbol auf der Stirn.«

»So ist es.«

Sie nickte Dorn zu. Der schaffte es nicht, ihrem Blick standzuhalten, und wandte sich um. Immerhin hatten sie jetzt die Gewissheit: dasselbe Symbol, derselbe Täter, derselbe Fall. Nur dass dem Täter jetzt auch noch die Ermittlerin selbst zum Opfer gefallen war.

Lipowec sprach weiter: »Ich kann dir leider nichts mit Kronen und Bergen anbieten, weder in meinem Kopf noch in den Akten, soweit sie online sind. Aber die Deutschen sind plötzlich unfassbar unkompliziert.«

»Ach? Und weshalb?«, fragte Lea und stellte laut, damit Dorn mithören könnte.

»Es gibt einen weiteren Toten mit Krone auf der Stirn.«

Lea hielt die Luft an. Dorn bedeutete ihr sofort, nachzuhaken.

»Ein weiteres Opfer? ... So schnell?«, fragte sie fassungslos.

»Korrekt. Hör zu, hier im BK sind alle auf Funkstille getrimmt. Also hast du das nicht von mir. Das Opfer ist ein Anwalt in Passau, Thomas Schreiber, mit angeblichen Kontakten nach Salzburg. Du, ich muss auflegen, das Schwammerl ruft gerade auf der anderen Leitung an.«

Der Chef, übersetzte Lea simultan, dankte Lipowec und verabschiedete sich von ihm.

»Thomas Schreiber, aus Passau«, wiederholte sie für Dorn. »Anwalt. Schon mal gehört?«

Er schüttelte den Kopf und sagte: »Nein ... Aber der Täter will es zu Ende bringen, so schnell es geht. Karla hätte niemals nach Hamburg fahren dürfen.«

Lea überhörte den Konjunktiv, der sie aber auch nicht

weiterbrachte, und war bereits wieder an ihrem Handy. Sie suchte nach der Webseite der Kanzlei von Thomas Schreiber und hatte sie nach wenigen Sekunden. Ein durchschnittlich attraktiver Anzugträger mit randloser Brille grinste von der Startseite. Gedanklich malte Lea die blutige Krone auf seine Stirn.

Sie klickte sich schnell durch alle Seiten. Wie so viele Arbeitgeber suchte auch Schreiber händeringend nach Personal. Auf der *Über mich*-Seite gab er sich leger im Kreis seiner Familie. Er hatte eine hübsche, blonde Frau, zwei Kinder und einen Hund. Beruflich prahlte er damit, zu den besten Immobilienanwälten Deutschlands zu gehören, und führte eine Liste von Referenzen an. Lea überflog sie schnell und wollte schon weiterklicken, als ihre Augen auf einem Namen einrasteten, den sie noch unter Tausenden anderen sofort herausgefischt hätte.

Ein Name, der so sehr Antwort war, dass Lea einen Moment brauchte, um die Information in Worte zu fassen.

»Kronberger«, flüsterte sie.

Es war weder ein Kronenberg noch eine Bergkrone, die auf der Stirn der Opfer standen.

Es war ein Name.

»Was? Was ist? Jetzt reden Sie schon!« Dorn war hörbar aufgeregt.

»Gustav Kronberger«, sagte sie lauter. »Immobilien-Investments Gustav Kronberger. Einer der Klienten des neuesten Opfers. Warten Sie …«

Lea klickte auf den Link in den Referenzen. Eine Homepage öffnete sich, der man das viele Geld ansehen konnte, das ihre Programmierung gekostet haben musste. Mehr noch: Alles darauf stank regelrecht nach Geld. Ein Typ grinste sie an, der aussah wie die perfekte Mischung aus Bankdirektor und Waffenlobbyist.

Immobilien-Investments Gustav Kronberger stand in protzigen Lettern darüber. Unter dem Logo, wesentlich unscheinbarer, der Name einer Stadt.

Salzburg.

42

Gustav Kronberger zitterte am ganzen Leib. Er versuchte, Luft in seine Lungen zu bekommen, und schaffte es kaum. Er lag auf dem Bauch, und er fühlte sich so ausgeliefert wie noch niemals zuvor.

Stimmt nicht!, ertönte eine Stimme in seinem Kopf, die sich noch besser an früher erinnern konnte als jener Gustav Kronberger, zu dem er im Laufe seines Lebens geworden war. Und die Stimme hatte recht. In all dem Schmerz, in der Ohnmacht und dem Elend lag etwas schrecklich Vertrautes. Etwas aus seiner Kindheit. Doch darüber nachzudenken, hatte er sich für immer verboten.

»Bitte … bitte lassen Sie mich leben«, flehte er.

Als der Eindringling vor ihm gestanden hatte, waren Kronberger nur zwei Worte eingefallen: »Wie viel?« Und sofort erkannt, dass es ein schrecklicher Fehler war.

Der Mann hatte ihn mitleidig angesehen. Er hatte nicht mal eine Waffe bei sich. Vielleicht hätte Kronberger ihn überwältigen können. Hätte er nur zu kämpfen versucht. Aber das konnte er genauso wenig wie der Feigling, der er als kleiner Junge gewesen war.

Gustav Gans! Gustav Gans! Hat 'nen kleinen Ringelschwanz!

Und wie damals die anderen Kinder hatte auch sein Gegenüber von heute keine Mühe gehabt, ihn zu überwältigen.

Kronberger hatte seine Fäuste geballt und gewusst, dass sie ihm keine Hilfe sein würden. Er konnte sich nicht wehren. Er hatte es noch nie geschafft. Immer, wenn es nötig gewesen wäre, hatte sich diese Starre über ihn gelegt, einem Albtraum gleich, wenn man sich in einer Situation fand, in der man handeln musste, aber nur Passagier im eigenen starren Körper war.

Er holte tief Luft und stöhnte. Ein paar seiner Rippen mussten geprellt sein, wenn nicht gebrochen.

Kronberger hasste sich für seine Schwäche. Sein ganzes Leben lang hatte er versucht, sie abzuschütteln. Doch all die Macht, die er heute besaß, war nichts weiter als eine windige Fassade, die man mit bloßen Händen zum Einsturz bringen konnte. Alles hätte er dem Eindringling jetzt gegeben. Die Goldbarren, das Geld, sogar seine Immobilien. Wenn er nur am Leben blieb.

Doch Kronberger wusste es besser. Es würde keinen Deal geben. Kein Preis war dem anderen hoch genug.

Kronberger spürte die Hand, die ihn am Hemdkragen packte, und die andere, die ihn an der Schulter mühelos auf den Rücken drehte. Vor Schmerzen heulte Kronberger auf – und verstummte, als er Momente später die Klinge eines Messers aufblitzen sah, nur Zentimeter von seinen Augen entfernt.

Er spürte den eisigen Hauch des Todes, der ihm in den Nacken kroch. Er konnte an nichts mehr denken. Nicht an Dubai, nicht an seine wertvollen Immobilien, nicht an den größten Fehler seines Lebens, der ihn nun wieder eingeholt hatte.

Alles, was noch blieb, war nackte, kalte Angst.

Ich will nicht sterben.

In den Augen des anderen stand pure Entschlossenheit.

Es ist vorbei, wusste Kronberger und schloss die Augen.

Doch es kam anders.

»Aufhören!«, rief jemand, und sein Peiniger ließ von ihm ab.

Kronberger riss die Augen auf. Der Angreifer starrte entgeistert zur Seite, mit dem Messer in der Hand und Entsetzen im Blick.

43

»Moser, Assistenz Immobilien-Investments Kronberger?«

»Hier ist Lea Wagner, Bundeskriminalamt. Ich muss sofort mit Gustav Kronberger sprechen.«

»Herr Kronberger ist heute leider nicht mehr im Büro. Wenn Sie mir sagen, worum es geht, könnte ich Ihnen aber einen Termin mit mir am …«

»Nein. Ich muss sofort mit Herrn Kronberger persönlich sprechen. Ich brauche seine Handynummer. Er ist in großer Gefahr.«

»Das geht nicht.«

»Haben Sie mir nicht zugehört? Er ist in großer Gefahr. Ich bin vom Bundeskriminalamt.«

»Dann geben Sie mir Ihre Nummer, und er ruft Sie zurück, sobald …«

Lea drückte den Kerl weg. Aus jeder Ritze dieser Investmentfirma schien die Arroganz nur so zu triefen. Aber was half es. Lea war sich völlig sicher, dass sie auf der richtigen Spur waren. Mehr noch: dass Kronberger der Schlüssel sein würde.

Wenn sie den Täter stellen wollte, musste sie zu ihm.

Lea sah zu Dorn, der noch immer an den Wänden entlangstrich und sie nicht mehr wahrzunehmen schien. Buddy, der schon die ganze Zeit über still gewesen war, ließ ihn nicht aus den Augen.

»Wir müssen sofort nach Salzburg!«, sagte Lea laut, wissend, dass sie mit dem Zug zu langsam war. Sie brauchte ein Auto. Am besten ein schnelles, mit Blaulicht und Martinshorn.

»Hey, Dorn! Hören Sie mich? Hallo!«

Verwirrt sah er sie an, als müsste er erst überlegen, wo er gerade war. Und wer ihm gegenüberstand.

»Kommen Sie!«, drängte Lea, die schon halb aus dem Zimmer war.

»Ich … kann nicht.«

»Was meinen Sie?«

»Ich kann nicht … ich muss …«

»Wir müssen sofort nach Salzburg!«

»Das kann ein Zufall sein. Kronberger ist ein ziemlich häufiger Name.«

»Das ist nicht Ihr Ernst.«

»Ich kenne mindestens zwei Kronbergers persönlich.«

»Also bleiben wir lieber hier und starren weiter die Wände an?«

»Ich gehe nirgendwohin.«

»Weil Sie mir nicht vertrauen?«

Plötzlich blitzte die Wut aus Dorns dunkel umrandeten Augen. »Weil ich nicht kann!«, schrie er in einer Mischung aus Wut und Verzweiflung.

Die Worte verhallten in den Korridoren. Mit einem solchen Ausbruch hatte sie nicht gerechnet. Was sollte das denn heißen, dass er nicht konnte? Eigentlich hatte sie gar keine Zeit, über so was nachzudenken.

Pfeif drauf, sagte ihr der Verstand. Sie wusste genug, um allein weiterzukommen, und notfalls hatte sie ja noch Kollegen Lipowec.

»Haben Sie wenigstens einen Wagen, den ich mir leihen kann?«

Er schüttelte den Kopf.

»Was ist mit der BMW auf dem Hinterhof?«

Dorn riss die Augen auf. »Sind Sie nicht bei Trost?«

»Wieso? Ist sie kaputt?«

Er schüttelte den Kopf. »Ja. Und selbst wenn sie fahrtüchtig wäre: bei dem Wetter da draußen …«

Auch Lea sah jetzt ein, dass ein Motorrad keine gute Idee war. Selbst wenn sie sich für einen kurzen Moment schon drauf gesehen hatte, mit dem schneeweißen Hund im Beiwagen …

»Dann los, Buddy«, rief sie ihn zum Aufbruch auf – doch er blieb sitzen.

»Komm schon! Verschwinden wir!«

Buddy rührte sich nicht vom Fleck, legte den Kopf schief und drehte sich zu Dorn.

»Er kann hierbleiben«, sagte Dorn. »Ich kümmere mich um ihn.«

»Ist ja auch wichtiger, als einen Serientäter zu stoppen«, sagte Lea mit für sie untypischem Sarkasmus. Aber Simon Dorn machte sie langsam wahnsinnig, und Buddy auch.

Dorn wirkte aufgebracht und zugleich wie ein verprügelter Hund. Eine einsame Seele wie aus dem Bilderbuch, aber keine, die Lea jemals mit nach Hause nehmen würde. »Melden Sie sich, falls Sie noch etwas herausfinden«, forderte sie ihn auf und kritzelte ihre Nummer an eine freie Stelle der nächstgelegenen Wand. Dann verließ sie das Zimmer 103, rannte hinaus in den Korridor, die Treppen hinunter und durch den Hintereingang aus dem Dornwald, hinein ins regennasse Bad Gastein.

Zehn Minuten später stand sie in der Polizeiinspektion, nass wie ein begossener Pudel.

»Waren Sie schwimmen?«, scherzte Markus Aschbrenner, als er sie sah.

»Ich brauche sofort einen Wagen.«

»Einen Wagen?«

»Eines der Autos da draußen«, zeigte sie auf den Hof. »Es gibt Hinweise auf einen Serientäter, ich muss dazu sofort nach Salzburg.«

»Dann sollten Sie vielleicht ein Taxi rufen? Wir brauchen die Autos hier und nicht in Salzburg.«

Lea schüttelte entschieden den Kopf, womit sie unabsichtlich Wasser verteilte. »Ich brauche einen Einsatzwagen. Haben Sie eine freie Waffe?«

Aschbrenner sah drein, als fragte sie ihn nach einem Flammenwerfer samt Benzin. Dann gähnte er ausgiebig, was sie an seinen jungen Sohn erinnerte. »Sieht das hier vielleicht aus wie ein Waffenmagazin … oder wie ein Mietwagenschalter? Kontaktieren Sie doch einfach die Kollegen von der Cobra in Salzburg.«

Lea musste zugeben, dass das eine sehr logische Erwägung war. Die Spezialeinheit war wie gemacht für Einsätze dieser Art. Doch Lea kannte die Eigenheiten der österreichischen Polizei zu gut, als dass sie darauf vertrauen würde, dass die Kollegen den Ernst der Lage erfassten. Die Informationslage war nach wie vor dünn, der Täter würde sich nicht leicht zu erkennen geben – und er wäre zu allem bereit. Karla Hofbauers Schicksal war der beste Beweis dafür. Außerdem war Lea beurlaubt und hatte niemandem etwas anzuschaffen – was Aschbrenner nicht wissen durfte. Die ganze Situation war schrecklich verfahren.

»Das kann ich unterwegs immer noch versuchen, aber vorher …«

»Bringe ich Sie hin«, überraschte er sie.

»Was?«

»Ich fahre Sie nach Salzburg, wenn es unbedingt sein muss. Aber ich kann Ihnen nicht einfach so einen meiner Wagen geben. Und eine Waffe schon dreimal nicht. Nicht ohne offizielle …«

»Dann los!«, drängte Lea, die schon wieder halb aus der Tür war.

44

Obwohl ich es sehe, verstehe ich es nicht. »Was machst du denn da?«, frage ich ihn entgeistert.

Weder antwortet er, noch tut er etwas. Obwohl ich gegen die neuen Gesetze verstoßen habe. Ich darf ja gar nichts mehr sagen. Trotz des Messers, das er hält, und trotz des verletzten Mannes, der zu seinen Füßen liegt, wirkt er auf mich plötzlich überhaupt nicht mehr stark. Nicht wie gestern, als er meinen Kopf gegen den Badezimmerspiegel geschlagen hat, wieder und wieder.

Ich musste einfach hierherkommen, konnte nicht länger draußen bleiben und warten. Ich rätselte, was er an so einer noblen Adresse wollte und wieso er einfach so ins fremde Haus spazierte, dessen Tür offen stand. Plötzlich war meine Neugier stärker als meine Angst.

Also folgte ich ihm und sah, was er mit dem anderen vorhatte. Dass er ihn töten wollte. »Aufhören!«, schrie ich und merkte gleich, dass er sich mir gegenüber schämt.

»Was um Himmels willen hast du vor?«, stelle ich die nächste Frage.

»Du solltest doch draußen bleiben«, schimpft er und hört sich dabei erbärmlich an.

Ich starre den verletzten Mann an. Er krümmt sich vor

Schmerzen. Ich kann seine Todesangst beinahe mit Händen greifen. »Wer ist das überhaupt?«, frage ich.

»Wer das ist? … Weißt du das denn nicht?«

Doch, ich kenne ihn. Aber die Erinnerung ist irgendwo, wie eine Akte, die man falsch abgelegt hat.

Aber das ändert nichts daran, dass ich nicht einverstanden bin mit dem, was er hier treibt. Mit jeder Sekunde kommt mehr von meinem alten Mut zurück. Ich denke ans Badezimmer, an die Kleidung voller Blut, an die tiefen Verletzungen an seinem Hals. »Und was war gestern? Hast du da auch jemanden verletzt? Während ich schlief? … Hast du … hast du etwa jemanden umgebracht?«

Wieder kündigen sich Erinnerungen an, doch wieder verglühen sie augenblicklich …

Plötzlich lacht er auf, schrill und unheimlich. So kenne ich ihn nicht. Nicht *mehr*. Ich dachte, er hätte das für immer überwunden.

Dank der Gesetze.

Aber damit habe ich mich selbst belogen.

»Ich muss es zu Ende bringen«, sagt er mit entschlossener Stimme.

Es ist etwas Großes und Böses, das weiß ich noch von früher, doch alles hinter diesen Überschriften ist schwarz. »Sag mir, worum es geht«, fordere ich. »Was soll das alles? Wohin sind wir unterwegs? Wo sind wir? Was hast du mit ihm vor? Wer ist das überhaupt?«

Ein ganzer Orkan von Fragen hat soeben meinen Mund verlassen. Zu anderen Zeiten wäre das genug Grund für eine Tracht Prügel gewesen, die ich zeit meines Lebens nicht mehr vergessen hätte. Doch nichts ist mehr, wie es war. Ich fühle mich plötzlich so stark wie seit vielen Jahren nicht mehr. Vielleicht so stark wie noch nie. »Ohne mich wärst du niemals hier, das weißt du genau. Ich habe dich gerettet. Und jetzt muss ich dich noch einmal retten. Vor dir selbst. Gehen wir. Sofort!«

Wir starren uns an. Ich sehe seine Schrammen. Seine Verletzlichkeit. Aber auch den Zorn in seinen Augen. Ich weiß, dass ich seinen Wahnsinn stoppen muss. Ich darf jetzt nicht nachgeben.

In seinem Gesicht spiegelt sich blanker Hass, der mich an etwas erinnert. Etwas, das ich erst kürzlich gesehen habe, am Bahnhof in Hamburg.

Die Spiegelung, im Fenster eines Waggons.

Das Böse.

Da verstehe ich endlich.

ER ist das Böse.

45

Johannes Lorenz steuerte den Mietwagen über die B 20 wie einen Rennwagen. Mehrmals schon war er auf der regennassen Fahrbahn ins Schlingern geraten, und zu oft hatte er andere Fahrzeuge überholt, ohne auf die erforderliche Sichtweite zu achten. Aber nur so kam er schnell genug voran.

Es war nicht mehr weit. Im Ort Laufen überquerte er die Salzach und befand sich jetzt in Österreich, fernab seiner Zuständigkeit als deutscher Polizist. Aber auch das war jetzt unwichtig. Wichtig war nur noch, nach Salzburg zu kommen, um diesen Irren zu stoppen.

Laut Navi waren es noch zwanzig Minuten bis zur Mozartstadt.

Als er Oberndorf verließ und sich die Landschaft vor ihm weitete, gab er dem Wagen wieder die Sporen. Das Verkehrsgeschehen war überschaubar. Mit etwas Glück schaffte er es auch in zehn Minuten.

Lorenz gähnte und griff schnell nach dem Handy, das er zwischen Sitzfläche und Lehne des Beifahrersitzes geklemmt hatte, damit es in scharfen Kurven nicht herunterfiel.

Immer noch kein Anruf von Neumann.

Sein Passauer Kollege sollte die Salzburger Adresse herausfinden, zu der der tote Anwalt am Sonntagmorgen wollte. Außerdem hatte Neumann bereits ein paar der Klienten in der Stadt aufgestöbert. Notfalls würde Lorenz sie alle abklappern, einen nach dem anderen.

Auch Lipowec vom BK Österreich hätte sich längst melden sollen. Er hatte Lorenz' Informationen an die Chefetage weitergeben und sehen wollen, was das österreichische Bundeskriminalamt tun konnte. Wie es schien, war das nicht viel …

Plötzlich schreckte Lorenz auf. Jemand hupte. Lorenz sah ihn gerade noch im Rückspiegel und wusste, dass er ihn nur um Haaresbreite verfehlt hatte.

Bin ich gerade eingedöst?

Schnell steuerte Lorenz den Wagen auf die rechte Fahrspur zurück. Er war müde. Es war ein langer Tag. Außerdem hatte er vergangene Nacht kaum geschlafen, weil dieser Fall und Stresemanns Tadel ihn wach gehalten hatten.

Immerhin war er jetzt hellwach. Der Schreck steckte ihm in den Gliedern, und sein Herz hämmerte in der Brust. Das Adrenalin in seiner Blutbahn würde genauso locker bis Salzburg reichen wie das Benzin im Tank.

Um weiter wach zu bleiben, machte Lorenz das Radio an und sang den erstbesten Song mit, den er kannte.

Dann, kurz vor Anthering, klingelte endlich sein Telefon.

Lorenz drückte auf den Lautstärkeknopf des Radios und brachte es zum Schweigen. Dann griff er zur Seite, nahm das Handy wieder an sich und sah kurz darauf. Es war eine Wiener Nummer. Lipowec vom BK, oder gleich dessen Vorgesetzter?

Lorenz schaffte es erst im dritten Anlauf, das grüne Annehmen-Symbol zu erwischen. Er führte das Gerät zum Ohr, sah wieder auf die Straße, merkte, dass er auf die Gegenfahrbahn geriet, korrigierte den Lenkeinschlag – und verlor das Handy aus der Hand. Er versuchte noch, es zu fangen, womit er es nur noch weiter von sich wegschlug. Es fiel auf den Beifahrersitz und von dort hinunter in den Fußraum.

»Bleiben Sie bitte dran!«, rief er dem Gerät hinterher und sah nach vorn auf die Straße. Keine Autos, keine Fahrräder, nur Bundesstraße und Regen.

Also beugte er sich hinunter, tastete, fand das Gerät, wollte wieder hoch – und hörte einen Knall und dazu Wasserrauschen unter dem Auto.

Aquaplaning, schoss ihm der Fachbegriff durch den Kopf, noch ehe er wieder gerade saß. Er versuchte zu lenken, doch der Wagen hatte längst die Bodenhaftung verloren. Er schlitterte, dann begann er sich zu drehen, geriet auf die Gegenfahrbahn und über diese hinaus, die Böschung hinab, immer noch viel zu schnell, seitlich auf einen großen Laubbaum zu.

Dann wurde alles laut.

Und plötzlich, viel zu plötzlich, war es wieder still.

46

Vier Jahre zuvor

Ich halte an der Unfallstelle, steige von meinem Motorrad und nehme den Helm ab. Meine Füße kribbeln so sehr, als steckten sie in einem Ameisenhaufen. Ich muss mich zwingen, im richtigen Tempo zu atmen, weder zu langsam noch zu schnell, weil ich im einen Fall hyperventilieren und im anderen ohnmächtig werden würde.

Zitternd nähere ich mich dem Fahrzeug und dem darin eingeklemmten Körper.

Ich sehe Blut, überall Blut, und dazu ein Gesicht, das so friedlich wirkt wie im Schlaf.

Sorge dich nicht um die, die um Hilfe schreien. Sorge dich um die Stillen, fällt mir der Spruch aus dem Erste-Hilfe-Kurs ein, den ich vor langer Zeit besucht habe.

Still, so still …

Schnell lege ich zwei Finger an den Hals. Ich könnte nicht sagen, ob ich einen Puls fühle. Ich gehe mit einem Ohr an die Nase heran, aus der Blut rinnt. Ich zwinge mich, den nackten Arm zu ignorieren, der einen offenen Bruch hat.

Kein Atem.

Kein Puls.

Ich will helfen. Aber ich kann nicht. Ich muss von hier weg.

Weil ich nicht hier gesehen werden darf.

Wie aufs Stichwort höre ich in der Ferne einen Wagen. Gleich wird er hier sein und anhalten, nur um dasselbe festzustellen wie ich: Jede Hilfe kommt zu spät.

Schnell gehe ich zur hinteren Stoßstange und suche nach dem kleinen Sender, der mich verraten könnte. Ich verliere fast die Nerven, als ich ihn nicht gleich finde. Doch dann entdecke ich ihn an der Böschungskante, stecke ihn ein und haue ab.

Wie mechanisch steige ich auf mein Motorrad, setze den Helm auf, drehe am Gashebel. Im Rückspiegel sehe ich die Scheinwerfer des Wagens, den ich schon von Weitem gehört habe. Ich biege in den erstbesten Feldweg ab und suche eine sichere Stelle, von der aus ich das weitere Geschehen beobachten kann.

Unter einem Baum bleibe ich stehen und behalte den Helm an, dessen Schutz und Begrenzung ich brauche, um nicht durchzudrehen. Nur das Visier klappe ich hoch, als es beschlägt.

Rasch geht jede zeitliche Ordnung verloren. Meine Gedanken bewegen sich in Zeitlupe, während außerhalb des Helms alles im Zeitraffer läuft. Einsatzwagen kommen, es werden immer mehr, bis das Blaulicht in der einsetzenden Dämmerung wie eine Disco wirkt. Vor und hinter der Unfallstelle bildet sich eine Fahrzeugkolonne. Ein Leichenwagen fährt daran vorbei und hält ganz vorn.

Ich frage mich, wo die Spurensicherung bleibt. Doch die kommt nicht. Überhaupt geht alles unglaublich rasch und entspricht nicht im Mindesten der Tragweite dessen, was hier gerade geschehen ist.

Sie bringen den Körper weg. Die Feuerwehr transportiert den Unfallwagen ab und reinigt die Fahrbahn, die Einsatzkräfte fahren wieder, der Stau löst sich auf – nur ich bin immer noch hier.

Erst nach und nach merke ich, wie sehr ich zittere, während Fragen in meinem Kopf zu kreisen beginnen.

Was ist nur passiert?

Wieso konnte ich es nicht verhindern?

Vor allem aber: Was soll jetzt aus mir werden?

47

Simon Dorn strich über ein Foto, das vom vielen Angreifen so brüchig geworden war wie ein Blatt Papier, das man stundenlang faltete, rollte und zwischen den Fingern zerrieb.

Sarah. Seine Frau. Mit ihrem Tod hatte sein Leben eine fatale Wendung genommen, die ihn direkt hierher ins Dornwald geführt hatte …

»Dorn?«

»Meier, Polizeiinspektion Tannengasse. Sind Sie der Ehemann von Sarah Dorn?«

»Ja …?«, hatte Dorn gesagt, während die Vorahnung bereits erste Tapetenbahnen aus der Fassade seines Lebensglücks riss.

»Herr Dorn, ich muss Ihnen leider eine traurige Mitteilung machen. Es ist ein schreckliches Unglück passiert.«

Alles danach war in Watte gepackt, betäubt von Schutzmechanismen der Psyche, Medikamenten und Alkohol. Manches mutete heute noch surreal an. Wie sollte es möglich sein, dass Sarah in einem Verkehrsunfall starb, wo die Zahlen doch seit Jahren stark nach unten tendierten und der Straßenverkehr immer sicherer wurde? Wie konnte sie sterben, wo sie doch leben sollte, leben *musste*, für sich, für ihn und für das gemeinsame Kind in ihrem Bauch? Wie konnte er plötzlich allein sein, wo sie doch bald schon zu dritt sein sollten?

Dorn fühlte die Bitterkeit wieder. Sie war das Einzige, was von der Trauer geblieben war. Im Unterschied zu früher war sie heute nicht mehr sein täglicher Begleiter. Eigentlich hatte er sie schon geraume Zeit nicht mehr gespürt, woran auch die Arbeit mit Karla Hofbauer ihren Anteil hatte. Doch jetzt, mit dem Auftauchen dieser Wiener Polizistin und seinem Gefühl, versagt zu haben, war sie plötzlich wieder da.

Dorn steckte das Foto dorthin zurück, wo es immer war, in die vordere rechte Tasche seiner Hose, wofür er Buddys Kopf kurz wegdrücken musste.

Als Lea Wagner aus dem Hotel gelaufen war und Dorn sich auf den Boden des Zimmers 103 hatte sinken lassen, war der Hund rasch zu ihm gekommen und hatte die Schnauze auf seinen Schoß gelegt. Und ja, es ging etwas Tröstliches von dem Tier aus. Aber Dorn hatte gelernt, dass Trost genauso vergänglich war wie das Leben und das Glück. Alles war vergänglich.

Alles bis auf mich, dachte er und stieß ein bitteres Lachen aus, bevor er die Rufnummer anstarrte, die Lea Wagner an der Wand hinterlassen hatte, mit dem dicken Textilmarker, den Dorn vor Monaten benutzt hatte, um das Symbol der Krone auf den Boden zu zeichnen.

Keine Krone auf einem Kopf. Eine Krone auf einem Berg.

Kronberger. Gustav Kronberger, Salzburg.

Es war so einfach. Und doch hatten weder er noch Hofbauer es erkannt. Streng betrachtet, hatte erst der letzte

Mord die Verbindung zu Kronberger hergestellt. Ein Anwalt in Passau, mit einem Investor namens Kronberger als Klienten …

Plötzlich war er in Gedanken wieder ganz bei dem Fall, um den sich in Zimmer 103 alles drehte.

Kronberger … ein Name, hineingeschnitten in die Stirn der Opfer? War das zu weit hergeholt? Ein bloßer Zufall?

Dorn stützte sich auf, und als der Hund zurückwich, richtete er sich auf und stellte sich auf seine Position inmitten des Raumes, unter den Lüster ohne Lampen. Aus dem Augenwinkel nahm er wahr, dass Buddy ihn aufmerksam beobachtete.

Obwohl sich einiges in ihm dagegen sträubte, wusste er, dass er weitermachen musste. Er konnte hier nicht raus, also musste er versuchen, dem Fall von hier aus ein Ende zu bereiten.

Er presste seine Handballen gegen die Stirn. Funken stoben vor seinen Augen. Der gestrige Alkoholexzess beeinträchtigte immer noch seine Denkfähigkeit und sein Urteilsvermögen. Er wollte den Namen Kronberger in den Kosmos dieses Zimmers einordnen, ihn zur Verbindung zwischen den Toten machen, doch es schien nichts zu geben, was sich einklinken ließ.

Er hörte, wie der Hund winselte. Dorn hatte Wagner versprochen, sich um Buddy zu kümmern. Bestimmt wollte er raus, Gassi gehen. Dabei konnte Dorn nicht mal das Hotel verlassen. Er musste Buddy allein rausschicken und konnte bloß hoffen, dass er nicht davonlief. Aber zuerst musste er hier weiterkommen.

Als er sich gerade im Stand zu drehen begann, fuhr Buddys

Bellen Dorn durch Mark und Bein. Er schaute auf und sagte: »Okay, okay. Lass uns gehen.« Der komprimierte Sehnerv brauchte etwas, bis er wieder Signale an das Gehirn senden konnte. Als sich die Sicht aufklarte, rastete Dorns Blick auf einem Wort ein, das wie viele andere an den Wänden stand.

PODCAST.

Zunächst maß Dorn ihm keine besondere Bedeutung zu. Doch irgendwo in seinem Hinterkopf nahm ein Gedanke seinen Anfang und wurde rasch größer, weniger wie die Flammen eines Feuers als wie die Bruchlinie in kaltem, zersplitterndem Glas.

PODCAST ...

Es war möglich, dass der Täter der Audioübertragung der Sendereihe über wahre Verbrechen zugehört und sogar Kommentare hinterlassen hatte. Das war bislang ihre wichtigste und zugleich einzige Spur gewesen.

Falls es tatsächlich so war: Hörte der Täter regelmäßig zu? Hatte er die Sendung vielleicht sogar abonniert? Oder war er nur zufällig darüber gestolpert?

Dorn wusste, dass man oft automatisiert verständigt wurde, wenn Antworten auf eigene Kommentare unter Internet-Posts veröffentlicht wurden.

Über die Kommentare könnten wir ihn erreichen, begriff Dorn. Selbst wenn es bisher unmöglich war, den Verfasser zu identifizieren, konnte man ihn immer noch zu einem Dialog auffordern. Man musste bloß einen neuen Kommentar unter dem Beitrag verfassen ...

Ich brauche den Computer, dachte Dorn, während er aufgeregt das Zimmer 103 verließ und darauf verzichtete, es zuzusperren. Erst auf dem Weg nach unten, mit der Sturmlampe in der Hand, wurde ihm bewusst, dass der Computer Strom brauchte – und den hatte er nicht. Ohne Strom konnte er nicht mal das Festnetz benutzen, um Lea Wagner anzurufen und sie auf die Idee mit dem Podcast zu bringen.

Er brauchte Strom. Jetzt sofort.

Elektrizität war eines vom wenigen, auf das er sich hier bisher verlassen konnte. Der Strom war immer da gewesen. Weshalb er niemals versuchen musste, den Generator zu starten, den sein Großvater während der Ölkrise in den Siebzigerjahren angeschafft hatte, um im Notfall wenigstens Licht in den Gängen des Dornwald zu haben.

Mit einem Gefühl der Ohnmacht durchquerte Dorn unten die Empfangshalle und eilte zum Hinterausgang. Dicht hinter ihm wetzten Buddys Krallen über den Boden.

48

Als Lea Wagner und Markus Aschbrenner die Nobelgegend in Salzburg erreichten, in der Kronbergers Haus lag, mussten sie nicht lange nach der *protzigsten Villa weit und breit* suchen. Diese Formulierung hatte Lea dem aufgebrachten Kommentar eines Lesers einer Online-Lokalzeitung entnommen, in dem er sich über den Star-Investor und seine Verschwendungssucht beklagte, welche den Verfasser offenbar an den bayerischen König Ludwig II. erinnerte.

Aus jeder Zeile der Nachricht trieften Neid und Missgunst, doch gleichzeitig war er die beste Quelle, um Gustav Kronbergers privates Anwesen zu finden. Zumal auch der Ortsteil erwähnt wurde und es ein Foto dieser Villa gab, die eindeutig dieselbe war wie jene, auf die sie zusteuerten.

»Und jetzt?«, stellte Aschbrenner dieselbe Frage, die auch Lea im Kopf herumkreiste.

»Jetzt besuchen wir den Kerl und sehen nach, ob alles in Ordnung ist.«

»Wenn es sein muss«, sagte Aschbrenner, der Lea zunehmend genervt vorkam. Er ahnte sicher längst, dass mit ihrem Einsatz etwas nicht stimmte.

Unterwegs hatte sie noch so getan, als würde sie die Spezialkräfte in Salzburg einschalten wollen. In Wahrheit hatte sie aber lediglich mit ihrem Kollegen Lipowec telefoniert, um ihn auf den neuesten Stand zu bringen und ihn um Rat zu fragen. Er hatte keinen für sie gehabt. Immerhin wusste sie jetzt aber, dass Oberst Weiss persönlich auf dem Weg an die österreichisch-deutsche Grenze war, um sich dort mit einem weiteren Beamten zu treffen, der in dem Fall Bescheid wusste.

Dabei war sie längst viel weiter ...

Während der Fahrt hierher hatte es durchgängig geregnet, auch jetzt noch, was Leas Stimmung nicht besser machte. Sie dachte an Buddy und an ihre Tiere in Wien, an *das Schwammerl* Oberst Weiss und dessen Auftrag, einen Bericht zu schreiben, bis übermorgen. Und was tat sie? Machte in Salzburg auf Freizeit-Ermittlerin, wider jede Vernunft und Dienstvorschrift, auf Basis irgendwelcher Hirngespinste, die in einem alten Bad Gasteiner Hotel entstanden waren. Warum bloß?

Weil ich es Karla schuldig bin, gab sie sich die Antwort selbst. Und weil es ihr verdammter Job war, Mördern das Handwerk zu legen.

Sie kamen zur Villa und fuhren in den Hof, dessen Tor offen stand. Weiter hinten war eine riesige Garage. Von Menschen keine Spur.

Lea stieg aus. Zusammen schritten sie zur Tür mit einem elektronischen Schloss. Sie musste eine Weile suchen, um den Klingelknopf zu finden, an dem kein Name stand. Wer in einem solchen Anwesen wohnte, hatte es scheinbar nicht nötig, seinen Namen aufs Klingelschild zu schreiben.

Würde er das Einfahrtstor offen lassen?, grübelte Lea.

Weil niemand aufs Klingeln reagierte, hielt Lea ihren

Dienstausweis vor die Überwachungskamera. Dann versuchte sie es ein weiteres Mal.

Nichts.

»Keiner da?«, sagte Aschbrenner halb fragend, halb vorwurfsvoll. Lea ahnte, dass sein Geduldsfaden bald reißen würde.

Und dann?

Sie blies die Luft aus, sah auf den Boden – und bemerkte einen kleinen Fleck auf einem der Pflastersteine, ganz nah am Haus und so gerade noch vorm Regen geschützt.

Schnell trat sie heran und bückte sich.

Hinter ihr läutete ein Handy. Aschbrenner ging dran.

Der Fleck war kreisrund und dunkel. Einzelne Sprenkel wiesen zum Hof hinaus. Lea tippte mit ihrem Zeigefinger darauf. Trocken.

»Salzburg«, hörte sie Aschbrenner sagen.

War das Blut auf dem Boden? Und wenn ja, wessen Blut? Und wo war der Verletzte jetzt? War es Kronberger selbst? Nur so viel war sicher: Sie mussten unbedingt ins Haus hinein.

»Auf Ersuchen von Frau Wagner«, sprach Aschbrenner weiter.

Instinktiv zog Lea den Kopf ein. Ihre Aufmerksamkeit ging vom Fleck weg, hin zum Anruf.

»Ja, Lea Wagner, vom Bundeskriminalamt. Wieso?«

Lea wurde es eiskalt. Schnell richtete sie sich auf. Aschbrenner sah sie seltsam an. Sie wich seinem Blick aus, trat an die Tür heran und rüttelte am Griff.

»Aha … nein, das habe ich nicht überprüft … Weil es nicht üblich ist, eben. Hören Sie, wenn ich jeden Beamten, der zu uns kommt, vom Verfassungsschutz überprüfen lassen … Also jetzt reicht's aber. Hören Sie mal, ich … Ich verstehe.«

Lea wusste, dass sie den Anruf nicht länger ignorieren konnte. Kopfschüttelnd wandte sie sich wieder Aschbrenner zu und fragte: »Wer ist es? … Soll ich?« Sie streckte dem Bad Gasteiner Polizisten ihre Hand hin, doch dieser schüttelte jetzt ebenfalls den Kopf und drehte sich von ihr weg.

Lea musste sich Aschbrenner erklären. Aber zuvor musste sie sichergehen, dass Gustav Kronberger nichts fehlte und dass er von der Gefahr erfuhr, die ihm drohte.

Sie sah keine schnelle Möglichkeit, ins Haus hineinzukommen. Das elektronische Schloss wirkte nicht so, als wäre es leicht zu überwinden, und der Schließzylinder unter dem Griff war topmodern – keine Chance, ihn ohne den passenden Schlüssel zu knacken.

»Herr Kronberger?«, rief sie laut. »Polizei! Wir müssen mit Ihnen reden!« Sie legte ihr Ohr an die Tür, doch da war nichts.

Aschbrenner telefonierte noch immer und hörte sich an, als hätte ihn sein Gegenüber ordentlich zur Schnecke gemacht. »In Ordnung. Ja, ich weiß. Wird nicht wieder vorkommen. Alles klar, wird erledigt. Ja, jetzt sofort.«

»Treten Sie von der Tür zurück!«, rief er nur einen Moment später in Leas Rücken hinein.

»Wie bitte?«, tat sie, als wüsste sie nicht längst, dass sie aufgeflogen war.

»Sie sind suspendiert«, sagte er wütend. »Was fällt Ihnen eigentlich ein? Das haben Sie mir verschwiegen! Und ich Dummkopf kutschiere Sie noch durch halb Österreich. Ich hatte gerade Ihren Vorgesetzten aus Wien dran. Was glauben Sie eigentlich, wer Sie sind? Glauben Sie, ich hätte noch nicht genug zu tun mit Seiler und Dorn und dem Baby zu Hause? Denken Sie …«

»Hey!«, rief sie in seinen Redeschwall hinein. »Halten Sie die Luft an und hören Sie mir zu!«

Er schüttelte entschieden den Kopf. »Ich will nichts mehr hören. Mir ist es egal, in welcher Mission Sie hier sind. Offiziell legitimiert sind Sie jedenfalls nicht, und von der Cobra haben Sie auch niemanden verständigt, sonst wären die Kollegen längst hier. Sie wussten ganz genau, dass Sie keine Berechtigung haben, irgendwem irgendwas anzuschaffen. Nur ich war blöd genug, auf Sie hereinzufallen. Wir verschwinden, und zwar sofort.«

»Aber sehen Sie doch, da ist Blut«, sagte Lea schnell und zeigte auf den Fleck am Boden. »Gerade mal eingetrocknet. Hier muss etwas passiert sein. Wir müssen nachsehen und Alarm schlagen.«

Aschbrenner ging kopfschüttelnd zu seinem Wagen. Dann drehte er sich um. »Offensichtlich haben Sie sich gewaltig verrannt, Frau Wagner. Sie sollen auf der Stelle nach Wien zurückfahren. Falls Sie sich weigern, soll ich Sie festnehmen.«

Lea glaubte, nicht recht zu hören. »Sie sollen was? Mich verhaften? Das ist ja lächerlich.«

»Lächerlich? Das ist wohl eher das, was Sie hier gerade verzapfen: Amtsanmaßung. Täuschung, Ruhestörung. Die Liste lässt sich sicher noch verlängern. Ich habe den Auftrag, sicherzustellen, dass Sie sich in Salzburg in den Zug setzen. Also, wie hätten Sie's gern?«

Lea war fassungslos. Lipowec musste sich verplappert haben, als er ihre Informationen aus Bad Gastein weitergeleitet hat – an Oberst Weiss, der gerade in Passau war. Lea wusste, dass sie das Vertrauen bei Weiss längst verspielt hatte. Aber dass er deshalb die Ermittlungsergebnisse ignorierte, mit denen sie jetzt gemeinsam dem Täter auf der Spur sein könnten, und sie stattdessen verhaften lassen wollte, das schlug dem Fass den Boden aus.

»Außerdem sollen Sie mir Ihren Dienstausweis aushändigen«, setzte Aschbrenner nach.

Lea wusste, dass es vorbei war. Niemand würde ihr jetzt noch vertrauen. Ihre Jagd war zu Ende. Sie trat in den Regen, auf Aschbrenners Polizeiauto zu. Ein Teil von ihr hoffte noch, es würde ein Wunder geschehen – Kronberger würde ein Fenster öffnen und hinunterrufen, oder ein Hilfeschrei aus dem Inneren ertönen, den auch Aschbrenner nicht überhören konnte –, aber sie hoffte vergeblich.

Sie stiegen wieder in den Wagen. Aschbrenner fuhr sie wortlos zum Bahnhof, wo er seine Anweisungen befolgte und strikt darauf achtete, dass Lea den nächsten Zug nach Wien nahm.

49

Dorn hatte wieder Strom. Allerdings wusste er nicht, für wie lange. Er sah dem PC beim Hochfahren zu und verfluchte sich dafür, nicht längst ein neues Modell angeschafft zu haben. Das Betriebssystem war veraltet und die Rechenleistung des Geräts zu schwach für moderne Anwendungen. Aber für seine Zwecke reichte es, weshalb er das Geld bisher lieber in dringende Erhaltungsmaßnahmen des Dornwald gesteckt hatte.

Draußen auf dem Hinterhof röhrte das Notstromaggregat seines Großvaters auf vollen Touren. Dorn hatte keine Ahnung, wie lange das Benzin reichen würde, das er aus der alten BMW abgezapft hatte, mithilfe eines kurzen Stücks Gartenschlauch. Erstaunlicherweise hatte sich der Generator nicht lange bitten lassen, seine Arbeit aufzunehmen. Nach dem siebten oder achten Zug am Starterseil war er angesprungen. Mit einer großen Kabeltrommel hatte Dorn die Verbindung zum Computer hergestellt, und da wartete er nun, begierig darauf, die Seite dieses Podcasts aufzurufen.

Endlich erschien der Startbildschirm. Doch immer noch dauerte es eine gefühlte Ewigkeit, bis sich der Internet-Browser öffnete und Eingaben zuließ.

Mordserie Österreich Schnitte Köpfe, tippte er ein, weil

er sich zu erinnern glaubte, dass der Titel der Sendungsfolge diese Wörter enthielt. Doch er musste eine Zeit lang suchen, um den richtigen Eintrag zu finden.

Schnitte in der Stirn: Mysteriöse Mordserie in Österreich stellt Polizei vor Rätsel

Dorn fand den Titel genauso dämlich wie den Inhalt des Podcasts, in dem die krudesten Theorien gesponnen wurden bis knapp vor den Punkt, an dem Außerirdische ins Spiel gekommen wären.

Schnell scrollte Dorn zu den Kommentaren hinunter. Er kannte sie längst auswendig, er hatte sie alle ausgedruckt und im Zimmer 103 aufgehängt. Er sah, dass inzwischen keine weiteren Beiträge hinzugekommen waren, und suchte das Eingabefeld, um dem Täter eine Botschaft zu schicken, die er im Geiste bereits vorformuliert hatte – als er stattdessen einen Eintrag fand: *Kommentare zu diesem Beitrag sind geschlossen.*

Das war nicht gut. Andererseits verständlich. Karla Hofbauer hatte die Betreiber der Seite kontaktiert, und soweit Dorn wusste, waren diese durchaus kooperativ, konnten aber nur bedingt weiterhelfen. Bestimmt hatten sie jetzt kalte Füße und wollten weder dem Täter noch den Behörden eine Bühne bieten …

Dorn suchte nach Alternativen. Jetzt, wo der Internet-Router wieder lief, musste auch das Telefon wieder funktionieren. Er wählte rasch eine Mobilnummer, die im Impressum der Podcast-Seite angeführt war.

»Hallo?«, meldete sich eine Frau gleich nach dem zweiten Signal.

»Hallo«, echote Dorn, der eine der Stimmen aus dem

Podcast wiederzuerkennen glaubte. Es war die mit den besonders kruden Theorien. »Mein Name ist Simon Dorn. Sie betreiben *True Crime True Germany*, richtig?«

»Nicht alleine«, wehrte sie sich gleich. »Und nur als Hobby. Falls es ein rechtliches Problem geben sollte, wenden Sie sich bitte an unseren ...«

»Nein, darum geht es nicht. Ich bin als Kriminalpsychologe an den Ermittlungen im Fall der Mordserie mit den Schnitten in die Stirn beteiligt. Meine Kollegin Karla Hofbauer hat Sie vor ein paar Wochen kontaktiert, wegen der Podcast-Folge. Sie erinnern sich.«

So viel am Stück zu reden, war für Dorn ungewohnt. Doch langsam kam seine Stimme wieder in Schwung.

»Ja. Ich erinnere mich«, bestätigte die andere nach einer längeren Pause, leiser jetzt. »Wir haben die IP-Adresse dieser Kommentare weitergeleitet, aber weiter können wir leider nichts tun.«

»Schon gut. Ich muss Sie um etwas anderes bitten. Ich möchte einen Kommentar auf der Seite veröffentlichen, doch die Funktion ist deaktiviert.«

»Ich weiß. Das ist eine Vorsichtsmaßnahme, zu der uns unser Anwalt geraten hat.«

»Könnten Sie das wieder freigeben?«

»Nur unser Systemtechniker. Allerdings erst, wenn unser Rechtsanwalt ...«

»So viel Zeit haben wir nicht«, fiel Dorn ihr ins Wort. »Ich brauche dringend den Kontakt mit dem Verfasser dieser Kommentare ... über die Kommentare selbst.«

»Ich fürchte, da kann ich Ihnen nicht helfen. Nicht sofort jedenfalls. Aber sobald unser Anwalt ...«

»Hören Sie. Wir haben keine Zeit, auf den Anwalt zu warten. Der Täter ist wieder aktiv. Wir haben nur ein kleines Zeitfenster, bis er die nächste Tat begehen wird. Es gibt nur diese eine Verbindung zu ihm. Wir müssen es versuchen. Jetzt, sofort.«

Die Frau schwieg eine Weile. Dorn glaubte schon, sie umgestimmt zu haben, als sie sagte: »Ich hätte einen anderen Vorschlag für Sie.«

50

Vier Jahre zuvor

Das Wetter ist anders, als man es sich für ein Begräbnis vorstellt. Die Sonne strahlt vom Himmel, die Temperaturen sind angenehm, und die Luft ist so klar, wie sie es nur nach einer Schlechtwetterperiode sein kann.

Perfekt für eine Hochzeit, aber doch nicht für eine Beisetzung.

Ich bin immer noch fassungslos, dass sie tot ist. Ich fühle mich, als hätte mir jemand die Beine abgeschnitten oder die Lunge herausgerissen. Wir hatten uns schon lange nicht mehr persönlich sehen können. Dennoch war ich stets bei ihr – bis sie *plötzlich und unerwartet* gestorben ist, wie es in der Traueranzeige stand. So umschreibt man einen Unfall. Weil es gegen die Konvention verstößt, die Wahrheit auszusprechen: dass sie elendiglich hinter dem Steuer ihres Wagens verreckt ist, nachdem sie von der Straße abgekommen war.

Ich war als Erster bei ihr. Weil es mich wunderte, weshalb sie mitten im Nirgendwo anhielt. Ich hatte Angst, dass sie den GPS-Sender entdeckt haben könnte, der mir half, immer für sie da zu sein.

An einen Unfall hätte ich nie gedacht.

Die Beisetzung beginnt. Ich stehe drei oder vier Reihen hinter der Trauergemeinde, halb verdeckt von einem Baum, wo ich das Geschehen beobachten und unentdeckt bleiben kann. Nicht, dass es jetzt noch wichtig wäre.

Der Priester spricht Worte, die ich aus der Entfernung nicht hören kann. Sie sind auch nicht wichtig.

Ihr Ehemann wirkt, als wäre er selbst gestorben. Ich hasse ihn für alles, was er mir angetan hat. Ich weiß, dass er ihr dazu geraten hat, den Kontakt mit mir abzubrechen und zur Polizei zu gehen.

Ich wünschte, er wäre tot und nicht sie.

Wie schon damals an der Unfallstelle spielt sich das weitere Geschehen vor meinen Augen im Zeitraffer ab. Der Priester spricht seine Formeln, das Kreuz wird in den Boden gerammt, die Urne versenkt. Die Besucher versprengen Weihwasser. Dann gehen alle. Der Bestatter gräbt die Urne ein und nimmt Weihwasserbehälter und die anderen Sachen mit.

Dann, endlich, kann ich zu ihr.

Ich will gerade meine Deckung verlassen, als ich innehalte. Ich höre unregelmäßige Schritte im Kies. Ein Mann in einem teuer anmutenden Mantel und ebenso aussehendem Hut geht auf ihr Grab zu. Sein Gesicht bleibt mir verborgen. Einen kurzen Moment spiegelt sich die Sonne in seinen edlen, auf Hochglanz polierten Schuhen. Er verweilt kurz und späht dann nach allen Seiten, sodass ich mich hinterm Baum verbergen muss. Als ich ihn wieder sehen kann, beugt er sich runter und scheint etwas in die frisch aufgeschüttete Erde zu drücken. Anschließend erhebt er sich, putzt seine Finger mit einem Taschentuch sauber und verschwindet wieder.

Wieso kenne ich ihn nicht? Ich kenne jeden Menschen, mit dem sie zu tun hatte. Verwandte, Arbeitskollegen, Freunde.

Diesen da habe ich noch nie gesehen.

Mit wachsender Unsicherheit haste ich zu ihrem Urnengrab. Ich sehe viele Blumen, Kerzen und persönliche Gegenstände. Sie interessieren mich nicht. Ich gehe in die Knie und wühle in der frischen Erde, bis ich finde, was der Mann gerade hinterlassen hat. Ich ziehe es heraus und wische es an meiner Hose sauber. Dann halte ich es mir vor Augen.

Die Skulptur ist überraschend schwer und strahlt so hell, dass ich sofort ahne, dass sie aus purem Gold sein muss.

Es ist ein kleines Kind in Engelsform.

Ihr Kind, das in ihrem Bauch heranwuchs? Das Kind, das beim Unfall ebenfalls gestorben ist?

Woher wusste er davon?, rätsle ich. Keiner wusste es. Und auch ich vermutete es bloß, seit ich anhand ihrer GPS-Daten bemerkt habe, dass sie regelmäßig zu einem Gynäkologen fuhr.

Wer ist der Mann? Und welche Geheimnisse hatte sie sonst noch, die mir entgangen sind? Dabei dachte ich doch, alles, wirklich alles von ihr zu wissen …

Mein Verstand gibt mir die einzig mögliche Erklärung.

Verwirrt und wütend zugleich renne ich dem Mann im Mantel hinterher. Doch es ist zu spät. Als ich auf dem Parkplatz bin, fährt er gerade fort, zu schnell, als dass ich mir das vollständige Kennzeichen merken könnte.

51

»Liebe Zuhörerinnen und Zuhörer, hier ist Tina vom Podcast True Crime True Germany. Ich melde mich mit einer Sondersendung. Wo auch immer ihr gerade seid, bleibt dran und sagt es weiter, denn wir gehen heute live auf Verbrecherjagd. Richtig gehört: Die Jagd ist eröffnet. Vielleicht erinnert ihr euch noch an die Folge *Schnitte in der Stirn*, die Mordserie vor drei Jahren in Österreich? Das Verbrechen geht gerade topaktuell in die Verlängerung. Wir haben dazu einen namhaften Gast: Simon Dorn, Star-Profiler aus Österreich. Er arbeitete lange für die österreichischen Behörden und beschäftigt sich jetzt mit alten, unaufgeklärten Fällen. Guten Abend, Herr Dorn.«

»Hallo«, sprach Dorn in den Telefonhörer und musste sich räuspern. Die Vorstellung als *Star-Profiler* hatte ihn kurz irritiert und stimmte so nicht – aber letztlich war es egal. Er wollte schnellstmöglich zur Sache kommen. Zugleich ahnte er, dass der Täter nicht von Anfang an zuhören würde. Schließlich war er gerade anderweitig beschäftigt. Womit Dorn auch bewusst wurde, wie gering die Erfolgschancen seines Plans waren.

»Herr Dorn, der Täter mordet wieder, ganz aktuell?«

Karla Hofbauers Gesicht erschien vor Dorns geistigem

Auge. »Ja. Es gibt eine Tote in Hamburg und einen weiteren Mord in Passau.«

»Und beide Leichen tragen Schnitte in der Stirn?«

Dorn zwängte seine Augen zusammen. »Das ist korrekt.«

Hinten im Hof hustete der Stromgenerator, ging aber nicht aus. Alle paar Minuten machte er ein merkwürdiges Geräusch, und die Drehzahl fiel für ein paar Sekunden, bevor sich das System wieder erholte. Wobei es eine Frage der Zeit sein würde, bis der Treibstoff zur Neige ging und damit der Strom, der den PC antrieb und den Router, über den Dorn nach draußen kommunizierte. Die ganze verdammte Situation war ein Albtraum, aus dem es kein Erwachen gab, sondern nur einen Wechsel vom einen Albtraum in den anderen, in dem Dorn wieder abgeschnitten sein würde von der Welt, von diesem Podcast, vom unbekannten Täter, von Lea Wagner …

Dorn merkte, dass er der Frau am Mikro nicht zugehört hatte. Hatte sie ihm gerade eine Frage gestellt? »Ich habe Sie eben nicht verstanden?«, sagte er halb fragend und mahnte sich, in Gedanken bei der Sendung zu bleiben.

»Kein Problem. Ihr hört, hier ist alles live. Herr Dorn, ich fragte gerade, wie unsere Zuhörerinnen und Zuhörer wohl helfen können, den Täter zu stoppen. Sie sagten, der letzte Mord sei ganz aktuell in Passau geschehen. Was können Sie uns über den Toten verraten?«

»Es ist ein deutscher Rechtsanwalt mit Kontakten nach Österreich – wo die Mordserie vor drei Jahren begann.«

»Irgendeine Verbindung zu den bisherigen Opfern?«

»Keine bekannte.«

»Also mordet unser Täter wahllos?«

Unser Täter, dachte Dorn und schüttelte den Kopf. »Das denke ich nicht. Im Gegenteil, wir gehen davon aus, dass es einen tiefliegenden Grund für alles gibt. Einen Plan und einen geschlossenen Kreis von Opfern.«

»Wie viele Opfer mag es noch geben?«

Dorn dachte an die Krone auf dem Berg. An den Namen Kronberger. Er hatte nicht vor, diesen preiszugeben. »Mindestens eines.«

»Wer wird das sein?«

»Sie werden verstehen, dass es nicht klug wäre, darüber öffentlich zu spekulieren.«

»Also haben Sie konkrete Anhaltspunkte?«

»Es ist möglich, dass gerade alles auf einen Höhepunkt zuläuft. Auf die Vollendung eines größeren Plans, ein letztes Verbrechen, das unmittelbar bevorsteht.«

»Ein allerletztes Opfer?«

»Das könnte sein.«

»Wo ist der Täter in diesem Moment?«

In Salzburg, lag Dorn auf der Zunge. Dabei konnte er keine Hetzjagd auf irgendwen zulassen. Sein eigentliches Ziel war ein anderes. Eines, das er dieser sensationslüsternen Podcasterin möglichst elegant unterschieben musste.

Da hustete der Generator wieder und ging schließlich ganz aus.

52

Es war schon dunkel, als Lea Wagner aus dem Railjet der Österreichischen Bundesbahnen stieg und ein Leihfahrrad nahm, um zu ihrer Wohnung zu kommen. Der Regen hatte unterwegs aufgehört, und die Nacht schien durchaus angenehm zu werden.

Dabei hasste sie es, wieder in Wien zu sein.

Die Sache mit Bad Gastein und Salzburg war für Lea nicht nur der berufliche Super-GAU, sondern ihr inzwischen auch so peinlich, dass sie darauf verzichtet hatte, Stephan Lipowec nochmals anzurufen. Obwohl er ihre beste Chance war, an dem Fall dranzubleiben.

Am Bahnhof in Salzburg hatte sie noch fix vorgehabt, an der nächsten Station gleich wieder auszusteigen. Doch was hätte sie in Linz oder St. Pölten schon tun sollen? Ein Auto mieten, um … wohin zu fahren? Nach Salzburg, zu dieser Villa, wo offensichtlich niemand war, und ein möglicher Blutfleck, den sie nicht weiter untersuchen konnte, die einzige Spur? Oder zurück nach Bad Gastein, um im Dornwald gemeinsam mit dem mürrischen Dorn weiter zu grübeln? Aber was brachte schon ein stilles Kämmerlein, wenn sich das eigentliche Ziel frei bewegte und seinen mörderischen Plan verfolgte?

Lea hatte gehofft, dass Simon Dorn sie anrief. Aber ihr Handy war still geblieben, und die Internet-Suche nach seinen Kontaktdaten war im Nichts verlaufen. Sie hatte seine Nummer nicht. Auch ihre weiteren Recherchen zu Gustav Kronberger, der aller Voraussicht nach im Visier des Täters stand, waren im Sande verlaufen.

An ihrem Wohnhaus angekommen, nahm Lea die Treppen nach oben. Einerseits, weil sie keinen Krach machen wollte – der Aufzug ächzte und knarzte so sehr, dass man regelmäßig davon wach wurde –, und zweitens, weil ihr die Bewegung half, Adrenalin abzubauen und die negativen Gefühle und Selbstzweifel abzuschütteln, die sich einzunisten begannen. Der Fall zog sie runter, beruflich und emotional, mit Karla Hofbauers Tod, ihrem unmöglichen Chef, Aschbrenner und dem mysteriösen Hotel Dornwald samt seinem noch mysteriöseren Bewohner …

Als sie an jenem Stockwerk vorbeikam, in dem der alte Schubert residierte, hoffte sie bloß, dass er nicht am Türspion stand und sich Notizen über ihr Kommen und Gehen machte.

Beim Gedanken an Schubert musste sie automatisch auch an Buddy denken, den sie frühmorgens gerade noch vor dem Alten hatte verbergen können. Wie es dem Streuner wohl bei Simon Dorn erging? Würde der daran denken, dass ein Hund auch mal was zu fressen brauchte?

Wie aufs Stichwort meldete sich Leas Magen – auch sie hatte bis auf ein schnelles Frühstück nichts gehabt an diesem trüben, sinnlosen, abgenutzten Tag.

»Iss ein Snickers«, murmelte sie den Spruch aus der Werbung, als sie ihre Wohnung betrat, und sah in ihren Kühlschrank. Im Tiefkühlfach war eine Portion Nudeln, die sie in die Mikrowelle warf und sich dabei vorstellte, wie im Pastaland Italien gerade jemand tot umfiel. Aber Kulinarisches musste bei ihr vor allem eines können: schnell warm werden. Und das tat Pasta aus dem Tiefkühler, garniert mit einer großen Portion Ketchup, definitiv.

Gabel für Gabel, die sie eilig in ihren Mund schob, legte sich der Ärger und machte wieder jener Zuversicht und Lebensfreude Platz, die sie eigentlich ausmachte. So einfach funktionierte sie meistens – und sie war froh darum.

Weil sie Lust auf Frischluft hatte, öffnete sie das Küchenfenster, schwang ihre Beine über die Fensterbank und griff nach dem vertrauten, kühlen Metall der Leiter, die aufs Dach hinaufführte. Sie kletterte nach oben, die Sprossen in der einen und die Flasche Wein in der anderen Hand – für ein Glas war kein Platz mehr –, und sah wenig später in das Lichtermeer, das sich rund um ihre kleine, versteckte Farm auf dem Dach ausbreitete.

Sie trat an die Brüstung heran, drehte die Weinflasche auf und prostete der Stadt zu, in der sie groß geworden war, als Nesthäkchen mit vier mehr oder minder erwachsenen Brüdern, in einer Sozialwohnung am anderen Ende der Metropole. Lea nahm einen großen Schluck und atmete tief durch.

Sie hätte gerne geglaubt, dass sie es aus den prekären Verhältnissen ihrer Kindheit herausgeschafft hatte, mit ihrem Job am BK und der Wohnung hier.

Doch über allem, was sie hatte, und allem, was sie war, hing ein Damoklesschwert. Wenn der Chef es wollte; wenn

Mike der Idiot es wollte; wenn der alte Schubert es wollte oder weiß Gott wer es wollte, konnte alles auseinanderbrechen. Aber für den Moment, mit der halb vollen Flasche Wein in der Hand und der warmen Pasta im Bauch, war es ihr egal.

Sie schloss die Augen und lauschte dem Lärm der Stadt. Motoren brummten, eine Straßenbahn rollte durch die Seitenstraße vorbei, ein Auto hupte, ein Einsatzwagen heulte in weiter Ferne, und über allem lag dieses beständige Rauschen, das einem versicherte, dass es auch zu dieser Uhrzeit noch etwas zu tun gab – zu gewinnen gab –, neue Chance, neues Glück.

Was wohl anderswo gerade war, jetzt, in diesem Moment?

Dorn saß zweifelsfrei in seinem Hotel.

Buddy war, wo auch immer er sein wollte.

Der Chef war auf der falschen Spur, irgendwo in Passau.

Karla Hofbauer lag in einer Kühlkammer der Gerichtsmedizin …

Wo mochte derjenige sein, der ihr das angetan hat?

Was hatte er als Nächstes vor?

Auch wenn sie zu diesem Fall nichts mehr beitragen konnte, gelang es ihr nicht, abzuschalten. Der Wein mochte ihre Unruhe ein wenig dämpfen, doch weg ging sie nicht. Sie atmete noch mal tief durch und versetzte sich wieder ins Zimmer 103 des Dornwald hinein, auf der Suche nach etwas, das sie aus der Ferne weiterverfolgen konnte.

Vor ihrem geistigen Auge sah sie die große Krone auf dem Boden und den abgewetzten Punkt in der Mitte. Die Schriftstücke und Fotos aus den Ermittlungsakten an der

Wand. Die Wollfäden, die einzelne Elemente miteinander verknüpften.

Das Wort PODCAST, das groß über ältere Dinge geschrieben war.

Der Podcast.

Dorn hatte ihr bestätigt, dass es einen Podcast über dieses Verbrechen gab, dass es aber nicht um diesen selbst ging, sondern … wie war es noch?

»Die kommen …?«

Lea rätselte über Dorns Worte, bevor dieser alle Erklärungen abgebrochen hatte. Wer sollte kommen, und wie passte das mit einem Podcast zusammen? Er lief doch für gewöhnlich als Audioübertragung im Internet. Da kam niemand irgendwohin. Die einen sprachen, die anderen hörten zu, manchmal live, viel öfter aber aufgezeichnet.

Die kommen …

Sie musste diesen Podcast finden.

Schnell stellte sie die Weinflasche weg und zog ihr Handy aus der Hosentasche. Der Akku war vom vielen Gebrauch während des Tages beinahe leer. Sie googelte nach *Podcast Mordserie Österreich*, nach *Serienverbrechen*, nach *True Crime Podcast Österreich Verstümmelungen* – ohne Ergebnis. Erst als sie noch zusätzlich das Wort *Stirn* eingab, wurde sie fündig.

Schnitte in der Stirn: Mysteriöse Mordserie in Österreich stellt Polizei vor Rätsel

Lea drückte auf den Link, der sie auf die Webseite eines Podcasts namens *True Crime True Germany* führte, zur Aufzeichnung einer Sendung, die vor ein paar Wochen ausgestrahlt worden war.

Die kommen …

Wenn die Statistik stimmte, war die Sendung mehrere hundert Mal aufgerufen worden, was im Vergleich zu Taylor Swift nicht nach viel klang, für einen offensichtlich privat geführten Podcast aber durchaus beachtlich war. Sie wollte reinhören, als ihr wieder einfiel, dass es laut Dorn nicht um die Sendung selbst ging. Also wischte sie den Bildschirm nach unten – zu den Kommentaren.

Die kommen … meinte er vielleicht: die Kommentare?, grübelte Lea und war sich plötzlich sicher, dass es genauso war. Sie las die einzelnen Einträge durch.

Sonnenstrahl83: Echt spannender Podcast! Woche für Woche ein Muss für mich.

TCTG-Team: Danke, Sonnenstrahl83! Es freut uns, dass du jede Woche dabei bist.

Stiller Zuhörer: Ich höre immer gern rein! Auch wenn ihr mich regelmäßig um den Schlaf bringt.

TCTG-Team: Sorry, Stiller Zuhörer! ;-) wir tun unser Bestes.

Erich Walder: Ich finde die Hintergrundrecherche immer so beeindruckend. Welche Quellen verwendet ihr denn, und wie kommt man dran?

TCTG-Team: Danke für die Frage, Erich! Wir nutzen unterschiedliche Archive, Presseberichte und Dokumentationen. Wenn Interesse besteht, können wir mal eine Folge zu unseren Recherchemethoden machen.

Erich Walder: Unbedingt, das ist eine super Idee!

Advocatus D.: Euer Engagement in allen Ehren, aber manchmal driftet ihr in die Spekulation ab, statt bei den Fakten zu bleiben.

TCTG-Team: Danke für das Feedback. Wir nehmen solche Anmerkungen ernst und versuchen, immer besser zu werden.

Invictus: Interessante Theorien, aber alle falsch.

TCTG-Team: Willst du uns erhellen?

Invictus: Es ist doch nicht zu übersehen.

TCTG-Team: Was meinst du?

Invictus: Was auf der Stirn steht.

TCTG-Team: Und zwar?

Lea brach ab, obwohl es noch mehr Kommentare gab. Der Dialog, den sie gerade gelesen hatte, war ganz anders als die anderen. Wollte er mit diesem Kommentar auf die Bedeutung des Symbols hinweisen? Auf den Namen, auf den durch die Krone und den Berg verwiesen werden soll?

Dieser *Invictus* schien davon zu wissen … oder war er nur ein Wichtigtuer und hatte Glück beim Raten?

Schnell las sie noch die anderen Kommentare durch und fand nichts, was sie weiterbrachte. Wenn es also tatsächlich um diesen Dialog ging, blieb die Frage: Wer war Invictus?

Lea ging ganz nach oben, weil sie einen neuen Tab aufrufen und nach der Bedeutung des Worts *Invictus* googeln wollte, als sich eine ganzseitige Anzeige über ihren Bildschirm legte, deren Großbuchstaben sie förmlich anschrien:

!JETZT LIVE!
SONDERPODCAST »SCHNITTE IN DIE STIRN« –
AUF TÄTERJAGD MIT STAR-PROFILER SIMON DORN –
gleich reinhören und miträtseln!

53

Mein Kopf schmerzt, aber nicht wie von der Migräne. Ich fasse hin und fühle eine mächtige Beule an der Schläfe.

Zaghaft öffne ich meine Augen einen Spalt weit, doch ich sehe nichts – es ist dunkler als in schwärzester Nacht. Ich spüre Erschütterungen und die Fliehkraft, die mich immer wieder in irgendeine Richtung drückt, was mich begreifen lässt, dass ich im Kofferraum eines Fahrzeugs liegen muss. Zugleich wirft es eine Frage auf, deren Antwort ich nicht kennen will.

Wohin fahren wir?

Ich ahne, dass es für mich nicht gut enden wird, und spüre, wie die Panik in mir aufsteigt. *Anhalten!*, will ich rufen und verbiete es mir. Ich muss auf meine Chance warten.

Ich taste um mich herum und spüre Stoff, eine fest mit dem Inneren verbundene Metallöse und ein Stück Pappe. Nichts davon eignet sich auch nur ansatzweise für einen Befreiungsversuch.

Ich bemühe mich, ruhig zu bleiben, und versuche, meine Gedächtnislücken zu schließen. Wir waren bei diesem Mann in Salzburg, der blutend auf dem Boden seines Büros gelegen hatte, während ER über ihm stand, mit einem Messer in der Hand.

ER ist das Böse, begreife ich wieder und kriege Gänsehaut am ganzen Körper.

Ich weiß, was er als Nächstes vorhat. In gewisser Weise verstehe ich es sogar. Ich werde sterben. Die Klarheit, mit der ich es absehen kann, lässt mir Tränen in die Augen steigen.

Immer wieder höre ich andere Autos, was mir verrät, dass da draußen andere Menschen sind. Ich bete, dass es so bleibt. Dass wir in einen Stau geraten oder in eine Verkehrskontrolle, während der ich mich bemerkbar machen kann. Vielleicht habe ich Glück, riesiges Glück, so viel Glück wie noch nie in meinem Leben.

Dabei ahne ich, dass es anders kommen wird.

54

»Herr Dorn, Sie sind wieder da?«

»Ja … es gab hier leider ein technisches Problem.«

»Verstehe. Das kennen wir wohl alle. Es wird Sie freuen, dass wir inzwischen zahlreiche weitere Zuhörerinnen und Zuhörer haben, die sich gerne aktiv beteiligen wollen. Inwieweit kann die Community bei der Täterjagd helfen?«

»Alles außer sachdienlichen Hinweisen wäre viel zu gefährlich. Sie wissen nicht, mit wem Sie es hier zu tun haben.«

»Herr Dorn: Zufällig weiß ich, dass sich auch Polizeikräfte unter unseren Followern befinden, mit teils langjähriger Erfahrung.«

»Das mag sein.«

»Einer von ihnen postete eben auf Instagram, dass die Tote aus Hamburg, von der Sie erzählt haben, eine österreichische Polizistin gewesen sein soll, die eigenmächtig ermittelt hat. Stimmt das?«

»Wer hat das gepostet?«

»Robocop. Ein Polizeiveteran im Rollstuhl, der seit Jahren zu unseren aktivsten und bestinformierten Hörern zählt. Also, stimmt es? Und was können Sie uns über diese tote Polizistin verraten?«

»Nichts. Und es wäre gut, wenn auch Robocop sich zurückhält. Bei allem Respekt.«

»Wie sollen wir dann weiterkommen? … Herr Dorn?«

»Ich verstehe ja, warum Sie danach fragen. Die Leute wollen so nah wie möglich an das Verbrechen heran. Aber glauben Sie mir, wir haben es hier mit jemandem zu tun, der keine Nähe zulässt. Wenn wir ihn überführen wollen, dann nur aus der Distanz.«

»Das klingt, als hätten Sie einen konkreten Plan.«

»Nein.«

»Nein?«

»Ich will ihn bloß verstehen.«

»Was meinen Sie damit?«

»Ich will den Menschen hinter diesen Taten verstehen. Ich möchte wissen, wie es zu allem kam. Den tieferen Sinn für seine Morde erkennen.«

»Den Sinn, Menschen zu ermorden und ihre Leichen zu verstümmeln?«

»So ist es.«

»Puh, das ist heftig. Ich kann mir kaum vorstellen, dass es einen solchen Sinn gibt. Ich glaube ja, wir haben es mit einem lupenreinen Psychopathen zu tun, und so jemanden kann ein normaler Mensch gar nie verstehen. Stimmen Sie wenigstens darin mit mir überein, Herr Dorn?«

»Nein.«

»Sie machen es uns aber ganz schön schwer … Auf unserer Facebook-Seite hat Sie vorhin jemand ein arrogantes Arschloch genannt, das sich bloß profilieren will. Was sagen Sie dazu?«

»Die Meinung anderer Leute interessiert mich nicht.«

»So sehr auf Krawall gebürstet, Herr Dorn?«

»Sie missverstehen mich. Es geht mir nicht um Profilierung und auch nicht darum, Ihnen zu widersprechen. Ich möchte dem Täter auf dieser Plattform nur ein paar Dinge sagen. Geht das?«

»Das … hört sich interessant an. Ungewöhnlich, aber interessant. Was meint ihr, liebe Zuhörerinnen und Zuhörer? Versetzen wir uns tief in die Täterseele hinein und lauschen den Worten unseres Star-Profilers aus Österreich.«

Dorn richtete seine Worte direkt an den Täter und konnte nur hoffen, dass er inzwischen zuhörte. »Ich … ich würde eigentlich lieber nur mit Ihnen reden. Aber aus nachvollziehbaren Gründen geht das nicht. Also hören viele Menschen zu, wofür ich Sie um Verzeihung bitte. Diese Leute sollen Sie nicht kümmern. Selbst wenn ich es wüsste, würde ich keinem von ihnen verraten, wo Sie gerade sind und wen Sie im Visier haben.«

55

»Gar nichts weißt du«, sagte er, biss die Zähne zusammen und starrte auf die Straße, die sich scheinbar ziellos durch die österreichische Pampa schlängelte. Längst hatte auch er das Ziel verloren. Er war von den Entwicklungen überfordert und hatte keinen Plan, wie es weitergehen sollte.

»Ich will Ihnen sagen, dass Ihre Taten gesehen werden«, sprach der Typ aus dem Podcast weiter. »Und mit ihnen auch das Leid, das Sie selbst erfahren haben.«

Er lachte bitter. Es fehlte noch, dass sich der Kerl als großer Versteher ausgab.

Er überlegte schon, die Sendung abzudrehen, und tat es nur deshalb nicht, weil er sich von dem ablenken musste, was unmittelbar vor ihm lag.

Dass er überhaupt zuhörte, hatte mit einer automatischen Benachrichtigung von Google zu tun, die er schon vor Jahren eingerichtet hatte, um immer dann verständigt zu werden, wenn es neue Suchergebnisse im Internet gab. Der Alarm hatte vor wenigen Minuten angeschlagen und ihn direkt zu dieser Sendung geführt, die er jetzt anonym mithörte.

»Mit jeder Ihrer Taten offenbart sich mir Ihre eigene, vermutlich tiefgehende Verletzung. Ihnen ist großes Unrecht widerfahren. Nun müssen die Leute büßen, die dafür verantwortlich sind. Ich verstehe das.«

Für einen kurzen Moment schloss er die Augen. *Büßen.* Bilder tauchten vor seinem geistigen Auge auf, die er mit Gewalt verdrängen musste.

Als er sich wieder auf die Straße konzentrierte und zu schnell in eine Kurve bog, polterte es hinten. Er konnte es nicht länger ignorieren oder verdrängen. Er musste endlich einen Platz finden, wo er es durchziehen konnte. Es würde das Schlimmste sein, was er jemals zu tun hatte.

Aber es gab keinen anderen Weg.

»Es gibt immer einen alternativen Weg«, sprach der Typ im Podcast, als hätte er soeben seine Gedanken gelesen. »Ich weiß, dass Sie sich entschieden haben und ich nichts daran ändern kann. Der Weg, den Sie gerade gehen, ist steil, und er führt auf einen Berg. Es liegt an Ihnen, ob Sie es dabei belassen, den Berg zu erklimmen – oder ob Sie diesem Berg die Krone aufsetzen.«

Er stieg so fest in die Bremsen, dass das ABS eingriff und den Wagen ruckelnd zum Stillstand brachte. Hinten polterte es wieder. Er hörte ein dumpfes Ächzen.

Natürlich hatte er verstanden. Dieser Typ wusste viel. Verdammt viel.

»Mögen Sie Mozart? … Ich weiß, wo Sie gerade sind. Wer Ihr Ziel ist.«

Er war ganz Ohr. Doch der Typ pausierte mehrere Sekunden lang, bevor er fast flüsternd weitersprach: »Sie haben mir jemanden genommen, ohne den nichts, was ich tue, mehr Sinn macht. Sie wissen vermutlich, wen ich meine … Dieser Mensch war so unvorsichtig, sich Ihnen allein entgegenzustellen. Sie konnten nicht anders, als diesen Menschen zu töten und anschließend zu vollenden, was vollendet werden musste. Ich kann das nachvollziehen. Ich glaube sogar …«

Er hielt die Luft an, völlig gebannt von den Worten des anderen.

»Ich glaube sogar, dass auch Sie jemanden verloren haben, ohne den Ihr Leben keinen Sinn mehr ergibt. Mehr noch: Dieser Mensch wurde Ihnen gewaltsam genommen. Weshalb Sie nun die Verantwortlichen zur Rechenschaft ziehen müssen. Einen nach dem anderen.«

56

Vier Jahre zuvor

Ich bücke mich, streiche das Gras zur Seite und nehme das Teil in meine Hand. Es ist aus Plastik und schimmert silbern – sehr wahrscheinlich mit Metallic-Farbe lackiert. Ich erkenne, dass es das Verkleidungsteil eines Fahrzeugs sein muss. Aber zu ihrem passt es nicht.

Meine Aufregung steigt.

Ich denke an die vergangene Nacht zurück, in der ich beim Unfallwrack war, auf dem Schrottplatz der größten Recyclingfirma der Gegend. Die Polizei hat es ohne genaue Untersuchung freigegeben. Eigentlich wollte ich mich nur verabschieden. Ihrem Tod ein letztes Mal ganz nahe sein, ungestört und ohne Angst, entdeckt zu werden.

Doch beim Herumgehen habe ich Abriebspuren gefunden, hinten an der linken Seite der Stoßstange. Bestimmt hat die Polizei sie für einen alltäglichen Parkschaden gehalten und nicht weiter untersucht. Doch ich kannte ihr Auto fast so gut wie sie selbst. Eine Spur wie diese wäre mir aufgefallen. Was heißt, dass sie vor dem Unfall nicht am Wagen war. Also bin ich anschließend an den Ort gefahren, wo der Unfall passiert war.

Hierher.

Das Teil, das ich in Händen halte, ist bestenfalls ein Indiz, aber niemals ein Beweis. Ich kann damit nicht zur Polizei. Weil es bloß zu Fragen führen würde, die ich nicht beantworten kann.

Ich brauche mehr.

Ich stecke das Plastikteil ein und mache mich auf den Weg zur nächsten Adresse auf meiner Liste: zu jener Firma, über die der Mietwagen angemietet wurde, mit dem der fremde Mann am Friedhof war.

Obwohl ich nur das halbe Kennzeichen entziffern konnte, waren meine Darknet-Kontakte überaus hilfreich. Ein angeblicher Privatdetektiv brüstete sich damit, in jede Datenbank hineinzukommen, egal ob Polizei oder Versicherung, und dass er damit jedes Auto finden könne. Sein Preis war so hoch wie seine Reputation, aber die Investition hat sich gelohnt: Binnen weniger Stunden hatte er sowohl das Auto gefunden als auch den Mietwagenanbieter. Den Rest erledigte ich allein. Mithilfe eines kleinen Täuschungsmanövers und eines sehr vertrauensseligen Callcenter-Mitarbeiters erfuhr ich, dass der Wagen am fraglichen Tag von jener Firma entliehen worden ist, zu der ich nun unterwegs bin.

Als ich Stunden später die Stadt Graz erreiche, durch eine dunkle Straße fahre und nach der Hausnummer suche, bin ich seltsam enttäuscht von der Gegend. Eine Firma reiht sich an die nächste – Elektro, Sanitär, Versicherungen. Alles wirkt so zweckmäßig wie heruntergekommen. Die Zieladresse ist eine Kfz-Werkstatt, was mich überrascht, weil der Firmenname nicht darauf hindeutete und ein Mann wie jener, den ich am Friedhof gesehen habe, nicht in diese Gegend passt.

Wozu leiht sich ein Kfz-Betrieb einen Wagen?, rätsle ich und steige von meinem Motorrad.

Zu dieser Uhrzeit muss ich nicht befürchten, noch jemanden anzutreffen. Aber die Überwachungskamera an der Seite des Gebäudes macht mich vorsichtig. Ich schleiche auf ein Nachbargrundstück und steige hinten über den Zaun.

Als ich die Unfallwagen sehe, die auf ihre Reparatur oder Verschrottung warten, macht es klick in meinem Kopf. Ich denke an das Teil, das ich vorhin gefunden habe. An die Möglichkeit, dass der Mann vom Friedhof sein Auto hier zur Reparatur gab und die Werkstatt einen Ersatzwagen für ihn angemietet hat.

Aber warum so kompliziert?

Die Antwort, auf die ich komme, lässt mich erschaudern und befeuert eine Wut, die am Friedhof ihren Ausgang nahm und an der Unfallstelle weitere Nahrung fand.

Weil er seine Identität verschleiern muss. Weil etwas mit diesem Unfall ganz und gar nicht stimmt.

Weil … weil er ihn verursacht hat?

Schnell ziehe ich das silberfarbene Plastikteil aus meiner Jacke und mache mich auf die Suche. In der Dunkelheit kann ich keine Farben sehen und schon gar keine Silbertöne vergleichen. Aber ich will keine Taschenlampe verwenden.

Im Hinterhof stehen drei helle Fahrzeuge. Ich taste ihre Stoßstangen und Seitenflanken ab, doch an keinem fehlt ein Teil.

Da merke ich, dass durch einen Spalt unten am Werkstatttor Licht nach außen dringt. Ich könnte nicht sagen, ob es schon an war oder ob sich meine Augen inzwischen bloß ausreichend an die Dunkelheit gewöhnt haben, um es zu bemerken.

Als ich mich dem Tor nähere, höre ich etwas. Keinen Lärm, wie man ihn von Werkstätten dieser Art erwartet. Eher ein Gemurmel. Einen Monolog. Als redete jemand mit sich selbst.

Es ist die Stimme einer Frau.

Ich bücke mich. Doch um durch den Spalt sehen zu können, muss ich mich ganz auf den Boden legen, mit Wange und Ohr auf dem Betonboden.

Ich brauche kurz, um die Bilder richtig verarbeiten zu können, die ich sehe.

Eine schummrige Werkstatt. Eine Hebebühne. Darauf ein silbriger Audi. Darunter eine junge Frau, die auf einen Punkt an der Karosserie einredet, in den sie etwas zu schrauben versucht. Zu ihren Füßen liegt ein demontiertes Verkleidungsteil. Ohne es genauer anzusehen, bin ich mir sicher, dass es zu jenem passt, das ich an der Unfallstelle gefunden habe.

Er hat den Unfall verursacht, bin ich mir jetzt ganz sicher. Der Mann vom Friedhof. Aber was sollte die goldene Engelsfigur? Wie konnte er wissen, dass sie schwanger war? Seit dem Tag des Begräbnisses rätsle ich darüber.

Als mein Verstand die Dinge miteinander verknüpft, erhebt sich daraus ein Verdacht, der meine Wut zum Rasen bringt.

Es war nicht bloß ein Unfall.

Es war Absicht.

Ich stehe auf und greife nach dem erstbesten Gegenstand, den ich hier draußen finde. Es ist eine Eisenstange.

Neben dem Tor ist eine Tür, die nicht wirkt, als könnte sie meiner Kraft lange standhalten.

Mit hämmerndem Herzen hole ich aus und …

»Tu das nicht«, sagt eine Stimme und hält mich zurück.

57

Er ignorierte das Wimmern im Kofferraum. Im Grunde bekam er es gar nicht richtig mit. Seine volle Aufmerksamkeit galt seinem Handy, auf dem der Podcast lief.

Der Profiler sprach weiter: »Wo auch immer Sie jetzt gerade sind und was Sie im Sinn haben, möchte ich Ihnen sagen, dass ich Sie nicht verurteile. Ich weiß, was nach der Trauer kommt. Wenn die Blumenkränze verwelkt sind und das Beileid bekundet. Danach kommt kalte Einsamkeit. Wut. Bitterkeit. Ich verstehe das. Die Menschen, denen Sie das Leben nehmen, haben den Tod verdient. Denn jeder Einzelne von ihnen hat Sie zu dem gemacht, der Sie heute sind.«

»Du hast keine Ahnung, was du redest«, sagte er und sah im Innenspiegel, dass Licht durch das Waldstück hinter ihm zuckte. Ein anderer Wagen näherte sich. Überall waren Menschen, auch hier um das Tennengebirge, wo er seit geraumer Zeit nach dem richtigen Platz suchte, um sein Problem loszuwerden. Aber nirgendwo war es verlassen genug, um es durchzuziehen.

Er fuhr wieder an und machte das Handy lauter. Er sah die Scheinwerfer des anderen Fahrzeugs aufblitzen. Er fuhr gerade so schnell, um den Abstand konstant zu halten.

»Aber trotz allem gibt es immer eine Alternative. Einen Ausweg. Ich beabsichtige nicht, Sie von Ihrem Vorhaben abzuhalten. Tun Sie, was Sie tun müssen. Und danach kommen Sie zu mir.«

Dann schwieg der Typ. Die Moderatorin des Podcasts räusperte sich demonstrativ. »Wie meinen Sie das, Herr Dorn?«, fragte sie. »Herr Dorn? Sind Sie noch hier, oder haben wir wieder technische Schwierigkeiten?«

»Ja, ich bin noch hier. Wie ich das meine? So, wie ich es sagte. Ich lade den Menschen hinter den Taten dazu ein, mir gegenüberzutreten. Es ist keine Falle, sondern ein Angebot. Ich biete einen Ausweg an. Einen Abschluss. Weil ich Sie verstehe. Weil ich weiß, wie schwer das alles ist. Hören Sie? Ich warte hier auf Sie. Allein. Lassen Sie uns zusammen durch das Dornwald gehen und gemeinsam einen Abschluss finden.«

»Das Dornwald?«, fragte die Moderatorin, die auf ihn einen zunehmend verwirrten, wenn nicht naiven Eindruck machte. Was kein Wunder war, wenn man hörte, wie kryptisch sich dieser Dorn ausdrückte.

Er hingegen hatte die Anspielungen genau verstanden. Der Typ wusste viel. Vielleicht sogar alles.

»Herr Dorn? Haben Sie sonst noch etwas ... nein, ich sehe gerade, die Leitung ist tot. Tja, ihr habt's gehört, meine Lieben. Die Jagd ist eröffnet. Ich hoffe, ihr wurdet schlau aus den Worten des Star-Profilers Simon Dorn. Das war's mit dem Sonderpodcast zum Fall *Schnitte in die Stirn*. Ich bedanke mich fürs Zuhören, bitte, die technischen Störungen zu entschuldigen, und bin auf eure Kommentare gespannt. Wie immer findet ihr uns auf Facebook, Instagram, X ...«

Er drehte die Sendung ab.

Das Dornwald, grübelte er. Ihm fiel nur das alte Lied ein. *Maria durch ein' Dornwald ging.*

Der falsche Artikel mutete seltsam an. Nicht altertümlich oder künstlerisch, sondern bewusst falsch gesetzt.

Das Dornwald …

Weil er das Handy noch in der rechten Hand hielt, rief er gleich den Browser auf. Er konnte den Suchbegriff nur in Zeitlupe und mit zahlreichen Unterbrechungen eintippen, weil er das Tempo halten musste und die Straße kurvenreich war. Nirgendwo war eine Abzweigung oder eine Gelegenheit zum Anhalten, die nicht wirkte, als hätte er eine Panne und bräuchte Hilfe.

Die Suchergebnisse erschienen. Wie er befürchtet hatte, führten die meisten zum alten Lied. Ein Wikipedia-Eintrag beschrieb Dornwald als Gehölz-Vegetation. So kam er nicht weiter …

Als eine Abzweigung in einen Feldweg kam, steuerte er den Wagen hinein, hielt an und versah seine Internet-Suche mit Anführungszeichen, um genau diese Wortkombination zu suchen: »Das Dornwald«.

Er verzog bitter den Mund, als die ersten Ergebnisse wieder ins Nichts führten, weil sie aus Online-Konversationen stammten oder auf Fehlern basierten.

»Kennst du das Dornwald-Lied?«

»Es musiziert das Dornwald-Ensemble.«

Und ein offensichtlicher Grammatikfehler: »Maria durch das Dornwald ging.«

Er überlegte schon, die Suche auf später zu verschieben, wenn er seine volle Konzentration darauf verwenden konnte, als ein weiterer Eintrag in eine ganz andere Richtung führte.

»Das Dornwald: Schandfleck seit vielen Jahren«

Lassen Sie uns zusammen durch das Dornwald gehen, hatte der Typ gesagt.

Das Dornwald ...

Er klickte auf den Link und kam auf eine Seite mit Lokalnachrichten, die, wie er wusste, nicht nur von Journalisten, sondern von jedermann eingestellt werden konnten und redaktionell kaum geprüft wurden.

Der Artikel war von einem anonymen Beitragenden verfasst worden und beklagte sich über einen angeblichen Schandfleck in Bad Gastein. Ein Hotel, das seit vielen Jahren leer stand und dem Verfasser die Zornesröte ins Gesicht zu treiben schien.

Lassen Sie uns zusammen durch das Dornwald gehen.

Dorn hieß der Typ im Podcast.

Dornwald das Hotel.

Es konnte ein Zufall sein. Wahrscheinlicher aber war, dass alles zusammenpasste.

Das Dornwald war ein vergammeltes Hotel in Bad Gastein, und dieser Profiler namens Dorn wartete dort.

Er tippte den Kurort ins Navi ein. In einer knappen Stunde konnte er dort sein. So verlassen, wie dieses Hotel angeblich war, schien es fast ein Geschenk des Himmels zu sein.

»In dreihundert Metern bitte wenden«, sagte die Stimme aus dem Navi, und er folgte ihr.

58

Drei Jahre zuvor – Greta Sorge, Graz

»Wie geht's Elias?«, rief sie ins Telefon, das auf dem Werkstattwagen lag.

»Gut«, kam die knappe Antwort aus dem Lautsprecher. Wie immer hatte sie auf laut gestellt, um ihr Handy mit den ölverschmierten Händen nicht anfassen zu müssen. Und wie immer sagte ihr seine Antwort, dass Thomas gerade irgendein Online-Spiel zockte, statt auf Elias aufzupassen, der seit Kurzem laufen konnte und keine Gelegenheit ausließ, für Chaos zu sorgen.

»Hat er schon was gegessen?«

»Ja, ja.«

»Thomas!«

»Komm doch einfach heim, wenn du es so genau wissen willst … Kriegst auch einen Nachtisch, Süße«, säuselte er in einem Tonfall, der keinen Zweifel darüber ließ, dass er mit dem Nachtisch Sex meinte – wozu sie nach dem anstrengenden Tag in der Werkstatt überhaupt keine Lust hatte.

»Und wer soll den Porsche bis morgen früh fertig machen? Du weißt genau, dass wir jeden Euro brauchen.«

Weil du deinen Job verloren hast, ergänzte sie in Gedanken. Sie hasste es, allein für den Familienerhalt zuständig zu sein. Aber Thomas konnte nichts dafür. Seit es die KI gab, brauchten Werbeagenturen eben keine Kreativtexter mehr. Weil die Maschine auch bei der fünfzigsten Überarbeitung nicht müde wurde und nach Hause wollte – im Unterschied zu Thomas. Wenn sie ihm etwas vorwerfen konnte, dann nur, dass er weiterhin an seiner Berufung festhielt und sich bei einer Agentur nach der anderen bewarb, statt die Zeichen der Zeit zu erkennen und umzuschulen.

»Ich komme, so schnell ich kann«, sagte sie versöhnlicher.

»Okay«, sagte er und legte auf.

Inzwischen müsste der Rostlöser lange genug eingewirkt haben, um die Schraube zu lockern, die sie schon eine geschlagene Stunde gekostet hatte. Die zusätzliche Arbeitszeit konnte sie dem Kunden kaum in Rechnung stellen.

Sie griff nach dem Schlüssel, setzte ihn an, schob ein Metallrohr als Verlängerung darüber, sandte ein Stoßgebet nach oben, dass der Schraubenkopf bloß nicht abreißen möge, übte behutsam mehr und mehr Kraft auf die Schraube aus – bis die sich schließlich mit einem leisen Knacken in Bewegung setzte. »Ja!«, rief sie triumphierend und tätschelte die Unterseite des Porsche Cabrios, das seine besten Jahre längst hinter sich hatte.

Sein Eigentümer kam zu ihr und nicht zur Originalwerkstatt, weil sie nur ein Drittel für die gleiche Leistung verlangte. Und weil sie Autos liebte – was man dann am Ergebnis sah. Ihr Kundenstock wurde langsam größer, und ihre Klientel war so vielfältig wie die Autos, an denen sie schrauben durfte.

Auch deshalb wollte sie nicht zu streng mit Thomas sein. Es war ein großes Glück, einen guten, zukunftssicheren Job zu haben, der einem noch dazu Freude machte. Ihre Eltern hätten sie nach der Schule gern in einer Bank oder Versicherung gesehen. Heute waren sie dem Handwerk gegenüber nicht mehr zu kritisch eingestellt.

Als die störrische Schraube endlich entfernt war, bearbeitete sie das Gewinde nach, ölte es ein und schraubte dann das Abdeckblech fest, das sie von Hand gefertigt hatte, weil das Originalteil mehrere Hundert Euro gekostet hätte und es selten jemanden gab, der einen alten 911er von unten bestaunte.

Als die letzte Schraube wieder fest war, ging sie etwas auf Abstand, um die Arbeit zu begutachten. Sie war zufrieden, und der Kunde würde es genauso sein. Jetzt bloß noch den Unterbodenschutz auftragen und einen letzten Check, dann den Innenraum saugen und morgen eine halbe Stunde früher hier sein, um dem Schätzchen noch eine Lack-Kur zu verabreichen …

Da hörte sie ein Geräusch, draußen auf dem Hinterhof. Ein einzelner Schlag, hölzern, als sei ein großes Brett umgefallen. Seltsam, es blies ja gar kein Wind.

Bestimmt ein Tier, dachte sie und machte weiter.

Plötzlich klopfte es. Dreimal, direkt ans Tor.

Sie sah auf die Uhr. Halb neun. Manche ihrer Kunden wussten, dass sie oft bis spät in die Nacht arbeitete. Aber keiner kam jemals zu dieser Uhrzeit vorbei. Sie wusste, dass der Porsche dringend war, weil sein Besitzer mit ihm in den Urlaub nach Italien fahren wollte. Aber sie hatten morgen um acht Uhr dreißig vereinbart – exakt in zwölf Stunden.

Wieder das Klopfen.

»Moment!«, rief sie und suchte nach einem Gegenstand, mit dem sie sich notfalls zur Wehr setzen konnte. Sie nahm das Metallrohr, das sie vorhin als Verlängerung benutzt hatte, und ging zur Tür neben dem Rolltor.

»Wer ist da?«

»Verzeihen Sie, ich sah noch Licht, ich hatte eine Panne und brauche Hilfe.«

»Ich muss leider gleich nach Hause. Bitte rufen Sie den Automobilclub an.«

»Ich bin nicht Mitglied.«

»Tut mir leid, ich kann Ihnen nicht helfen.«

»Mein Mustang steht vorne auf der Straße. Nur ein kleiner Blick? Bitte?«

Sie horchte auf. Ein Mustang. Sie hatte selbst einen 1970er. Über viele Jahre hatte sie ihn aufgepäppelt, hatte ihr ganzes Erspartes hineingesteckt, und heute war er ihr ganzer Stolz.

»Okay, aber wirklich nur einen ganz kurzen Blick«, sagte sie, entsperrte die Tür, drückte sie auf – und sah noch, dass etwas auf sie zuflog, das sie gleich darauf hart am Kopf traf.

Als Greta wieder zu sich kam, spürte sie als Erstes die Kälte, wie von tausend Nadelstichen zugleich. Sie prustete und wollte sich orientieren, schaffte es aber nicht. Sie merkte, dass sie keine Luft bekam. War sie unter Wasser? Sie wollte mit Armen und Beinen rudern, doch es ging nicht.

Dann kam das Würgen.

Ich sterbe, war sie plötzlich überzeugt. Jeden Moment würde sie ertrinken. Panik erfasste sie. Sie krümmte sich und versuchte, ihre Gliedmaßen zu bewegen, doch die hingen fest – waren … gefesselt?

Und plötzlich hörte es auf. Jemand zog etwas von ihrem Gesicht, und grelles Scheinwerferlicht strahlte sie an. Mehrmals musste sie zwinkern, bevor sie etwas sehen konnte. Sie erkannte die Deckenkonstruktion ihrer Werkstatt. Aber was war da gerade mit ihr passiert?

Sie keuchte. War unendlich erleichtert und rasend besorgt zugleich. Das Gefühl, fast gestorben zu sein, kroch bis in den hintersten Winkel ihres Verstands hinein und krallte sich dort fest.

Unvermittelt sackten ihre Beine ab, während ihr Kopf und Oberkörper in die Höhe gingen, bis sie nicht mehr kopfüber, sondern gerade lag, wie auf einer Krankenbahre, allerdings ohne Polsterung.

Aber wieso …, grübelte sie, als ein unbekannter Mann von schräg hinten langsam in ihr Blickfeld trat.

»Guten Tag«, sagte er.

Oder kannte sie ihn doch? Die Stimme hatte sie erst vor Kurzem gehört, da war sie sicher.

Der Mann mit dem Mustang, fiel ihr ein.

Er tut mir das an.

Der Mann sprach in aller Ruhe weiter. »Du wirst mir jetzt einige Fragen beantworten. Falls du dich weigerst, wird es immer so weitergehen. Verstehst du?«

Sie reagierte nicht. Verstand nicht. »Bitte lassen Sie mich gehen!«, flehte sie ihn an.

»Wie du willst«, sagte der Mann. Ihr Kopf sank plötzlich wieder ab, und er legte einen nassen Lappen auf ihr Gesicht.

Bitte nicht, nicht wieder das Wasser, dachte sie. »Nicht«, schrie sie panisch, noch bevor der erste Wassertropfen auf den Lappen traf.

Binnen Sekunden lag sie wieder gerade und war unendlich erleichtert.

»Gut. Die erste Frage lautet: Wem gehört der silberne Audi, den du vor drei Monaten repariert hast?«

Ihre Gedanken flogen. Eine dunkle Vorahnung erfasste sie, ohne dass sie genau wusste, wieso. »Was?«, stammelte sie. »Ich ... ich habe unzählige Audis, die meisten davon sil...«

Er zeigte ihr ein silbriges Plastikteil und drehte es vor ihren Augen. »Du weißt, welchen ich meine. Den mit dem Unfall, von dem keiner wissen durfte.«

Plötzlich wusste sie, worum es hier ging. Bilder erschienen vor ihrem inneren Auge. Der Nobel-Audi mit der kaputten Verkleidung. Der schmierige Typ, der ihn bei ihr abgegeben hatte, zusammen mit einem Hunderterpack Hundert-Euro-Scheine, die sie unmöglich hatte ablehnen können. Sie hatte dem Mann sogar einen Mietwagen besorgt, der auf die Werkstatt lief. Sie hatte gewusst, dass es um die Vertuschung eines Unfalls ging, und sie hatte sich darauf eingelassen, weil sie das Geld brauchte.

»Ich weiß nichts«, sagte sie.

»Ist das so?«

»Bitte lassen Sie mich frei!«

Der Mann dachte nicht daran. Die Füße gingen hoch, und der Kopf sank, der Lappen kam auf ihr Gesicht, und ehe sie sich's versah, auch das Wasser.

Das Würgen kam ganz von selbst. Die körperliche Reaktion auf die Gefahr, zu ertrinken, die sich bis in den letzten

Winkel ihres Bewusstseins fraß. Sie wollte schreien, doch es ging nicht. Sie riss an den Fesseln, bis ihre Gliedmaßen krampften.

Dann, eine gefühlte Unendlichkeit später, war es wieder vorbei.

»Ich hoffe, du hast die Nachdenkpause gut genutzt«, sagte ihr Peiniger scharf. »Wer war der Mann?«

Sie schüttelte den Kopf. Nicht, weil sie es nicht gewusst hätte. Er hatte ihr beim Händeschütteln seinen Nachnamen genannt, wie automatisch, worauf er sie gebeten hatte, ihn gleich wieder zu vergessen.

Gerade deshalb erinnerte sie sich wohl heute noch an ihn.

Jetzt erkannte sie die Ausweglosigkeit. Sie musste ihren Kunden verraten, was sie zweifellos in neue Gefahr brachte. Sie und ihre junge Familie.

Wasser lief über ihre Wangen und sammelte sich an den Lippen, heiß und salzig.

»Ich höre?«

Der Name formte sich in ihrem Bewusstsein. Als sie ihn aussprach, musste sie sich räuspern und ihn wiederholen, bis der andere ihn verstehen konnte.

»Wie noch?«

»Ich … weiß es nicht. Das ist alles. Bitte!«

»Woher kommt er?«

Sie schüttelte heftig den Kopf. »Ich weiß überhaupt nichts. Er hat in bar gezahlt. Der Nachname ist alles. Bitte, ich weiß, ich habe einen Fehler gemacht.«

»Du hast jetzt das Richtige getan«, sagte der Mann im Tonfall eines Geistlichen.

Sie wollte so sehr daran glauben. Aufatmen und sehen,

wie er verschwand, sie vielleicht gefesselt liegen ließ, Hauptsache, es war vorbei.

Aber es war nicht vorbei.

Er wiederholte den Namen wieder und wieder, schien zu überlegen – und zog dann ein Messer hervor, das er langsam an sie heranführte.

»Du hast das Richtige getan«, wiederholte er und legte das Messer an ihren Hals.

59

Lea Wagner saß hinten auf dem Mini-Sozius der Rennmaschine, die ihr Bruder Patrick mit weit über zweihundert Sachen über die Autobahn A 1 jagte. Sie krallte sich an seiner Lederkombi fest, während sie selbst bloß in Jeans und einer altersschwachen Kunstlederjacke steckte – etwas Besseres hatte sie nicht.

Patrick hatte sich nicht zweimal bitten lassen, *die Kleine* auf seiner Suzuki Hayabusa nach Bad Gastein zu bringen, *so schnell er es schaffte.*

Ihn um diesen Gefallen zu bitten, hatte sie große Überwindung gekostet. Sie hielt aus gutem Grund Abstand zu ihren Brüdern. Patrick war noch der harmloseste von ihnen – außer, man setzte ihn auf sein Motorrad.

Und genau das brauchte sie jetzt. Auch wenn sie die halbe Zeit über die Augen geschlossen halten musste, wusste sie, dass er Zigtausende Kilometer auf diese Weise gefahren war, stets unfallfrei. Er war ihre beste und zugleich ihre einzige Chance, auf schnellstem Weg nach Bad Gastein zurückzukommen. Ins Dornwald, zu Simon Dorn, diesem Verrückten.

Lea hatte dem Podcast nicht lange zuhören müssen, um zu wissen, was Dorn vorhatte. Aber das war der pure

Wahnsinn. Karla Hofbauer war der beste Beweis dafür. Wer diesen Täter reizte, konnte sich auch gleich auf die Bahngleise legen.

Lea hatte das ungute Gefühl, dass Dorn das wusste. Dass er es geradezu darauf anlegte, dass ihn Hofbauers Tod so sehr erschüttert hatte, dass er selbst keinen Sinn mehr in seinem Leben sah. Auch wenn sich Leas Sympathie für diesen Kerl in Grenzen hielt, konnte sie doch nicht zulassen, dass er sich sinnlos opferte.

Außerdem war da Buddy und sein ungewisses Schicksal …

Noch auf dem Weg vom Dach ihres Wohnhauses nach unten in die Wohnung hatte sie Markus Aschbrenner in Bad Gastein zu erreichen versucht – erfolglos. Genau wie den Kollegen Lipowec, der nicht rund um die Uhr an seinem Schreibtisch sein konnte – aber sie hatte es wenigstens versuchen müssen.

Jetzt hieß es handeln. Obwohl sie keine Waffe mithatte, keinen Ausweis, bloß ihr Telefon und ihre Fäuste.

Die Schräglagen, in die Patrick das Motorrad in den lang gezogenen Kurven der Autobahn zwang, waren so beeindruckend wie das Aufheulen des hochgezüchteten Reihen-Vierzylinders der Hayabusa. Es schien für Patrick nur zwei akzeptable Betriebszustände zu geben: Gas geben bis zum Anschlag oder bremsen bis knapp vorm Blockieren. Mehrmals näherten sie sich überholenden Autos mit einem Affenzahn, der Lea mit dem Leben abschließen ließ. Aber er hatte es echt im Griff, immer ging es sich aus, der andere wich nach rechts aus oder wurde haarscharf überholt, meist links zwischen Überholspur und Bankett des Mittelstreifens, manchmal auch, indem sie durch den Spalt zwischen den Fahrzeugen schossen.

Lea ließ Patrick machen. Von Wien nach Bad Gastein waren es normalerweise viereinhalb Stunden. Das war nicht akzeptabel. Auf der Hayabusa schafften sie es womöglich in der Hälfte oder gar einem Drittel der Zeit.

Was eine gewichtige Frage provozierte.

Wie schnell würde es der Täter schaffen?

60

Simon Dorn blieb im Halbdunkel sitzen. Die Sturmlampe flackerte und ließ allerlei Schatten an der Wand des Weinkellers tanzen.

Mit seinen letzten Worten im Podcast hatte der Notstromgenerator draußen die restlichen Benzintropfen verbraucht und sein Leben ausgehustet.

Jetzt konnte Dorn nur warten. Und hoffen, dass der Täter zugehört und die kryptische Botschaft verstanden hatte.

Lassen Sie uns zusammen durch das Dornwald gehen und gemeinsam einen Abschluss finden.

Dorn wollte keinen True-Crime-Fan anlocken. Er ahnte, dass diese es liebten, knifflige Rätsel zu lösen, und manche draufkommen konnten, was er mit dem Dornwald meinte. Aber wenn es stimmte, was Lea Wagner herausgefunden zu haben glaubte, hatte niemand eine größere Motivation, hier aufzutauchen, als jener Mensch, der nun schon mindestens fünf andere auf dem Gewissen hatte.

Buddy hatte während der ganzen Sendung still an Dorns Seite gesessen. Jetzt, wo wieder Ruhe war, buhlte er winselnd um seine Aufmerksamkeit. Dorn erkannte sofort, dass es weniger der Druck auf der Blase als der leere Magen war, der ihn plagte. »Dann schauen wir mal, was wir für dich haben«, sagte er. Buddy stellte die Ohren auf, öffnete halb den Mund und zeigte seine beeindruckenden Beißwerkzeuge.

»Schon kapiert, keine Sorge.«

Dorn gab Buddy zu fressen, was noch im Kühlschrank war und für einen Hund geeignet schien. Er sah zu, wie Buddy die meisten Sachen genüsslich verschlang, während er andere vornehm ignorierte.

Er ließ den Hund auf den Hinterhof, wo er sein Geschäft verrichtete und zu Dorn zurückkehrte, als hätte er vor, auf Dauer im Dornwald einzuchecken. Der Gedanke daran versetzte Dorn einen Stich, von dem er ahnte, dass es Hoffnung war. Hoffnung auf ein Ende der Schicksalsschläge in seinem Leben, Hoffnung auf ein Ende des Fluchs. Hoffnung, die in Dorns Leben schon so oft zunichtegemacht worden war, dass kein vernünftiger Mensch mehr daran glauben konnte.

Dorn klemmte einen Keil unter die Hintertür, damit sie offen blieb. Nachdem er alles Weitere vorbereitet hatte, ging er in den Keller, wo er Buddy einsperrte.

»Tut mir leid, Kumpel. Ich kann nicht riskieren, dass dir was passiert«, sprach er durch die Tür und hörte, wie Buddy winselte und mit den Krallen am Türblatt scharrte. Doch bald war es wieder still.

Dorn stieg die Treppen hoch, in die 302, die er einst renoviert hatte und wo er bis zuletzt mit Karla Hofbauer über den kalten Fällen gebrütet hatte. Jetzt schien es das einzig geeignete Zimmer für sein Vorhaben zu sein.

Dorn drehte einen der beiden großen, bequemen Chesterfields zum Fenster hin und setzte sich hinein, mit der Tür schräg im Rücken. Er schlug die Beine übereinander, legte

Zeige- und Mittelfinger seiner rechten Hand an die Lippen, sah durchs Fenster nach draußen, wartete und lauschte.

Er hörte das leise Rauschen des Wasserfalls, das den Aufenthalt hier so speziell machte. Es umgab das Dornwald wie eine unsichtbare Hülle, die Unerwünschtes zudeckte, ohne sich jemals aufzudrängen. Nur wenigen Hotels hier war diese fein dosierte Geräuschkulisse beschieden, und sie hatte einen großen Anteil daran, dass sich das Haus unter der Leitung des Großvaters so lange hatte halten können.

Die Tür des Zimmers stand weit offen, sodass Dorn auch in den Korridor, das Treppenhaus und in andere Teile des Dornwald hineinhorchen konnte. In all den Jahren hier hatte er für jedes hölzerne Ächzen, jedes Gluckern und jeden metallischen Schlag eine Begründung gefunden. Das Haus knackte und knarzte, wenn die Sonne es umarmte, und tat es erneut, wenn der Abend kam. Wenn es regnete, tropfte und sickerte das Wasser noch stundenlang am Dornwald herab und durch es hindurch. Luft zog ständig, begleitet von unzähligen Arten des Heulens.

Doch jetzt war das Dornwald still.

Dorn versetzte sich ins Zimmer 103, zu den schrecklichen Taten, dem Kronensymbol und der Brutalität, mit der es bis in den Stirnknochen hineingeritzt wurde. Mittlerweile war er überzeugt, dass keine Krankheit der Grund war, dass der Täter so handelte, keine Stimmen im Kopf, keine Willkür des Schicksals. Es ging diesem Menschen um etwas Persönliches. Darum, ein Gefüge wieder in Ordnung zu bringen. Für Gerechtigkeit zu sorgen – auch wenn die Umsetzung für Außenstehende krank wirken musste.

Er hatte den Täter im Podcast direkt auf das Leid angesprochen, das ihm widerfahren war, auf Unrecht und Sühne. Dorn konnte die Versehrtheit des Täters fast greifen. In der 103 spann sie sich förmlich durchs Zimmer, war plastifiziert, konserviert und mit dem Wollfaden zu einem Netz verbunden.

Was Dorn noch nicht greifen konnte, war der Grund für die seelischen Verletzungen des Täters. Aber auch hier hatte er eine konkrete Ahnung. Er, der nach Sarahs Tod durch die Hölle gegangen war, konnte das Leid und die grenzenlose Wut des Täters nachempfinden. Wenn man das Wichtigste im Leben verlor, gab es keine Grenzen mehr: keine Grenzen im Kopf, keine Grenzen von Gesetzen und Moral, keine körperlichen oder räumlichen Grenzen. Die Welt hörte auf zu existieren, und ob man jemals wieder dorthin zurückkehren würde, war ungewiss.

Auch der Verlust seiner geliebten Sarah hatte verheerende Auswirkungen gehabt. Auch Dorn hatte den Boden der Konvention verlassen. Auch er lebte eher am Rande der Gesellschaft, und obwohl er keine Menschen umbrachte, war auch er in den Augen der anderen ein Sonderling, ein Störfaktor, ein Querulant – und ein Geist, der kleine Kinder fraß.

Dorn verzog bitter den Mund, als er begriff, dass er den Antrieb des Täters nur zu gut verstehen konnte. Dass es bloß Nuancen waren im moralischen Kompass-System, die sie voneinander unterschieden. Dorn hatten die vielen Todesfälle aus der Bahn geworfen. Ganz besonders Sarahs Tod und der des Kindes, das er niemals hatte kennenlernen dürfen …

Was war es bei dir? Dorn versenkte sich tiefer und immer

tiefer in die Seele des Täters hinein – bis fast zu dem Punkt, an dem er einen winzigen Faden zu fassen bekam.

Da hörte er ein Geräusch. Oder war es eher eine Ahnung? Die Ahnung eines Geräusches, verbunden mit einer leichten Vibration ...? Etwas, das nur Dorn zuordnen konnte, weil er das Dornwald in- und auswendig kannte.

Ein Auto war gekommen und auf dem Hof des Dornwald stehen geblieben ...

Alles Weitere lief jetzt wie ein Film vor seinem geistigen Auge ab: Jemand stieg aus und schritt zum Haupteingang. Dort entdeckte er den Pfeil und folgte ihm zum hinteren Hof. Die Tür dort stand offen.

Er kommt, dachte Dorn, und seine Finger gruben sich in die gepolsterten Lehnen des Sessels.

61

Drei Jahre zuvor

Das alte Wiener Stadthaus erhebt sich prachtvoll aus der Dunkelheit. Die Schönheit des Anblicks ist mir egal. Wien ist mir fremd geworden, seit sie tot ist. Nur eine einzige Sache hat mich wieder in die Stadt geführt: Ich muss wissen, was wirklich passiert ist.

Als ich sicher bin, unbeobachtet zu sein, eile ich über die Straße und verschwinde im dunklen Hauseingang. Dort sehe ich, dass mein Trick funktioniert hat. Das Stück Klebeband, das ich am Nachmittag unauffällig über das Schließblech geklebt habe, sorgt jetzt dafür, dass ich die Tür einfach aufdrücken und ins Innere des Hauses verschwinden kann.

Zum Glück ist im Treppenhaus kein automatisches Licht. Irgendeine Nachteule gibt es immer, der selbst um vier Uhr morgens nicht entgeht, was im Haus passiert. Im Restlicht der Straße, das durch die Fenster hereindringt, schleiche ich über die steinerne Treppe nach oben.

Ich rieche den Moder der Häuser aus der Gründerzeit. Jenes Haus, in dem sie zuletzt wohnte, hat auch so gerochen. Oft stand ich direkt vor ihrer Tür, legte im Dunkel des

Ganges ein Ohr daran und konnte gemeinsam mit ihr Musik hören oder wie sie kochte oder sich ein Bad einließ. Ihr nahe zu sein, war wie ein Rausch, den ich genauso wenig aufgeben konnte wie ein Heroinsüchtiger das Spritzen.

In mir brodelt eine Wut, die jedes andere Gefühl verdrängt. Ich weiß, dass sie noch leben könnte. Dass ihr Tod eine Ursache hat, die immer größer wird, je tiefer ich bohre.

»Ruhig«, flüstere ich mir vor, schließe für einen Moment die Augen und atme durch. Es ist nicht gut, wenn ich mich von meinen Emotionen leiten lasse. Um klar denken zu können – um verstehen zu können –, habe ich die Medikamente abgesetzt. Nun ist es umso wichtiger, mich an ihre Ratschläge von früher zu halten. Als ich noch zu ihr durfte und sie mein Rettungsring war. Als es noch kein Näherungsverbot gab, weil sie sich angeblich vor mir fürchtete und ihr Mann sie überredete, zur Polizei zu gehen …

»Ruhig.«

Ich erreiche die Tür der Arztpraxis. Hier hereinzukommen, ist schon eine Nummer schwerer als unten am Eingang. Das Schloss kann ich nicht knacken, und aufbrechen kommt wegen des Lärms nicht infrage. Also muss der Glasschneider den Job erledigen.

Binnen kürzester Zeit habe ich ein Loch, durch das ich meine Hand strecken kann. Wie erhofft, befindet sich auf der anderen Seite ein simpler Drehmechanismus, mit dem ich die Tür entsperren und leise aufdrücken kann.

Dann bin ich drin.

Es ist so dunkel, dass ich die Taschenlampe anmachen muss. Das Fischgrätparkett knarzt verräterisch, also schleiche ich auf Zehenspitzen weiter. Ich komme in den Wartebereich, sehe die Stühle und Sitzgruppen und einen Aufsteller mit irgendwelchen Broschüren.

Mich interessiert nur der Computer hinter der Empfangstheke. Ich mache ihn an und drehe den Bildschirm vom Fenster weg. Das Anmeldefenster erscheint. Der Benutzername ist vorbelegt, das Passwort steht auf dem Post-it am Rahmen des Monitors. Dass die Sprechstundenhilfe es verkehrt herum notiert hat, um die Passwortsicherheit zu erhöhen, nehme ich mit einem Grinsen zur Kenntnis.

Der Startbildschirm erscheint zusammen mit einer dezenten Tonfolge, die mich dennoch erschreckt und hoffen lässt, dass die Wände keine Ohren haben. Nach einigem Suchen komme ich ins System mit den elektronischen Patientenakten

Ich überfliege den Index, aber ihr Name fehlt.

Nach dem Zufallsprinzip rufe ich ein paar Akten auf und klicke mich durch Bilder, Befunde und Honorarnoten – wie es aussieht, ließ sich Doktor Harald Lechner seine Dienste gut bezahlen. So gut, dass gesetzliche Krankenkassen bestimmt nur einen winzigen Anteil davon übernahmen. Aber wenn ich mir die Praxis und ihre Einrichtung ansehe, dürfte Geld das geringste Problem der Patientinnen sein.

Wo ist sie?

Die Datenbank sieht vollständig aus, die Namen reichen von A bis Z, aber ihrer ist nicht dabei. Nur ihren Vornamen entdecke ich, dreimal gleich.

Das Geburtsdatum, denke ich und überfliege die Liste, doch keiner der drei Einträge stimmt damit überein.

Nur das Jahr.

Könnte es sein, dass sie geschwindelt hat? Falscher

Geburtstag, falscher Nachname – vielleicht ihr Geburtsname, oder gleich ein Fantasiename? Aber weshalb sollte sie dem Frauenarzt falsche Daten nennen?

»Wegen ihm«, spricht eine Stimme aus mir, wie damals schon, vor der Werkstatt, als ich blindwütig reingehen wollte, statt mir vorher einen Plan zurechtzulegen.

Ist es die Stimme der Vernunft?

Ist es ... *sie*?

Beim Gedanken daran schlägt mein Herz hoch bis zum Hals. Ich bin ihr so nahe wie seit ihrem Tod nicht mehr. Will sie, dass ich ihren Tod räche?

Führt sie mich aus dem Jenseits?

Ich schüttle den Kopf. Weder glaube ich an Geister noch an Vorsehung. Und doch ist da eine Präsenz, die ich mir nicht erklären kann ...

Draußen dringt das erste Licht des Tages über den Horizont, fällt in die Häuserschluchten, wirft tausend Schatten von Grau. Bald wird Wien wieder zum Leben erwachen und damit auch die Praxis, in der ich mich unerlaubterweise aufhalte.

Mir bleibt nicht mehr viel Zeit.

Ich klicke auf den Patientennamen mit dem richtigen Geburtsjahr. Ich sehe sofort, dass auch die Blutgruppe stimmt. Außerdem die Wohnstraße – nur die Hausnummer ist falsch.

Das kann kein Zufall sein.

Als ich das Protokoll der Erstordination öffne, höre ich, wie draußen jemand die Tür aufsperrt und hereinkommt, etwas abstellt – und Licht macht, das durch den Gang bis in jenen Winkel dringt, in dem ich sitze. Dann geht er ruhig weiter.

Er hat das kaputte Glas nicht bemerkt.

Ich will den Monitor abdrehen und abtauchen, doch mein Blick bleibt an einem Wort aus dem Protokoll hängen.

Abstammungsgutachten.

Ich muss nicht lange überlegen, um auf ein geläufigeres Wort dafür zu kommen.

Vaterschaftstest.

Rasch überfliege ich das Gutachten, doch der Name des vermuteten Vaters fehlt. Aber es stimmt: Sie war schwanger. Die Tatsache nimmt mich so sehr gefangen, dass ich reglos sitzen bleibe, während ich nur aus dem Augenwinkel mitbekomme, wie ein Mann in Zivilkleidung an der offenen Tür vorbeigeht und mich genauso wenig wahrnimmt wie das beschädigte Glas an der Eingangstür.

Es muss der Arzt sein.

Ich erhebe mich leise und folge ihm.

Er geht in ein Zimmer, streift die Schuhe ab, schlüpft in Crocs, zieht dann sein Jackett aus und den Arztkittel an. Er bemerkt mich nicht.

»Guten Morgen«, sage ich und merke, wie er erstarrt.

»Verzeihen Sie, dass ich hier ungebeten erscheine, aber ich möchte gerne wissen, was eine Patientin von Ihnen …«

Plötzlich fährt er herum, mit dem Kleiderständer in der Hand, und versucht, mich damit zu erwischen.

Ich weiche aus und bin verdutzt. Mehr reflexhaft als gewollt nutze ich den Moment, um Doktor Lechner aus der Balance zu bringen und zu Boden zu stoßen. Ich ziehe mein Messer, wehre seine Fäuste ab, und als er laut um Hilfe schreit, schneide ich ihm mit einem kräftigen Zug die Kehle durch.

Erst als er vor mir liegt, in all dem Blut, das sich auf seinem Arztkittel kontrastreich abzeichnet, kapiere ich, dass meine Suche auch hier nicht erfolgreich sein wird. Dass alles umsonst war. Auch sein Tod.

Es macht mich rasend. Ich fühle mich einer fremden Macht ausgeliefert, die mich nicht hinter ihr Geheimnis blicken lässt.

Mehrere Minuten lang kann ich den Körper vor mir nur anstarren. Ich fürchte, dass jemand den Krach gehört hat und nachsehen kommt. Aber das ganze Haus bleibt still.

»Lass ihn zur Botschaft werden«, spreche ich leise, mit demselben Gefühl wie vorhin im Hinterkopf: Das kommt nicht aus mir.

Sie ist es, das weiß ich immer sicherer. Und sie hat recht. Ein toter Arzt nützt niemandem. Außer, er wird zur Botschaft für diesen Mann vom Friedhof.

Ich will, dass er weiß, dass ich hinter ihm her bin.

Mit Tränen in den Augen knie ich mich zum Toten, setze die Messerspitze an die Stirn und wende all meine Kraft auf, um Doktor Lechners Tod einen Sinn zu geben.

62

Er betrat das Dornwald durch die Hintertür und schritt durch einen langen, dunklen Gang, den man früher bestimmt keinem Gast, sondern nur dem Personal und Lieferanten zugemutet hatte.

Er hatte Bad Gastein exakt zu jener Uhrzeit erreicht, die das Navi vorhergesagt hatte. Wie ein Hotelgast hatte er den Wagen auf den gekiesten Vorplatz gefahren, war in aller Seelenruhe ausgestiegen und hatte sich einmal im Kreis gedreht.

Was für ein gottverlassenes Kaff, hatte er gedacht und sofort gewusst, dass das hier keine Falle war. Fallen sahen anders aus.

Er gab sich gar nicht erst die Mühe, sein Kommen zu verbergen. Sollte dieser Dorn ihn ruhig hören. Schließlich hatte er ja die Einladung ausgesprochen.

Lassen Sie uns zusammen durch das Dornwald gehen und gemeinsam einen Abschluss finden.

Kannst du haben, dachte er und ging immer weiter.

Nirgendwo brannte Licht. Nicht mal die Beleuchtung der Fluchtwege war an. Der alte Kasten bettelte förmlich darum, abgerissen zu werden. Andererseits war er perfekt für ein diskretes Treffen wie das bevorstehende geeignet.

Perfekt, um *einen Abschluss zu finden …*

Dorn?, wollte er rufen, und das Wort lag ihm schon auf der Zunge, doch im letzten Moment verkniff er es sich, denn er erreichte das Atrium, das ihm den Atem verschlug.

Alles daran war überwältigend. Es strafte den äußeren Eindruck des Dornwald Lügen. Der Marmorboden mit kunstvollen Intarsien, die edlen Vorhänge an den Wänden, das dunkle Holz überall und die stilvollen Gemälde … es war, als könnte man das Leben noch greifen, das diese Hallen einst erfüllt hatte. Trotz der Kälte hier drinnen strahlte die Einrichtung eine Wärme aus, die von mehreren Sturmlampen untermalt wurde.

Tief beeindruckt nickte er, und als er sich fragte, was die nächsten Schritte sein würden, fiel sein Blick noch einmal auf den Tresen der Rezeption.

Ein Schlüssel lag dort.

Er nahm ihn an sich und drehte ihn in seinen Händen. Das Messing war stumpf und wies unzählige Kerben auf. Er drehte das Ding im Licht einer Sturmlampe und sah auf die Zimmernummer.

302.

Kannst du haben, dachte er wieder, nahm die Sturmlampe mit und stieg über den dicken Teppich die Treppen nach oben.

63

Ich weiß nicht, wo wir sind. Doch jetzt ist es so ruhig, dass ich begreife, dass wir angehalten haben.

Ist er weg?

Irgendwo rauscht Wasser, nicht wie aus einem Hahn oder einem Brunnen, sondern von etwas Größerem.

Eine bessere Gelegenheit wird es nicht geben. Ich muss sofort aus dem Kofferraum raus. Ich versuche, die Rückbank nach vorne zu drücken, aber sie rührt sich kein Stück. Nichts, was ich ertaste, woran ich ziehe oder meine Finger hineinstecke, bringt mich auf eine Idee. Ich kann mich auch nicht auf den Rücken drehen und versuchen, meine Beine einzusetzen, um den Kofferraumdeckel aufzudrücken. Mir bleibt gerade so viel Platz, wie ich zum Liegen brauche. Mein Herz rast, und meine Angst nimmt mir den Atem.

Ich muss hier raus …

Dass ich überhaupt noch lebe, ist pures Glück. Ich weiß jetzt, dass er mich töten wird, sobald er die Gelegenheit dazu hat. Er kann nicht anders, und ich kann ihn nicht davon abbringen. Außer ich kann abhauen …

Und dann?

Ruhig. Ein Schritt nach dem anderen.

Ich beginne zu klopfen, mit bloßen Händen, zuerst zaghaft, dann immer fester. »Hilfe!«, rufe ich und befürchte, am einsamsten Platz der Welt zu sein, wo es nichts gibt als eine verlassene Schotterstraße und dieses Wasser, das ich in der Ferne höre.

Keiner wird mich hören.

Viel zu schnell erstirbt meine Stimme. Ein Teil von mir will kämpfen. Doch der größere Teil hat längst die Sinnlosigkeit begriffen, auf Hilfe zu hoffen. Er hat mich zurückgelassen. Keiner wird jemals hier vorbeikommen, keiner meine Rufe hören, keiner die aberwitzige Idee haben, jemand könnte in diesem Kofferraum eingesperrt sein.

Ich atme und höre mir selbst dabei zu. Ich werde hier drin sterben. Spätestens nach drei Tagen verdurstet sein. Wenn ich Pech habe, die Sonne aufs Fahrzeug scheint und das Innere in eine Sauna verwandelt, schon früher.

Pech, wiederholt sich der Gedanke, und ich zweifle ihn an. Es wäre wohl eher Glück, wenn es schnell gehen würde. Gnade des Schicksals. Erlösung.

Ich werde ganz still – da höre ich etwas Neues.

Ein Auto. Es wird lauter und rollt vorbei, nicht auf Schotter, sondern auf Asphalt. Wodurch ich mich daran erinnere, dass wir erst ganz am Ende der Fahrt auf eine unbefestigte Straße gekommen sind.

Ein Hof vielleicht?

Was bedeutet, dass es hier Menschen geben muss. Menschen in Autos, aber vielleicht auch Menschen auf Fahrrädern oder zu Fuß.

»Hilfe!«, schreie ich gegen meine Verzweiflung an, getragen von der Hoffnung, dass doch noch etwas anderes auf mich warten könnte als der Tod. Ich schlage gegen alles, was Krach macht, jede Faser meines Körpers bäumt sich auf und widersetzt sich dem Schicksal.

Doch draußen bleibt es still.

64

Sein *Gast* war da.

Dorn hatte ihn zum ersten Mal eindeutig gehört, als er den Korridor im dritten Stock betreten hatte. Ohne Eile hatte der Gast das Zimmer 302 gesucht – und gefunden.

Dorn sah sich nicht um. Aber er merkte, wie das Licht der Sturmlampe in der Hand des anderen flackerte und die 302 in ein absurdes, unpassendes warmes Licht tauchte.

»Gut, dass Sie gekommen sind«, sprach Dorn zum Fenster.

Der andere blieb still.

Jetzt konnte Dorn ihn auch atmen hören. Zu Fuß in den dritten Stock zu gelangen, schien ihn ordentlich angestrengt zu haben.

»Bitte, kommen Sie herein. Nehmen Sie Platz!«

Der andere blieb stehen. Hätte er schon einen Schritt in die 302 gesetzt, hätte Dorn das charakteristische Knarzen gehört, das der Boden hinter der Tür von sich gab.

»Keine Angst. Ich bin unbewaffnet, und die Polizei weiß von nichts. Keiner weiß etwas.«

»Keiner außer den Hörern des Podcasts.«

Dorn bekam Gänsehaut vom Klang der Stimme des Gastes. Sie war so rau wie seine – als hätte der andere Ähnliches durchgemacht in den letzten Tagen. Was zweifellos sein konnte, wenn man sich das Tempo des Täters in Erinnerung rief, wie auch die räumliche Distanz, die er binnen kürzester Zeit zurückgelegt haben musste. Vor wenigen Tagen noch in Hamburg, jetzt hier in Bad Gastein, und dazwischen noch der Mord an diesem Anwalt in Passau …

»Ich bin müde«, sagte Dorn, »Sie doch bestimmt auch. Setzen Sie sich. Lassen Sie uns reden.«

»Was wissen Sie?«

Dorn wunderte sich über die Frage. Er hatte im Podcast genügend Andeutungen gemacht: die Krone, der Berg, Salzburg, und dazu die Morde, die schon bekannt waren. Wie viel brauchte der Typ denn noch? »Alles«, sagte er und hoffte so, schnell dort hinzukommen, wo er sich bedeutend wohler fühlte: in den Kopf des Täters.

»Wer weiß noch davon?«, fragte der andere.

»Nur ich.«

»Und was wissen Sie … genau?«

Dorn runzelte die Stirn. Grübelte. Und erkannte, dass er dem anderen etwas liefern musste, wenn er weiterkommen wollte. In der Hoffnung, dass Lea Wagners Theorie tatsächlich zutraf, wurde er so konkret, wie es nur ging: »Sie jagen einen Gustav Kronberger aus Salzburg. Möglicherweise haben Sie ihn schon getötet. Er ist der Grund für die Kronen auf der Stirn. Eine Krone auf einem Berg. Kronberger steckt hinter allem. Die anderen haben ihm nur geholfen. Sie sollten Kronberger zeigen, welches Schicksal ihm blüht, und ihm Angst machen.« Dorn rief sich seine Notizen an den Wänden des Zimmers 103 in Erinnerung. »Greta Sorge, Harald Lechner und Birgit Jacobi, außerdem noch dieser Anwalt in Passau. Sie alle steckten mit Kronberger unter einer Decke. Reicht Ihnen das jetzt? Können wir endlich über Wichtigeres reden?«

»Wichtigeres? Was könnte es denn Wichtigeres geben als Ihr Wissen?« Der Mann klang ehrlich empört. Was nicht so recht passte. Schließlich ging es dem anderen nicht nur sprichwörtlich darum, ein Zeichen zu setzen. Er hatte seine Abrechnung bekommen. Egal, wie krank seine Gedankenwelt sein mochte: Die Tat zielte darauf ab, dass Kronberger aufflog. Der Täter würde noch genügend Gelegenheit bekommen, seine Taten zu rechtfertigen. Spätestens in der Nachbereitung des Falles würde auch Kronbergers Schuld ans Tageslicht kommen, wie auch jene der anderen Toten. Was machte es für einen Unterschied, ob Dorn bereits jetzt davon wusste oder nicht? Er war ja nur einer von vielen, die es noch erfahren würden ...

Der Gast sagte: »Im Podcast sprachen Sie vom Motiv. Einem Menschen, der einem mit Gewalt genommen wurde. Was wissen Sie über diesen Menschen?«

»Und Sie?«, antwortete Dorn mit einer Gegenfrage, um die Lücke zu überspielen. »Was wissen wir schon voneinander?«

Der andere lachte auf. »Kennen Sie denn überhaupt ihren Namen?«

»Sie haben sie geliebt«, griff Dorn den neuen Faden augenblicklich auf. Es war eine Frau. Eine wie Sarah?

»Sie wissen nichts, oder? Sie raten wild ins Blaue hinein.«

Wieso reitet er die ganze Zeit auf seinem eigenen Motiv herum?, grübelte Dorn und kam auf keine logische Antwort.

Es sei denn ...

Da verstand Dorn plötzlich. Er hatte sich geirrt. Schrecklich geirrt.

Der, den er vor sich hatte, war nicht der Serientäter.

Er war dessen letztes Ziel.

In Zeitlupe wanderte Dorns Blick über die Schulter, und er sah den anderen an. Im Licht der Lampe war es das Doppelkinn, das Dorn als Erstes auffiel. Dann die lockigen, halb mit Gel zurückgekämmten Haare. Schließlich der Anzug, der wie angegossen saß, an einer Stelle aber aufgerissen war.

»Herr Kronberger?«, fragte Dorn mit gespielter Ruhe. Doch ihm brach der Schweiß aus. Sein Mund war trocken, er fürchtete, kein weiteres Wort herauszubringen.

Der Serientäter war eine Sache. Dessen größtes Ziel eine ganz andere. Besonders wenn man annahm, dass tatsächlich etwas an dem Motiv dran war. Dass Kronberger und die, die schon tot waren, gemeinschaftlich für den Tod eines Menschen verantwortlich waren oder diesen Tod zusammen vertuscht hatten.

Der Mann grinste so breit und schleimig, wie es nur jemand aus der Upperclass zustande brachte. Dann nickte er, machte drei Schritte ins Zimmer hinein, stellte die Sturmlampe auf den Boden, fasste in sein Jackett und zog eine Pistole heraus.

»Die Polizei weiß von nichts, sagten Sie?«, fragte Kronberger, immer noch grinsend.

»Nein«, gab sich Dorn keine Mühe, zu lügen. Es brachte auch nichts, sich auf Kameras oder sonstige elektronische Überwachungsmaßnahmen zu berufen. Spätestens wenn Kronberger einen Lichtschalter umzulegen versuchte – sollte er es nicht längst schon getan haben –, wusste er, dass das gesamte Dornwald stromlos war.

»Wie praktisch«, sagte Kronberger, lud die Waffe durch und legte sie an.

65

Die Nacht war schon fortgeschritten, als Markus Aschbrenner ein letztes Mal durch Bad Gastein ging. Er hatte sich auf der Wache geduscht und umgezogen und war jetzt auf dem Weg nach Hause. Er freute sich auf den dienstfreien Sonntag. Aber vorher hatte er noch etwas zu erledigen.

Aschbrenner gähnte und hoffte, niemandem zu begegnen, der noch etwas von ihm wollte, und sei es nur einen Plausch. Er musste dringend ins Bett. Aber leider würde er seinen Schlafmangel auch in der bevorstehenden Nacht nicht wettmachen können. Seine Frau war krank, und so würde er sich allein um Sebastian kümmern, der alle zwei Stunden gefüttert werden wollte und anschließend immer große Schwierigkeiten hatte, wieder einzuschlafen.

Zunächst musste er aber noch bei Simon Dorn vorbeischauen und ihm sagen, dass er sich um den abgedrehten Strom kümmerte. Nach allem, was Aschbrenner inzwischen herausgefunden hatte, steckte nämlich tatsächlich Bürgermeister Seiler dahinter – genau wie Dorn behauptet hatte.

Das herauszufinden, war leichter gewesen als gedacht. Jemand hatte dem Stromversorger eine Abmeldung in Simon Dorns Namen geschickt. Ein Fake, wie sich herausstellte, ein plumper noch dazu – stammte die IP-Adresse, von der aus die elektronische Abmeldung erfolgte, doch tatsächlich aus dem Gemeindeamt von Bad Gastein.

Aschbrenner hatte einen seiner jungen Kollegen darauf angesetzt und bei der Rückkehr aus Salzburg nicht schlecht über dessen Ermittlungsergebnisse gestaunt. Aschbrenner grub tiefer und kam so auch darauf, dass die kleine Lisa Schauer am Morgen wohl tatsächlich bei Dorn gewesen war. Zwar stimmte es, dass sie das Wochenende mit ihrer Familie in Tirol verbrachte – allerdings hatte sich die Abfahrt bis zum späten Vormittag verzögert. Womit Dorn also keine Geister sah und auch nicht verrückt war.

Bürgermeister dreht Hotelerben den Strom ab.

Die Sache hatte Potenzial, es in die Lokalnachrichten zu bringen, wenn nicht darüber hinaus. Insgeheim freute sich Aschbrenner über die Ungeschicklichkeit des Bürgermeisters, dem jedes Mittel recht zu sein schien, um Dorn aus dem Dornwald zu vertreiben. Eine kleine Andeutung zu den Ermittlungsergebnissen hatte schon ausgereicht, um Seiler die Hölle heißzumachen. Obwohl er – typisch Politiker – von einem Missverständnis sprach, wollte er sich sofort darum kümmern, den Netzbetreiber zur schnellstmöglichen Wiederherstellung der Stromversorgung zu bringen. Aschbrenner hatte Seiler geraten, es damit auch wirklich ernst zu meinen, wenn das Ganze nicht an die Öffentlichkeit dringen sollte – eine Drohung, die Seiler genauso unterwürfig geschluckt hatte wie die Aufforderung, die aberwitzige Anzeige wegen Entführung und Diebstahl gegen Dorn fallen zu lassen. Spätestens am Montag würde Aschbrenner dem Bürgermeister noch mal ordentlich die Leviten lesen, und darauf freute er sich jetzt schon.

Dabei blieb das Dornwald für Aschbrenner ein Wechselbad der Gefühle. Während er sich dem Hotel näherte, musste er automatisch auch an Lea Wagner denken, die ihn mit ihren Kompetenzverstößen und dem Ausflug nach Salzburg übers Ohr gehauen hatte. Zähneknirschend hatte er die Zurechtweisung aus Wien über sich ergehen lassen. Weil er leichtgläubig gewesen war. Weil er sich vom Wort *Bundeskriminalamt* hatte beeindrucken lassen. Und weil ihn Wagners Erscheinung und Auftreten mehr in den Bann gezogen hatten, als es einer professionellen Begegnung zuträglich war.

Ich war ein solcher Idiot …

Aschbrenner erreichte das Dornwald, schritt die Zufahrt zum Hof hinauf – und staunte, weil dort im Dunkel ein Wagen mit deutschem Kennzeichen stand.

Schon wieder ein Falschparker, dachte er. Zwar war das nahe gelegene Parkhaus am Wasserfall nicht teuer, doch immer wieder gab es Leute, die sich die paar Euro sparen wollten und ihre Autos auf Privatflächen abstellten. Beim Anblick des Dornwald konnte man schon vermuten, dass dort niemand lebte, und solange Dorn keine Anzeige wegen Hausfriedensbruchs oder Betretens von Privatbesitz aufgab, würde nichts weiter passieren.

Unwichtig, dachte Aschbrenner, trat an das Eingangsportal heran und sah einen Pfeil, der am Vormittag noch nicht dort gewesen war. Oder hatte er bloß nicht darauf geachtet? Er hob die rechte Hand und wollte anklopfen – als er etwas hinter sich hörte. Mehrere Schläge, und dazu eine dumpfe, menschliche Stimme. Hatte er gerade jemanden »Hilfe« rufen gehört?

Sein Puls schnellte in die Höhe, als er begriff, dass die Geräusche aus dem deutschen Fahrzeug kamen. Rasch trat er an dieses heran, konnte im Inneren aber niemanden sehen.

Erneut rief jemand um Hilfe und schlug gegen eine Wand, im hinteren Teil des Autos …

Der Kofferraum.

Was war hier los? Was für ein wahnsinniger Tag im sonst so verschlafenen Bad Gastein. Zügig schritt Aschbrenner auf das Heck des VW zu, aber der Mechanismus, mit dem er den Kofferraum hätte öffnen können, ging leer durch.

Er eilte ums Auto herum und bemerkte, dass die Fahrertür unversperrt war. Er beugte sich über den Sitz in den Innenraum und suchte nach der Entriegelung, konnte sie aber zunächst nicht finden. Erst als er die kleine Taschenlampe an seinem Schlüsselbund anmachte, im Wagen Platz nahm und Armaturenbrett und Fahrertür systematisch absuchte, fand er schließlich den Knopf mit dem Kofferraumsymbol – und drückte ihn sofort. Im Innenspiegel sah er, wie sich der Deckel nach oben öffnete. Rasch stieg er aus und wollte nach hinten, als ein Motorrad mit zwei Personen auf den Hof raste und ihn nur um Haaresbreite verfehlte.

66

Im selben Moment, als sie Aschbrenner sah, wusste Lea Wagner, dass es Probleme geben würde.

Schnell sprang sie vom Sozius der Maschine ihres Bruders und ignorierte die Schmerzen am Hintern und dem ganzen Rest ihres Körpers. Der Ritt hierher war die Hölle gewesen, ganz besonders die letzten Kilometer auf der kurvenreichen Landstraße. Aber sie hatten es geschafft.

Aschbrenner stand in Zivilkleidung vor ihr und sah aus, als würde er gleich in die Luft gehen. Das war nicht gut. Sie hatte sich keine Ausrede zurechtgelegt. Schon gar nicht für ihn.

Was machte er hier?

Während sie den Helm abnahm, machte ihr Bruder Patrick den Motor aus und stellte das Motorrad auf den Seitenständer. Motor und Auspuff der Hayabusa knackten und ächzten, als würden sie sich über die Höchstbelastung der letzten Stunden beklagen.

»Was zum Teufel wollen Sie schon wieder hier?«, blaffte Aschbrenner sie an.

»Wir müssen sofort zu Dorn!«, sagte Lea und wollte zum Hintereingang des Dornwald laufen.

»Stopp!«, gab der Polizist zurück und fasste sie grob am Unterarm.

»Hey!«, maulte Leas Bruder.

»Bleiben Sie zurück!«

»Sagt wer?«

»Aschbrenner, Polizei Bad Gastein.«

»Ein Bulle? Du?«

Das Talent ihrer Brüder, sich mit der Obrigkeit anzulegen, war legendär. »Patrick! Schleich dich!«, griff sie zu dem Vokabular, das er verstand. »Ich kenne ihn.«

»Hände weg von Lea!«, schimpfte Patrick weiter.

»Sie haben hier nichts zu suchen. Sie dürfen hier gar nicht sein.«

»Dorn ist in großer Gefahr … erkläre ich Ihnen später«, rief Lea.

Aschbrenner schüttelte entschieden den Kopf. »Ihnen ist jede weitere Aktivität in dem Fall untersagt. Ich habe den Auftrag, Sie sofort festzunehmen, wenn …«

»Was willst du? Lea festnehmen? Du lässt sie in Ruhe!«

»Patrick! Halt endlich den Mund und schleich dich!«

»Weißt was? Leck mich, Lea«, schimpfte er, sprang auf die Hayabusa und fuhr davon, den Helm bloß halb auf den Kopf gesteckt. Der Kies spritzte in hohem Bogen vom Hinterrad weg und traf sowohl sie als auch das Auto mit deutschem Kennzeichen, das auf dem Hof stand.

»Wer ist das?«, fragte Lea.

»Keine Ahnung …«, antwortete Aschbrenner und wirkte, als sei ihm etwas eingefallen. Zügig schritt er zum offen stehenden Kofferraum, Lea folgte ihm.

»Wo zur Hölle …?« Kopfschüttelnd blieb Aschbrenner vor dem leeren Kofferraum stehen.

»Dorn hat den Täter absichtlich angelockt!«, redete Lea

weiter auf ihn ein. »Ist er mit dem Auto da gekommen? Wir müssen rein! Sofort!«

Doch Aschbrenner tat nichts dergleichen. Während er Lea nicht aus den Augen ließ, griff er nach seinem Handy, wurde weiterverbunden und forderte die Schnelle Interventionsgruppe an, die der lokalen Polizei seit wenigen Jahren zur Verfügung stand. Bei der Begründung der Anforderung kam er kurz ins Straucheln, erzählte dann etwas von einer Hotelbesetzung, letztlich war das Gegenüber aber erst zufrieden, als er eine angebliche *terroristische Bedrohungslage* in den Mund nahm.

»Jawohl, in Bad Gastein«, blaffte er zum Abschluss, als hätte sein Gesprächspartner es in Zweifel gezogen, und legte kopfschüttelnd auf.

»Nicht angenehm, wenn einem keiner glaubt, was?«, sagte Lea und war sicher, dass Aschbrenner den Seitenhieb verstand.

»Bloß, dass es kein Missverständnis gibt: Wir bleiben hier und warten auf die Spezialisten. Alternativ dazu kann ich Ihnen nur das Arrestzimmer in der Wache anbieten. Ihre Entscheidung, Wagner.«

67

Dorn stand auf dem Balkon der 302. Im Rücken hatte er das Eisengeländer, und vor ihm war Kronberger, die Waffe direkt auf ihn gerichtet. In der anderen Hand hielt Kronberger die Sturmlampe, in deren Licht sein Gesicht noch entschlossener aussah.

Er will mich töten, machte Dorn sich nichts vor.

Das Rauschen des Wasserfalls drängte sich in den Vordergrund. Würde jemand seinen Hilfeschrei hören? Oder würde Kronberger dann kurzen Prozess machen?

»Ich bin nicht der Einzige, der von der Sache weiß«, sagte Dorn, der sich nun an jeden Strohhalm klammerte, den ihm sein Verstand noch anbot.

»Was wissen Sie schon?«, blaffte Kronberger. »Sie raten doch bloß herum. Von Beweisen ganz zu schweigen.«

»Das BK kennt Ihren Namen.«

»BK?«

»Bundeskriminalamt.«

»Und wenn schon.«

Kronberger hatte wohl recht. Sein Name hin oder her, keiner kannte Identität und Motiv des Serientäters. Eines Täters, dessen Schicksal ebenso unbekannt war wie vor Kurzem noch der Name Kronberger.

Also musste Dorn es anders versuchen. Aber ihm fiel nichts ein, was auf Weisheiten gründete, die er in Studium, Diplomarbeit oder in seiner Praxis als Psychologe erlernt hätte.

»Ist Ihnen eigentlich alles egal?«, schimpfte er mit dem Mut der Verzweiflung. Karla Hofbauer fiel ihm ein, die ohne Kronberger wohl noch am Leben wäre. »Wissen Sie, wen ich verloren habe – wegen Ihnen?«

»Wegen mir? Ich glaube, Sie bringen da etwas durcheinander. Verwechseln Sie hier bitte nicht Opfer und Täter.«

»Das tue ich ganz gewiss nicht. Sie sind der Grund für alles. Die Toten. Die blutige Jagd auf Sie.«

»Genug geredet. Steigen Sie über das Geländer!«

»Ohne Sie würden all die Menschen noch leben, die den Kopf für Sie hingehalten haben. Aber das kümmert Sie ja einen Dreck, oder? Nur Sie selbst zählen, Sie und Ihr beschissenes Geld.«

»Das reicht. Rüber über das Geländer, oder wir erledigen es gleich hier. In der Schrottbude findet Sie ohnehin keiner.«

»Sie hieß Karla.«

Kronberger wirkte irritiert. »Was?«

»Karla Hofbauer. Sie ist sinnlos gestorben. Karla war auf Ihrer Seite, Kronberger. Sie hat den Täter gesucht und ihr Leben vergeudet. Was für eine Verschwendung. Sie war ein guter Mensch. Nicht so jemand wie Sie!«

Dorn wusste, dass er weit ging. Aber etwas anderes, als Kronbergers Ego und Selbstverständnis anzugreifen, fiel ihm nicht mehr ein.

Kronberger verzog den Mund in einer Mischung aus Spott und Verachtung. Er streckte den Arm mit der Waffe und legte den Zeigefinger auf den Abzug. »Ein letztes Wort für Sie, Dorn. Glauben Sie mir: Es gibt keine guten Me…«

Menschen, vervollständigte Dorn im Geiste, noch bevor er sich fragen konnte, weshalb Kronberger mitten im Satz abgebrochen hatte.

Kronberger ließ die Arme sinken. Erst als die Lampe zu Boden fiel und dabei hell aufflackerte, sah Dorn die Spitze des Messers, das vorn aus Kronbergers Hals ragte.

Gleich darauf lief Blut über seinen Hals.

Kronberger war paralysiert, stand aber noch, als die Waffe zu Boden fiel.

Erst jetzt sah Dorn einen Arm, der Kronberger offenbar aufrecht hielt.

Jemand war direkt hinter ihm.

68

Ich sehe, was er gerade getan hat. Ich will schreien. Mich aus der Dunkelheit wagen und ihm gegenübertreten. Doch eine größere Macht zwingt mich, still zu bleiben.

Er lässt den Mann langsam zu Boden, auf den Rücken. Dann kniet er sich an die Seite und starrt ihn an.

Es ist der Mann aus Salzburg. Den er schon dort töten wollte, in dessen Villa. Doch dann bin ich dazwischengekommen und habe ihn abgelenkt.

Und dann?

Dann hat der Mann aus Salzburg uns angegriffen, erinnere ich mich plötzlich wieder. Er muss uns ausgeknockt haben. Und weiter?

Er setzt das Messer mit der Spitze voraus an dessen Stirn, sticht durch die Haut und schneidet etwas hinein.

Der Mann wehrt sich nicht. Seine Augen sind geschlossen. Vermutlich ist er längst nicht mehr bei Bewusstsein.

All das Blut ...

Da bemerke ich noch jemanden. Einen Mann, der reglos am Eisengeländer des Balkons steht und dabei zusieht, wie ER einen Schnitt nach dem anderen setzt, so kraftvoll, dass das Geräusch der Messerspitze auf dem blanken Knochen zu hören ist.

Ich sehe die Waffe am Boden. Ich begreife, dass der Mann aus Salzburg den Mann am Geländer erschießen wollte. Doch dieser lebt.

Weil ER ihn gerettet hat.

So, wie er auch mich gerettet hat.

ER ist das Böse.

Das Böse, das in Wahrheit Gutes tut ...

Ich bin unendlich verwirrt. Ich will endlich wissen. Begreifen. Aber ich schaffe es nicht, ihn erneut zur Rede zu stellen. Nicht, bevor er vollendet hat, was er vollenden will.

Schließlich lässt er von dem Mann aus Salzburg ab. Ich sehe, was er in dessen Stirn geritzt hat.

Krone und Berg.

Kronberger, sagt etwas in mir. Eine Erinnerung.

Gustav.

Ich glaube fast, ihn gekannt zu haben. In einem anderen Leben. Vage Erinnerungen drängen sich an die Oberfläche.

War da mehr? War er mir vertraut? Hat er mir etwas bedeutet? Sollte mich sein Tod nicht wesentlich mehr kümmern, als es jetzt der Fall ist?

Gustav Kronberger ...

Ich kann es fast greifen.

War ich ... mit ihm zusammen?

Heimlich vielleicht?

Ich war von ihm schwanger.

Bilder blitzen vor meinem geistigen Auge auf. Menschen. Ein Arzt sitzt an meiner Seite. Der Ultraschallsensor in seiner Hand kreist über meinen Bauch. Das Monitorbild, auf dem er mir Sachen zeigen will, ist nur schwarz. Verständnislos starre ich den Arzt an – doch sein Gesicht ist leer. Keine Nase, kein Mund, keine Augen.

Nur eine blutende Krone auf seiner Stirn …

Ich fahre mit der Hand an meinen eigenen Kopf. Er ist beschmutzt. Über und über besudelt mit warmem Blut, das nicht mein eigenes ist.

Ich will aus der Dunkelheit treten, will endlich Erklärungen haben, will alle Fragen stellen, die ich so lange nicht stellen konnte.

Weil ich nicht wusste, dass es sie gab …

Da höre ich jemanden sprechen. Er muss es mehrmals wiederholen, bis ich kapiere, dass es der Mann ist, der am Balkongeländer steht. »Wieso haben Sie so lange gewartet?«

»Womit?«, fragt *er* zurück.

Ich habe Angst, dass ER ihm etwas antun könnte. Aus irgendeinem Grund liegt mir daran, dass der Mann am Geländer weiterlebt. Vielleicht, weil er Fragen stellt, die sich richtig anfühlen.

»Wieso haben Sie mit ihm drei Jahre lang gewartet?«, fragt er und zeigt zum Toten. »Warum zögerten Sie? Birgit Jacobi in Krems. Sie haben sie zuletzt umgebracht. Danach war nichts mehr – bis Karla Hofbauer Sie in Hamburg fand. Was haben Sie drei Jahre lang dort gemacht?«

Er schüttelt den Kopf, obwohl alles, was der andere Mann sagt, Sinn ergibt. Ungeahntes Wissen flutet mein Bewusstsein, wie bei einem Staudamm, dessen Schleusen geöffnet wurden.

Birgit Jacobi war Polizeibeamtin. Sie hat geholfen, den Unfall zu vertuschen.

Meinen Unfall.

Einen Unfall, der in Wahrheit keiner war.

69

Drei Jahre zuvor – Krems an der Donau

Birgit Jacobi fuhr auf ihrem E-Bike nach Hause. Die Sonne war bereits untergegangen und tünchte die Schleierwolken im Westen in ein Rot, das an Zuckerwatte erinnerte.

Birgits Stimmung war schlechter, als es das bevorstehende Wochenende und ihre persönliche Lebenssituation eigentlich verdient hätten. Wenn das Wetter hielt, konnte sie im hauseigenen Edelstahlpool schwimmen gehen, alternativ dazu den Fitnessraum aufsuchen oder die Sauna. Falls sie Lust hatte, konnte sie in die Weinberge fahren, an deren Fuß sie wohnte. In der anderen Richtung war sie in einer Minute an der Donau, wo sie schier endlose Spaziergänge und Fahrradtouren unternehmen konnte.

Im Nu war sie zu Hause angekommen und öffnete die Garage per App auf ihrem Handy. Ihre Box war mit einem extra Rolltor abgetrennt. Auch dieses wich per Klick auf das Smartphone nach oben. Birgit hob das teure Rad in die Vorrichtung an der Wand, hängte den Helm an eines der Pedale und kam durch eine Tür zum Aufzug, wo sie einen Chip an die Lesefläche hielt, der sie direkt in ihre Wohnung brachte – ohne eine einzige weitere Tür öffnen zu müssen.

Hier zu wohnen, war ein Traum, der an ein Appartement in New York erinnerte und für Menschen wie sie normalerweise unerreichbar blieb. Dass sie hier nur sechshundert Euro Miete bezahlte, inklusive aller Betriebskosten, durfte niemand wissen. Weshalb sie ihren Luxus auch noch niemandem gezeigt hatte.

Ich habe es mir so verdient, sagte sie sich oft, wenn sie barfuß über den Massivholzboden schritt und die Kunst an den Wänden betrachtete, die in der Miete ebenso inbegriffen war wie die Möbel und der Putzdienst, der jeden Freitag kam und Haus und Wohnungen auf Hochglanz polierte.

»Ich habe es mir so verdient«, sagte sie nun noch mal laut, machte sich einen Kaffee mit der teuren Espressomaschine und schlenderte ins Wohnzimmer, das größer war als die ganze Wohnung, in der sie aufgewachsen war. Sie schob das raumhohe Fenster auf, das rahmenlos verbaut war und das Wohnzimmer zum Frischluft-Erlebnis machte, über den Dächern von Krems, am Fuße der Weinberge, mit der Donau in Sichtweite …

»Sie haben es sich so verdient?«, wiederholte eine Stimme in ihrem Rücken.

Birgit fuhr herum und schüttete den heißen Kaffee in die Richtung, aus der die Stimme des Mannes kam – teils intuitiv, teils aus ihrer Erfahrung als Polizistin. Doch der Mann wich aus, packte ihren Arm, und im nächsten Moment schlug sie mit dem Kopf auf dem Boden auf, unfähig, der Gewalt des anderen etwas entgegenzusetzen.

Sie lag bäuchlings am Boden, und er fixierte sie, indem er ihren Arm auf den Rücken gedreht hielt, sodass er jederzeit den Druck erhöhen konnte. Birgit kannte den Griff aus der

Ausbildung. Sie wusste, dass sie sich nicht zur Wehr setzen konnte, ohne sich selbst zu verletzen.

»Wie sind Sie hier hereingekommen?«, keuchte sie und hoffte, dass es bloß ein Einbrecher war, den sie überrascht hatte. Auch wenn sie bereits etwas anderes ahnte. »Was wollen Sie?«, setzte sie nach, weil der Mann still blieb.

Er will mich vergewaltigen, dachte sie. Birgit wusste, dass sie den Männern immer noch gefiel.

Da kam etwas in ihr Sichtfeld.

Ein silbernes, scharfkantiges Plastikteil.

»Erinnerst du dich?«, fragte der Mann. »Oder muss ich dir auf die Sprünge helfen?«

Sie überlegte, aber sie kam auf nichts. Bis plötzlich das Bild eines Unfallwagens aus der Erinnerung aufstieg.

Das Wrack mit der silberfarbenen Abriebspur …

Die Sache.

Die Sache, die ihr die Wohnung hier beschert hatte. Der kleine Gefallen, den sie dafür zu leisten hatte: die frühzeitige Freigabe eines Unfallwagens zur Verschrottung.

Birgit wurde eiskalt. Weil sie erkannte, dass es hier weder um Sex ging noch um Geld.

Es ging um Leben und Tod.

»Bitte, ich weiß nichts!«, flehte sie und weinte.

»Oh, ich bin mir sicher, dass das eine Lüge ist. Du hast ihren Wagen aus dem Verkehr gezogen, bevor er untersucht werden konnte.«

»Aber da war nichts!«, protestierte sie. »Der Wagen hatte nichts. Überhaupt nichts.«

»Du weißt also genau, wovon ich rede. Du hast alle Spuren vernichtet. Für wen?«

Birgit merkte, dass sie sich verplappert hatte.

Dabei hätte sie sich niemals auf die Sache einlassen dürfen. Obwohl sie so harmlos ausgesehen hatte. Viele Autos hatten mit der Zeit Abriebspuren wie jene am Wrack, in dem eine Frau verunglückt war. Noch dazu war das Fahrzeug alt und hatte bereits andere Schäden, die im normalen Gebrauch entstanden und nicht repariert wurden, weil es längst keine Kaskoversicherung mehr gab. Niemals hatte sie jemand verdächtigt, die Sache etwas abgekürzt zu haben.

Bis heute.

»Für wen?«, erneuerte der Mann die Frage.

»Ich weiß es nicht!«, rief sie erstickt.

Natürlich wusste sie es. Der Eigentümer der Wohnung hatte sie dazu gebracht. Gustav Kronberger. Aber das durfte niemals ans Tageslicht. Dann wäre alles vorbei. Die Wohnung hier. Ihre Arbeit als Sachbearbeiterin bei der Polizei. Ihr Ansehen bei den Kollegen. Ihre Achtung vor sich selbst, die längst von ihrem Gewissen angenagt wurde.

Der Eindringling zog den Griff an. Birgit schrie laut auf – bis sie kaltes Metall an ihrer Kehle fühlte.

»Ich gebe dir fünf Sekunden. Dann stirbst du. Also: der Name? Fünf …«

Birgit kämpfte gegen die Panik und überlegte fieberhaft. Wenn sie Pech hatte und es Beweise gab, würde sie dafür ins Gefängnis gehen. Aber danach sah es nicht aus. Wieso wäre der Mann sonst hier und nicht bei der Polizei?

»Vier.«

Gustav Kronberger, lag ihr auf der Zunge. *Immobilieninvestor aus Salzburg*. Ein Anwalt aus Passau hatte den Kontakt zu ihr hergestellt und den Deal eingefädelt. Auch dessen Namen wusste sie noch – Doktor Schreiber. Er versicherte ihr, es sei alles ganz harmlos, bloß furchtbar peinlich für seinen Klienten, weil womöglich eine Affäre aufflog, wenn man den Wagen auseinandernahm. Der Unfall habe nichts damit zu tun, versicherte er. »Frag nichts, sag nichts«, hatte er ihr noch eingebläut, nachdem sie zugestimmt hatte.

»Drei.«

Der Angreifer wusste nichts. Das konnte alles noch gut ausgehen.

»Zwei.«

Sie musste ihn überraschen und überwältigen. Ihre Grundausbildung war schon lange her, und ihr Streifendienst auch, den sie nach einem Burnout aufgegeben hatte. Sie musste sich an die Handgriffe erinnern. Den Angreifer überraschen und abhauen. Notfalls mit gerissenen Bändern im Arm.

»Eins.«

»Okay, okay! Ich rede! Aber bitte … es tut so weh!«

Sie spürte, wie er etwas nachließ.

Das musste reichen.

Mit aller Gewalt wandte sie sich um, holte aus und schlug dem anderen mit voller Kraft ins Gesicht. Er brüllte auf, ließ sie los, sie kam frei, lange genug, um bis zur Tür zum Treppenhaus zu kommen. Doch diese war versperrt, weil sie stets den Aufzug nahm – und der Schlüssel war weg …

Sie drückte noch den Rufknopf für den Aufzug und wusste, dass es zu spät war. Längst hörte sie seine Schritte …

Birgit schrie noch, so laut sie konnte.

Wenige Minuten später traf ein Wagen an der edlen Adresse ein. Ein Nachbar hatte Hilferufe gemeldet. Zwei uniformierte Beamte stiegen aus, um nach dem Rechten zu sehen. Einer der Polizisten gelangte über die untere Wohnung auf den Balkon darüber und fand Birgit Jacobis Leiche mit durchtrennter Kehle. Außerdem trug sie ein Mal auf ihrer Stirn. Sofort wurde eine Fahndung eingeleitet und der gesamte Großraum abgeriegelt.

Zunächst fehlte vom Täter jede Spur – bis sich ein Taxifahrer meldete, der angab, im fraglichen Zeitraum einen Fahrgast von Krems an der Donau nach Budweis in Tschechien gefahren zu haben. Ein völlig ungewöhnlicher Auftrag, der aber korrekt bezahlt worden sei.

Alles, woran sich der Fahrer noch erinnerte – und was er jederzeit hätte beschwören können –, war, dass es eine Frau war.

Sie hatte ihm sogar ihren Namen genannt.

70

»Veronika«, höre ich seine Stimme, in der nichts Böses mehr liegt.

»Ja«, sage ich sanft, fast zärtlich.

Ich weiß, dass dies ein Abschied ist. Wie ich auch weiß, dass er mich liebt. Er hat mich immer geliebt. Bis in den Wahnsinn hinein. Eine Zeit lang wollte ich nicht, dass er mich weiterhin sieht. Er hat es trotzdem getan, und ich hatte Angst vor ihm, weshalb ich ihn anzeigen musste.

Heute weiß ich, dass ich blind war vor Angst. Blind vor dem wahren Bösen, das sich in mein Leben geschlichen hat.

Das Böse, das mich einst umgebracht hat.

Jetzt hat ER das wahre Böse ausgelöscht.

Kronberger.

Es war richtig, ihm zu vergeben. Und ihn zu retten. Hamburg wäre ohne mich nicht möglich gewesen. Nichts, was wir hatten, hätte ohne mich funktioniert.

»Ich muss gehen«, sagt er.

»Ich weiß.«

»Danke, dass du mich gerettet hast.«

Tränen schießen mir in die Augen. Ich schüttle den Kopf. »Danke, dass du mich beschützt hast. Dass du es wiedergutgemacht hast.«

»Es gab keinen anderen Weg, als dich von allem auszuschließen. Vom Wissen, das du hattest. Du hättest es nicht verstanden und nicht zugelassen. Ich musste dir Grenzen setzen.«

»Ich verstehe.«

»Verzeih, was ich dir angetan habe. In Wien, in Hamburg, jetzt.«

»Ich habe dir längst verziehen, Oskar.«

Er sagt nichts mehr darauf.

Es ist vorbei. *Er* ist vorbei. Und es ist gut. Alles ist gut.

»Friede deiner Seele«, sage ich und merke, dass er geht, dass er sich zu einem hellen Punkt zusammenzieht wie das Bild eines alten Röhrenfernsehers, und der Punkt erlischt, bis er nichts weiter ist als ein verblassender Schatten auf der Netzhaut meiner Augen.

71

Dorns Frage, was er drei Jahre lang in Hamburg gemacht hatte, brachte den Mann sichtlich zum Nachdenken. Doch statt einer Antwort murmelte er bloß unverständliches Zeug, während sich eine seltsame Verwandlung mit ihm vollzog. Sein Körper verlor an Spannung. Die Schultern sanken nach vorn. Der Gesichtsausdruck wurde weicher, bis er beinahe sanft anmutete.

Als sich ihre Blicke trafen, lief es Dorn kalt über den Rücken. *Ein anderer Mensch*, dachte er und fragte: »Wer sind Sie?«

»Veronika«, antwortete jemand, der wie ein Mann gekleidet war, doch jetzt eindeutig wie eine Frau klang. Sie hatte eine Platzwunde an der Stirn, und am Verband um ihren Hals sickerte Blut an die Oberfläche. Überdeutlich zeigten sich die Strapazen, die dieser Mensch in den letzten Tagen auf sich genommen hatte, um für eine Gerechtigkeit zu sorgen, die Dorn erst noch verstehen musste.

Viel wichtiger aber war der sichere Eindruck, dass von der Frau, die ihm gegenüberstand, deutlich weniger Gefahr ausging als von jenem Mann, der Gustav Kronberger vor Dorns Augen erstochen und dessen Leiche verunstaltet hatte.

Dorn musste dafür sorgen, dass diese Frau bei ihm blieb. Und dass sie ihm die Antworten lieferte, die ihm halfen zu verstehen. Vielleicht sogar, zu helfen.

»Veronika, wer sind Sie?«

Sie wirkte, als verstünde sie nicht, was er meinte. »Niemand?«, antwortete sie halb fragend.

»Wer waren Sie, bevor alles begann? Früher? Was haben Sie da gemacht?«

Ihre Augen wanderten hin und her. »Ich war ... Psychotherapeutin.«

»Seine Therapeutin?«

Veronika sah zu Kronberger und schüttelte den Kopf. »Nicht seine.«

»Ich meine den Mann, der bis eben noch hier war.«

»Ach so ... ja. Ich war seine Therapeutin.«

Wer war er?, lag ihm auf der Zunge, doch er schluckte es hinunter. Die Identität der Person, die Kronberger ermordet hatte, würde sich bestimmt bald feststellen lassen. Doch keinesfalls durfte er diese Person zurück an die Oberfläche befördern.

»Die letzten Jahre lebten Sie mit ihm zusammen in Hamburg.«

»Ja.«

»Als Veronika«, konkretisierte Dorn, dem noch etwas anderes bewusst wurde: Karla Hofbauer musste zuerst nicht auf den Täter, sondern auf diese Veronika gestoßen sein. Falls sie weiblich gekleidet und geschminkt war – was durchaus wahrscheinlich war –, musste die Täuschung nahezu perfekt gewesen sein.

Doch dann hatte Hofbauer den Serientäter in Veronika

enttarnt, worauf dieser an die Oberfläche kam und seine Mordserie vollendete …

Dorn ahnte, dass allein die psychologische Aufarbeitung des Falles ein Albtraum sein würde, um den er sich gottlob nicht zu kümmern hatte. Dennoch brauchte er Antworten, für sich und vor allem für Karla.

»Was war mit Ihnen und Kronberger?«, fragte er.

»Ich … wir …«, stammelte Veronika, der die Frage sichtlich naheging. Zwischen ihr und dem Investor schien ein starkes Band existiert zu haben. Oder täuschte er sich? »Sie waren zusammen?«, machte er seine Vermutung fest und staunte, als sie nickte.

»Aber …«, fing sie an und stoppte gleich wieder.

»Aber niemand durfte es wissen?«, schlug er vor.

»Nein.«

»Doch es kam heraus.«

»Nein … Ich wurde …«, begann Veronika und fasste sich an den Bauch.

Jetzt war Dorn sicher, zu verstehen. »Sie waren schwanger? Von ihm?«

Sie nickte.

»Sie liebten ihn.«

Sie schüttelte den Kopf, doch dann, als wäre bloß ein kleines Stückchen Glut für einen Moment aufgeglommen, verharrte sie.

»Er erwiderte die Liebe nicht.«

»Nein.«

Die Überzeugungskraft, die von dieser Veronika ausging, war so glaubwürdig, dass er sich immer wieder klarmachen musste, mit jemandem zu sprechen, der eigentlich tot war.

Doch nun hatte ein anderer Mensch ihre Identität angenommen ... jener Mensch, den Veronika einst therapiert hatte. Vielleicht litt er damals schon an der Persönlichkeitsstörung, und Veronikas Tod hatte ihn aus der Bahn geworfen. Was natürlich reine Spekulation war.

Viel wichtiger aber war, Kronbergers Schuld zu verstehen.

»Er wollte das Kind nicht«, riet Dorn und schaute kurz zur Leiche.

Veronika senkte den Kopf und vergrub ihr Gesicht in den blutigen Händen. »Er wollte, dass ich abtreibe.«

Ein neues Puzzlestück fiel an seinen Platz. »Bei Doktor Lechner in Wien?«

»Ja.«

»Aber das konnten Sie nicht zulassen.«

Sie schüttelte den Kopf.

»Er hat Sie weiter gedrängt. Weil er um sein Geld fürchtete.«

Obwohl Veronika nichts darauf sagte, brauchte Dorn sich diesen Kronberger nur in Erinnerung zu rufen und im Alltag vorzustellen, um zu ahnen, worum es ging. Erfolgreicher Investor, verheiratet, vermutlich Kinder. Dann eine Affäre und ein unerwünschtes Kind – beides zusammen hatte das Potenzial für eine teure Scheidung, von einem weiteren Erben ganz zu schweigen. Aber wie weit würde einer wie Kronberger gehen, um das zu verhindern?

»Was hat Kronberger dann getan?«, fragte Dorn.

Veronika sah zum Toten auf dem Boden. »Eines Tages hat er mich zu sich gerufen«, sagte sie, klang aber nicht mehr so sicher wie vorhin.

»Und dann?«

»Ich war auf dem Weg zu ihm. Aber unterwegs ist etwas passiert. Es war ein ... ein Unfall.«

Das passte nicht. Ein Unfall klang beliebig, wie ein tragischer Zufall. Zu wenig, um zu einer Mordserie wie dieser zu führen. Es sei denn ...

»Kronberger hat den Unfall verursacht?«

Sie sprach jetzt so mechanisch, als würde sie den Text aus dem Unfallbericht vorlesen. »Sein Wagen hat meinen gerammt. Ich kam ins Schleudern und prallte gegen einen Baum.«

»Sie hatten keine Chance.«

»Nein.«

»Und jetzt?«

»Was meinen Sie?«

»Wie fühlen Sie sich ... jetzt?«, fragte Dorn und sah kurz zu Kronbergers Leiche, um die Frage zu verdeutlichen.

»Alles ist wieder gut«, sagte Veronika.

Obwohl zweifelsfrei nichts gut war, atmete Dorn innerlich auf. Er wollte es dabei belassen. Für alles Weitere wäre er nicht mehr in der Verantwortung. Andere würden die bizarren Details klären, die Schicksale, die hier auf denkbar unglückliche Weise verkettet waren.

Dorn fühlte sich zunehmend unbehaglich auf dem Balkon, mit Kronbergers Leiche zu seinen Füßen. »Kommen Sie, gehen wir«, sagte er und machte einen mutigen Schritt auf Veronika zu.

Doch diese schüttelte den Kopf. »Wir können nicht gehen«, sagte sie mit einer Überzeugung, die Dorn eiskalt erwischte. Hinter ihm war nur das schmiedeeiserne Geländer, von dem er nicht wusste, ob die Verankerung im brüchigen Stein sein Gewicht überhaupt würde halten können.

»Bitte verzeihen Sie mir«, sagte sie. »Sie werden verstehen, dass ich es nicht so lassen kann. Mit dem, was Sie jetzt wissen, würden Sie alles ruinieren, was er für mich getan hat. Es darf nicht umsonst gewesen sein.«

Rasch bückte sie sich und hob das blutige Messer auf.

Dann kam sie auf ihn zu.

72

Drei Jahre zuvor – Kurz vor Hamburg

»Komm«, sage ich und fühle seine Dankbarkeit.

Ich habe ihn gerettet. Zusammen haben wir es aus Österreich geschafft, in einem Taxi nach Budweis und weiter, bis hierher, ohne dass uns jemand erkannt hätte. Mit dem letzten Geld habe ich uns die Fahrkarte nach Hamburg gekauft.

»Wir müssen bald aussteigen.«

»Und was dann?«, fragt er mich still, so unsicher wie der Mensch, den ich einst in Therapie genommen habe. Damals glaubte ich, ihm helfen zu können. Aber die Liebe war dazwischengekommen. Besser gesagt jenes Gefühl, das er als Liebe empfand und das sich unkontrollierbar bis zur Besessenheit steigerte.

Heute weiß er, dass beides zusammen nicht geht. Aber heute ist zu spät. Manche Dinge, die man tut, sagt oder auch nur denkt, verbauen einem für immer den Rückweg.

»Wir werden sehen«, sage ich sanft. »Hamburg ist angeblich das Tor zur Welt. Von hier aus kommen wir überallhin. Oder wir bleiben einfach.«

»Wir können nicht bleiben.«

»Es gibt kein Zurück. Nicht jetzt.«

»Du warst schon die ganze Zeit hier bei mir, oder? Du warst es, die mich in Graz davon abgehalten hat, gleich beim ersten Mal in Greta Sorges Werkstatt zu gehen. Weil du wolltest, dass ich mir vorher einen Plan zurechtlege, wie ich sie dazu bringen kann, mir Antworten zu geben.«

Ich nicke.

»So wie du mir geraten hast, Doktor Lechner und die anderen zur Botschaft für Kronberger werden zu lassen.«

»Ja.«

»Also muss ich auch beenden, was begonnen wurde. Für dich.«

»Es läuft nicht davon. Konzentrieren wir uns auf das Hier und Jetzt.«

»Aber wir haben nichts. Keine Papiere. Kein Geld.«

»Es gibt bestimmt Einrichtungen, an die wir uns wenden können.«

»Und welche davon verlangen keinen Ausweis?«, zweifelt er.

»Eine Mission vielleicht.«

»Mission?«

»Für arme Seelen wie uns.«

»Früher oder später werden sie uns finden.«

»Nicht, wenn ich es verhindern kann«, sage ich und lächle zuversichtlich. Ganz sicher gibt es einen Weg. Ich werde behaupten, obdachlos zu sein und keine Papiere zu haben. Was sollen sie machen? Eine DNA-Analyse wäre lächerlich. Viel wahrscheinlicher ist es, dass wir unerkannt durchs Leben kommen.

Bis zu jenem Tag, an dem wir zurückgehen und fortsetzen, was begonnen wurde.

»Sehr geehrte Fahrgäste, wir erreichen in Kürze unseren Endbahnhof Hamburg-Altona. Wir bitten alle Passagiere, auszusteigen, und bedanken uns für Ihre Fahrt mit der Deutschen Bahn. Der Ausstieg ist in Fahrtrichtung links.«

Er ist nicht überzeugt. Er will schnellstmöglich zurück nach Österreich, das merke ich. Aber das geht nicht. »Wir müssen eine Weile hierbleiben«, sage ich entschieden.

»Aber wir brauchen Gesetze. Nur so kann ich dir zeitweise die Kontrolle überlassen.«

»Einverstanden«, sage ich, nicht ahnend, worauf ich mich einlasse.

»Welche Gesetze?«, frage ich draußen auf dem Bahnsteig, und als ich das Schild der Bahnhofsmission erblicke, schicke ich weitere Fragen hinterher: »Wollen wir dorthin? Oder zuerst raus aus dem Bahnhof?«

»Gesetz Nummer eins: Nur eine Frage auf einmal«, sagt er, und ich würde darüber lachen – wäre da nicht sein Tonfall, der mir verrät, dass es ihm todernst damit ist.

73

Dorn starrte auf das Messer in Veronikas Händen.

Er wusste nichts über Selbstverteidigung. Die meisten Menschen hielten Abstand zu ihm, oder sie starben. Er hatte sich längst in die Rolle des Unantastbaren gefügt. Auch seine Arbeit als Kriminalpsychologe am BK hatte ihn nicht auf die Abwehr körperlicher Angriffe vorbereitet. Also konnte er Veronika bloß die flachen Hände entgegenstrecken und auf eine rettende Eingebung hoffen.

Dissoziative Persönlichkeitsstörung, fiel ihm der Fachterminus der Erkrankung ein, an der der Mensch vor ihm vermutlich litt – als würde es noch irgendetwas nützen. Doch Dorn konnte nicht anders. Sein Metier war die Psychologie, nicht der Nahkampf.

»Er hätte das nicht gewollt!«, rief er Veronika entgegen. »Er hätte niemals zugelassen, dass Sie zur Mörderin werden.«

»Es darf nicht umsonst gewesen sein«, gab sie zurück.

Sie war keinen Meter entfernt. Aber Veronika fehlte jene Kaltblütigkeit, mit der der Täter vorhin Kronberger erstochen und die Leiche anschließend verunstaltet hatte, das erkannte Dorn.

»Sie sind keine Mörderin!«, rief er und sah sie zögern.

Er hatte noch nie mit einer psychischen Erkrankung wie

dieser zu tun gehabt, wusste aber aus der Theorie, dass die verschiedenen Identitäten sehr abgekapselt voneinander im selben Körper existieren konnten, bis hin zu Fähigkeiten, Denkmustern und Moralvorstellungen, welche die eine Identität hatte und die andere nicht.

Das war Dorns Chance. Mochte der Täter die Hemmschwelle zum Töten überschritten haben – für Veronika musste das nicht gelten.

»Er wollte, dass Sie leben! Dass Sie glücklich leben. Er hat die Dinge wieder ins Lot gebracht. Für Sie!«

»Halten Sie mich für dumm?«, rief Veronika plötzlich.

»Nein, das tue ich nicht.«

»Sie wissen genau, dass er für die Welt nicht fort ist. Er würde es büßen, und ich mit ihm. Das wollte er nicht. Er wollte, dass ich frei bin. Und glücklich. Es gibt keinen anderen Ausweg.«

»Wären Sie denn glücklich, als Mörderin?«, fragte Dorn und wich so weit zurück, wie es nur ging, bis sich die kunstvoll geschmiedeten Streben des Geländers hart in seinen Rücken drückten. Einen Moment dachte Dorn daran, sich über das Geländer fallen zu lassen, in der Hoffnung, den Sturz zu überleben. Doch er war wie erstarrt, wagte es kaum zu atmen. Er dachte an seine verstorbene Frau und an das Kind, das niemals zur Welt kommen durfte. Er glaubte weder an Gott noch an die Vorsehung und wollte nicht sterben, doch wieder einmal, wie so oft schon in seinem Leben, war ihm der Tod so nah, dass er ihn fast greifen konnte. *Nimm mich*, sagte ein Teil von ihm – jener Teil, der längst schon auf die Probe stellen wollte, was an der Theorie seiner angeblichen Unverletzlichkeit dran war.

»Ich kann nicht anders!«, schrie Veronika, die jetzt bei ihm war. Sie hob den Arm mit dem Messer.

Dorn wusste, dass es vorbei war.

Doch dann löste sich ein heller Schatten aus der Dunkelheit des 302 und wurde rasch größer.

Ein Geist?, dachte Dorn. Jetzt war es also so weit – er verlor endgültig den Verstand.

Da erkannte er Buddy.

Er muss sich irgendwie aus dem Keller …

Noch bevor Dorn den Gedanken zu Ende denken konnte, hatte Buddy bereits seine Zähne in Veronikas Arm versenkt.

Sie ging krachend zu Boden. Das Messer fiel vom Balkon in die Tiefe, während Veronika vor Schmerzen schrie. Selbst in dieser Situation klang sie nicht mehr wie der Mann, der vor wenigen Minuten noch Kronberger getötet hatte.

Jemand rief »Aus!« und trat keuchend auf den Balkon.

Buddy ließ sofort von Veronika ab, die sich wimmernd vor Schmerzen auf dem Boden krümmte.

»Ist er das?«, fragte Wagner außer Atem.

»Sie … Ja. Sie ist es«, antwortete Dorn.

Lea starrte ihn entgeistert an. »Was?«

Dorn setzte gerade zu einer Erklärung an, als Aschbrenner auf den Balkon trat und entsetzt auf Kronbergers Leiche starrte. In seinem Gesicht spiegelten sich die Blaulichter der Einsatzwagen, deren Mannschaften man nur noch zurufen konnte: »Es ist vorbei.«

Derselbe Satz senkte sich nun mit bleierner Schwere über das Dornwald.

Es ist vorbei.

74

Im selben Moment, als die Einsatzwagen der Polizei im Innenhof eintrafen, ging auch das Licht im Dornwald wieder an.

Bald schon würde es hier rundgehen. Die Kollegen von der Forensik sowie vom LKA würden auftauchen, mit jeder Menge Fragen im Gepäck. Lea wettete, dass Simon Dorn es ihnen nicht leicht machen würde. Genauso wenig wie ihr selbst.

Dorn und sie standen abseits auf dem Gang vor Zimmer 302, um die Arbeit der Schnellen Interventionsgruppe nicht zu behindern. Die Kollegen wollten sich selbst davon überzeugen, dass keine Gefahr mehr drohte. Der Täter – die Täterin – zeigte keinerlei Gegenwehr und ließ sich wimmernd abführen.

Buddy saß neben Dorn und strahlte eine Ruhe aus, die so gar nichts mit dem Hund gemein hatte, der vor wenigen Minuten noch einen Serienmörder überwältigt hatte. Dorn tätschelte ihm immer wieder den Kopf, wirkte ansonsten aber gedankenverloren, beinahe deprimiert.

Lea hatte versucht, sich vorzustellen, wie die Lage auf dem Balkon so eskalieren konnte. Aber dafür fehlten ihr zu viele Puzzleteile. Klar war nur, dass sie keine Sekunde später hätte kommen dürfen. Es war richtig, sich unten auf dem Hof Markus Aschbrenner zu widersetzen. Sie hatte den winzigen Moment genutzt, in dem er von einem Anruf abgelenkt war, um durch den Hintereingang ins Dornwald zu gelangen. Dort hörte sie Buddy bellen – und eilte zu ihm in den Keller. Nachdem sie ihn befreit hatte, musste sie ihm nur noch folgen …

»Und? Hatte ich recht?«, sagte sie zu Dorn, mit einem verschmitzten Grinsen. »Die Krone auf dem Berg. Kronberger.«

Sie hatte den Menschen gleich erkannt, der tot auf dem Balkon des Zimmers 302 lag, trotz der Tatsache, dass sein Anblick nicht mehr viel mit dem selbstgefälligen Foto auf der Homepage zu tun hatte. Sein Gesicht war voller Blut, und an seiner Stirn prangte dasselbe Symbol wie bei den anderen Mordopfern.

Dorn brummte etwas, das Lea nicht auf Anhieb verstand.

»Hm?«

»Sie sind eine Nervensäge, Wagner.«

»Aber eine, die recht hatte.«

»Herzlichen Glückwunsch.«

»Gleichfalls, Dorn. Dass Sie noch am Leben sind. Wäre Buddy eingesperrt im Keller geblieben, wären Sie jetzt tot.«

»Ist das so?«, fragte er – nicht sie, sondern die Wand hinter ihr. Er starrte geradewegs durch sie hindurch.

Lea spürte Ärger in sich aufsteigen. Wie konnte er nur so leichtfertig mit seinem Leben umgehen? Wieso freute er sich nicht, dass die Sache gerade noch mal gut ausgegangen war? Ein klitzekleines bisschen Dankbarkeit würde ihm gut zu Gesicht stehen. »Was haben Sie sich eigentlich bei dieser Aktion gedacht?«, schimpfte sie.

Er sah sie an. »Aktion?«, tat er, als wüsste er nicht genau, wovon sie sprach.

»Ich meine den Podcast. Von dem Sie mir nichts verraten wollten. Um ihn dann zum Vehikel für die große Abrechnung zu machen. Wirklich, ein brillanter Plan. Besonders, wenn man Buddy vorher in den Keller sperrt. Sind Sie eigentlich bloß bescheuert oder auch lebensmüde?«

»Es hat doch seinen Zweck erfüllt«, sagte Dorn freudlos.

»Sie hatten einfach nur Glück.«

Er schnaubte. »Glück?«

»Pures Glück, Dorn. Keiner hatte an diesem Abend mehr Glück als Sie!«

»Ich habe kein Glück.«

Sie funkelte ihn an. »Sie sehen es bloß nicht.«

Plötzlich verhärtete sich sein Gesichtsausdruck. »Ist es vielleicht Glück, wenn alle Menschen sterben, die einem wichtig sind? Bloß man selbst überlebt?«

Sie glaubte, nicht recht zu hören. »Und wie Sie sterben können. Sehr viel näher dran als heute kann man wohl kaum sein!«

»Was zu beweisen wäre.«

Lea schüttelte den Kopf. Sie erinnerte sich daran, was Aschbrenner ihr zu Mittag erzählt hatte – die vielen Toten in Dorns Leben. Die Jahre des Alleinseins. Dorns Schicksal war kein leichtes, das musste Lea einräumen. Aber für Selbstmitleid und selbsterfüllende Erwartungshaltungen war sie nicht zu haben. Es gab immer die Chance auf eine bessere Zukunft. Einen Neustart. »Sterben müssen wir alle – aber nicht jetzt«, sagte sie.

Doch was gab sie sich überhaupt noch weiter mit seinem Schicksal ab? Sie hatte selbst einen schweren Rucksack zu tragen. Sie brauchte mehr Informationen, um die Fragen beantworten zu können, die bestimmt auch ihr gestellt werden würden. Zu Dorn, den Serienmorden, zu Investor Kronberger, zu Karla Hofbauer. Lea konnte die Vorschriften und Befehle, denen sie sich widersetzt hatte, kaum noch an zwei Händen abzählen. Sie musste endlich wieder in den Sattel kommen. Aber dafür musste sie zuerst diesen Fall durchblicken …

Sie setzte gerade zu einer Frage an, als Dorn sich abwandte und zur Seite schaute. »Auch das noch«, sagte er.

»Auch das noch«, wiederholte Lea, die seinem Blick gefolgt war und den Mann nun ebenfalls sah.

Ihren Chef aus Wien.

Dorn kannte ihn? Dieser Aspekt aus Dorns Vergangenheit war Lea bisher nicht durch den Kopf gegangen.

Der Chef wurde von Markus Aschbrenner in den dritten Stock eskortiert. Ein junger Mann folgte ihnen, den Lea nicht kannte. Er trug einen Verband um den Kopf.

Während Aschbrenner dreinsah wie drei Tage Regenwetter, überraschte Oberst Weiss sie mit einem Ausdruck, der nichts von der Feindseligkeit der letzten Tage erkennen ließ. »Wie geht es Ihnen?«, fragte er, und wenn er seine Besorgnis spielte, dann tat er es gut.

Lea zuckte mit den Schultern. »Ich bin okay.«

Der Chef nickte und wandte sich Dorn zu. »Simon«, sagte er knapp und streckte ihm die Hand entgegen.

»Benedikt«, erwiderte Dorn ebenso unterkühlt, schlug aber nicht ein.

Benedikt. Lea kannte den Chef nur als Oberst Weiss, wahlweise auch als *das Schwammerl.* Dass er auch einen Vornamen besaß, war so logisch wie surreal.

Der Chef blieb erstaunlich souverän. »Wie es aussieht, gibt es hier einiges zu klären. Zum Beispiel, wieso es nicht gelungen ist, den Täter von der Vollendung seines Tatplans abzuhalten. Na ja. Immerhin ist er jetzt in Gewahrsam.«

»Sie«, verbesserte Dorn. »Sie hat sich Veronika genannt.«

»Veronika Schulz?«, sprach plötzlich der Mann mit dem verbundenen Kopf. Lea sah ihn verwirrt an.

»Kriminalkommissar Johannes Lorenz vom Landeskriminalamt Hamburg«, stellte der Chef ihn vor. »Er hat uns kontaktiert. Er konnte jenseits der Grenze nichts tun. Also haben wir den Behördenweg abgekürzt – fatalerweise zu spät.«

»Sind Sie dem Täter begegnet?«, fragte Lea, die den Blick nicht vom Verband reißen konnte, durch den Blut sickerte. Prangte dort jetzt ebenfalls eine Krone? Aber wieso lebte er dann noch?

»Was meinen Sie ... ach so, das! Nein, ich hatte nur einen Unfall auf dem Weg hierher.«

Lea hob die Augenbrauen. Trotz Turban hatte Lorenz etwas an sich, das sie sympathisch fand. Vielleicht war es das verschämte Lächeln, das seinen Mund umspielte. Bestimmt auch der norddeutsche Akzent.

»Herr Lorenz hatte einen Verkehrsunfall, nahe Salzburg«, präzisierte Oberst Weiss. »Glück im Unglück. Er wird uns bei der Aufarbeitung des Falles helfen.«

Der Angesprochene wirkte auf Lea, als würde er sich vor allem Antworten erhoffen, statt irgendetwas zur Klärung beitragen zu können.

»Fräulein Wagner wird Ihnen zur Verfügung stehen«, legte Weiss noch eins drauf.

»Ach?«, sagte sie, mit dem *Fräulein* im Ohr, das der Chef sich gleich sonst wo hinstecken konnte. »Ich dachte, Fräulein Wagner sei …«

»Sie seien – was?«, tat Weiss, als wüsste er nicht ganz genau, wovon sie sprach.

»Suspendiert«, sagte sie laut genug, um es alle hören zu lassen. Sie pfiff darauf, was er oder irgendwer von ihr dachte. »Und wollten Sie mich nicht verhaften lassen, wenn ich noch mal hier auftauche?«

Oberst Weiss machte ein ernstes Gesicht, fasste sie am Arm und zog sie von den anderen weg. Kurz traf sich Leas Blick mit jenem Dorns. Sie hätte schwören können, dass in seinem Blick plötzlich so etwas wie Respekt aufblitzte.

»Herr Kistner hat seine Anzeige zurückgezogen«, sagte Weiss, als sie unter sich waren.

»Ach?«, wiederholte Lea. »Dann brauchen Sie ja meinen Bericht nicht mehr?«

»Es reicht mir, wenn Sie versichern …«

»Mike Kistner ist ein Idiot«, fiel Lea ihm ins Wort. »Das ist mein Bericht.«

Der Chef rümpfte kurz die Nase, nahm es aber hin. »Wir müssen Anschuldigungen dieser Art sehr ernst nehmen. Wir Polizisten werden an unserem Verhalten gemessen, Männer wie Frauen, im Dienst wie privat.«

»Klar«, sagte sie bloß. Und fragte sich, wie er dieses

Ideal wohl mit seinem eigenen Verhalten der letzten Tage ihr gegenüber in Einklang bringen wollte. »Dann bin ich also weder verhaftet noch suspendiert.«

Kurz huschte ein Lächeln über sein Gesicht. »Werden Sie nicht leichtsinnig, Wagner. Eigeninitiative geht so lange gut, bis man einen schweren Fehler macht. Ich sage deshalb bewusst nicht: Gut gemacht. Aber ich brauche Sie für die Aufbereitung dieses Falles. Falls Sie wollen, stelle ich Ihnen und Herrn Lorenz ein eigenes Büro zur Verfügung.«

»Schon okay. Stephan Lipowec könnte wohl auch so einiges zur Klärung beitragen«, brachte sie ihren Bürokollegen ins Gespräch, dessen Rolle am Bundeskriminalamt viel aktiver zu sein schien, als es sein breiter Hintern und der stets stoische Blick auf den Bildschirm vermuten ließen.

Oberst Weiss nickte. Dann gingen sie wieder zu den anderen zurück. Während die Kollegen das weitere Prozedere besprachen und Dorn darauf bestand, dass alle schnellstmöglich aus seinem Hotel verschwanden, war Lea gedanklich schon wieder in Wien. Sie dachte an ihre Hühner und das Bienenvolk auf dem Dach, an ihren unmöglichen Nachbarn Schubert, an Mike Kistner, den Idioten – und an Patrick, der gerade auf seiner Hayabusa in die Bundeshauptstadt zurückraste, mit ordentlich Wut im Bauch.

Für die nächste Zeit wünschte sie sich vor allem eines: weniger Chaos in ihrem Leben.

75

In den frühen Morgenstunden kehrte wieder Ruhe im Dornwald ein. Was leider nicht für ganz Bad Gastein galt, und schon gar nicht für den Bereich rund um den angeblichen Schandfleck des Orts.

Die Nachricht von einem Mord im Dornwald verbreitete sich in Windeseile, und neben zahlreichen Schaulustigen hatten sich auch die Medien eingefunden. Die Gerüchteküche brodelte. Ob es sich bei der männlichen Leiche womöglich um Simon Dorn handelte? Oder war er gar selbst der Mörder? Ziemlich seltsam war er ja schon immer gewesen …

Simon Dorn konnte sich all das lebhaft ausmalen – und es war ihm egal.

Mit all dem Adrenalin in seinem Blut war an Schlaf nicht zu denken gewesen, weshalb er noch stundenlang im Haus herumgeisterte, überall nach dem Rechten sah und immer wieder prüfte, ob das Hotel noch am Stromnetz hing – als wäre die Elektrizität nun ein knappes Gut, dessen Verfügbarkeit er sich stets aufs Neue vergewissern musste.

Dass das Zimmer 302 jetzt behördlich versiegelt war, machte Dorn nichts aus. Er hatte ohnehin keine Lust, es so bald wieder zu betreten.

Allerdings musste er verhindern, dass die Ermittler eines der Zimmer auf der Rückseite des Hotels zu Gesicht bekamen. Weil das Fragen aufgeworfen und im schlimmsten Fall auch Karla Hofbauers Andenken in den Dreck gezogen hätte. Mit seiner Arbeit an den alten, kalten Fällen ging einige Verantwortung einher, die er sich bisher nicht wirklich bewusst gemacht hatte. Spätestens seit Lisa Schauers unbefugtem Eindringen wusste er aber, dass die Sache hier ganz schnell aus dem Ruder laufen konnte.

»Wenigstens spinne ich nicht«, sprach er laut aus, was Markus Aschbrenner ihm vor dem Gehen nochmals versichert hatte. Weder hatte er sich das Mädchen eingebildet noch die Tatsache, dass Bürgermeister Seiler ihm den Strom abgedreht hatte. Es war immer gut, wenn man seine Feinde kannte, und noch besser, wenn die so dämlich waren, sich beim Amtsmissbrauch erwischen zu lassen. Dabei ahnte Dorn schon, dass sich das Verhältnis zur Gemeindeverwaltung genauso wenig bessern würde wie zum Rest der Welt. Spätestens wenn ihm das Geld ausging – was nach Karla Hofbauers Tod nur noch eine Frage der Zeit war –, würden seine Gegner schnell die Oberhand gewinnen.

Gegen fünf Uhr früh stand Dorn an der Schlüsseltafel der Hotelrezeption. Der Schlüssel für die 302 fehlte. Kronberger hatte ihn vermutlich eingesteckt, weshalb Dorn ihn erst nach dessen Obduktion wiederbekommen würde. Die Lücke an der Tafel irritierte ihn.

Wie würde es von hier aus weitergehen? Dorn hatte keine Vorstellung von einer wie auch immer gearteten Zukunft. Ja, er war am Leben. Er hatte ein Dach über dem Kopf, auch wenn es hier und da durchregnete. Doch Karla war für immer gegangen. Und mit ihr die Verbindung zur Außenwelt, seine Auftraggeberin, seine Einnahmequelle.

Er starrte in das messinggoldene Schimmern der Plaketten und die eingravierten, schwarzen Ziffern, und alles verschwamm ineinander.

Die Serientat beschäftigte ihn weniger, als es die Umstände nahelegten. Das Rätsel war gelöst, die Falle war zugeschnappt – wenn auch ganz anders, als er gedacht hätte. Den letzten Mord hatte Dorn nicht verhindern können. Doch wenn er an Kronberger dachte und wie dieser über Leichen ging, um sich und sein Geld zu schützen, hatte es wohl den Richtigen erwischt.

Der Täter – die Täterin – würde bestraft werden. Ob diese Strafe in Hinblick auf die psychische Erkrankung gerecht war, welche Persönlichkeitsanteile für welche Taten verantwortlich gemacht werden konnten und wie es um die Besserungsprognose stand, würde wohl kein Gericht dieser Welt und kein noch so erfahrener Kriminalpsychologe abschließend beurteilen können. Am Ende verhielt es sich wie mit den meisten Fällen, die Dorn kennengelernt hatte: Es gab kein Schwarz oder Weiß, kein Gut oder Böse, kein Richtig oder Falsch. Bloß tausend Abstufungen in Grau – und ein Pendel dazwischen, das mal mehr in die eine, mal mehr in die andere Richtung schwang.

Am wahrscheinlichsten war es, dass Veronika in den Maßnahmenvollzug kam – eine *Anstalt für geistig abnorme Rechtsbrecher*, wie man diese Einrichtungen bezeichnete –, dass sie dort mangels therapeutischer Ressourcen sich selbst überlassen bliebe und niemals wieder freikommen würde.

Plötzlich bellte Buddy und riss Dorn aus seinen Gedanken. Seine Augen blieben am Schlüssel jenes Zimmers hängen, in das Lisa Schauer beinahe eingedrungen wäre: die Triple Seven Suite, die er zuletzt vor zwei Jahren aufgesucht hatte.

Manche Räume des Dornwald überlässt man besser sich selbst.

Dorn legte seine Finger an das Messing und fuhr die Linien der eingravierten Ziffern nach.

7-7-7.

Er wusste, dass er sich nicht ewig widersetzen konnte, die Suite zu betreten. Dass da draußen jemand war, den er jagen musste – mit seinen Mitteln, seinem Wissen, seiner Suite.

Komm, schien der Schlüssel zu flüstern, *lass uns weitermachen.*

Jetzt.

76

Wenige Tage später – Wien

Es war früher Abend, als Lea Wagner ihren Hamburger Kollegen Johannes Lorenz durch den ersten Bezirk führte und ihm die wichtigsten Sehenswürdigkeiten Wiens zeigte, zu denen natürlich auch der Stephansdom, die Hofburg und eine Sachertorte samt Melange im Café Sacher gehörten.

Lea war nicht scharf auf dieses touristische Pflichtprogramm. Doch was sollte sie ihm sonst zeigen? Eine Tour durch die Underground-Szene, die sie früher unsicher gemacht hatte, wäre für ihn bestimmt wie die Faust aufs Auge gewesen.

Außerdem blieb kaum noch Zeit. Lorenz musste den Nachtzug nach Hamburg erwischen, der kurz nach zwanzig Uhr am Hauptbahnhof abfuhr. Spätestens morgen um zehn hatte er einem gewissen Herrn Stresemann Rede und Antwort zu stehen. Lea konnte Lorenz' Respekt vor dem Mann heraushören und verzichtete darauf, mehr wissen zu wollen.

Vom Kopfverband, den Lorenz bei ihrem Kennenlernen getragen hatte, war nur noch ein kleines Pflaster übrig, samt blauem Auge darunter. Wenn man sich die Bilder des

Unfallwagens ansah, konnte man nur ein Loblied auf die moderne Sicherheitstechnik singen. Bis vor wenigen Jahren hätte ein solcher Unfall noch ganz anders geendet.

»Und, schmeckt's?«, fragte Lea neckisch. Während seine Sachertorte ziemlich klein ausgefallen war, hatte Lea einen Apfelstrudel samt Vanillesauce vor sich, der auch für zwei ausgereicht hätte.

»Jeden Euro wert«, sagte er, lächelte vielsagend und nippte an seinem Kaffee.

Lorenz sah so müde aus, wie Lea sich fühlte. Während der letzten Tage hatten sie all ihre Energie in die Aufarbeitung der Serientat gesteckt, die im Dornwald ihr Ende gefunden hatte. Vieles war inzwischen klarer. Die Lebensumstände des Täters etwa, der als Oskar Strasser zur Welt gekommen war und nun ganz in die Identität der Veronika Schulz geschlüpft war. Sie hatten Strassers Patientengeschichte auf Basis von Veronika Schulz' alten Aufzeichnungen rekonstruiert. Strasser war einige Zeit bei Schulz in Therapie gewesen, bis sich das Verhältnis gewandelt hatte. Weil er sie stalkte, zeigte sie ihn an, und das Gericht verhängte ein Näherungsverbot. Strasser war von seiner Therapeutin besessen. Nach ihrem Tod begann seine Rachemission, während der er in einer Art Überidentifikationsprozess nach und nach selbst zu Veronika Schulz wurde.

Der Täter litt seit seiner Kindheit an einer ausgeprägten dissoziativen Identitätsstörung. Lea hatte sich in das Thema eingelesen und war fasziniert davon. Besonders, dass sich die Identitäten so voneinander abkapseln konnten, dass am Ende verschiedene Persönlichkeiten in ein und derselben menschlichen Hülle steckten.

Niemand hatte Strasser in den letzten drei Jahren als vermisst gemeldet, weshalb auch keiner nach ihm suchte. Es schien weder Angehörige noch Freunde zu geben. Strasser war schon vor der Begegnung mit Veronika Schulz ein Phantom gewesen. Ein Sonderling mit der klassischen schweren Kindheit, samt Heimaufenthalten, Missbrauch und kurzzeitigen, bestenfalls als Notfallmaßnahme zu bezeichnenden stationären Behandlungen in diversen psychiatrischen Einrichtungen. Für mehr war die öffentliche Gesundheitsversorgung nicht zu haben – schon gar nicht in der Grundversorgung der gesetzlichen Krankenkasse.

»Noch einen Wunsch?«, fragte der Kellner näselnd.

Lea konnte den Subtext heraushören, der ihr verraten sollte, dass auch noch andere Gäste darauf warteten, ihre Sachertorte samt Melange zu konsumieren.

»Any more wishes?«, schickte der hochnäsige Kerl eilig nach.

»No, thanks«, gab Lea zurück und sah demonstrativ weg. Ihr Blick traf sich mit jenem von Lorenz, der kurz die Augenbrauen hob. Was er wohl von der dauermiesen Laune der Wiener Kellner hielt, die man verharmlosend als *Granteln* bezeichnete? Soweit sie wusste, pflegte man in Hamburg einen ähnlich wortkargen, aber wesentlich freundlicheren Umgang im Alltag.

Lea hätte sich gewünscht, mehr Zeit mit ihrem deutschen Kollegen verbringen zu können. Aber der Fall hatte oberste Priorität, und dieser hatte sie bis knapp vorm Umfallen gefordert.

Was Immobilieninvestor Kronberger und die anderen Opfer der Mordserie betraf, waren die Ermittlungen noch lange nicht abgeschlossen. Der Serientäter redete kein Wort, womit sie nur der Indizienkette folgen konnten, die bei Gustav Kronbergers angeblicher Beziehung mit der echten Veronika Schulz ihren Anfang nahm. Sie wussten, dass Gustav Kronberger den Vaterschaftstest bei Doktor Lechner in Wien bezahlt hatte, was eine außereheliche Beziehung zwischen dem Investor und der Psychotherapeutin wahrscheinlich machte.

Womöglich hätten sie Gustav Kronberger retten können. Lea hatte mit der Deutung der Krone auf einem Berg genauso ins Schwarze getroffen wie mit der Fahrt nach Salzburg, die ihr solche Schwierigkeiten eingebrockt hatte. Hätten ihr Chef in Wien und Aschbrenner in Bad Gastein nur etwas mehr Vertrauen in sie gehabt, hätten sie womöglich nicht nur den Blutfleck am Pflaster vor der Villa, sondern noch weitere Spuren entdeckt, die auf ein gewaltsames Aufeinandertreffen von Gustav Kronberger und Oskar Strasser hingedeutet hätten, womit man sich vielleicht die entsetzlichen Szenen im Dornwald hätte ersparen können – aber was nützte es jetzt.

Die Untersuchung von Strassers Mietwagen hatte ergeben, dass Strasser im Kofferraum des Wagens gelegen hatte. Kronberger war damit nach Bad Gastein gefahren. Womöglich hatte Kronberger in Salzburg Strasser überwältigen können und wusste anschließend nicht, was er mit ihm anfangen sollte. Zur Polizei konnte er nicht, ohne sich selbst zu belasten.

Wie weit wäre er gegangen, wäre ihm Dorn nicht dazwischengekommen? Wäre er selbst zum Mörder geworden? Und hatte Kronberger schon in der Vergangenheit gemordet, als seine Affäre, Veronika Schulz, vor vier Jahren bei einem Verkehrsunfall verstarb? Es deutete manches darauf hin, dass er den Unfall absichtlich verursacht hatte, um sein Vermögen, seinen Ruf und seine Familie zu schützen.

Die Automechanikerin Greta Sorge aus Graz sowie die Polizistin Birgit Jacobi aus Krems an der Donau schienen ebenfalls mit diesem Unfall in Verbindung zu stehen. Doch eindeutige Beweise hatten sie bisher weder im einen noch im anderen Fall gefunden. Thomas Schreiber, der Rechtsanwalt aus Passau, war Kronbergers Haus- und Hofanwalt gewesen. Der Gerichtsbeschluss für eine Hausdurchsuchung fehlte noch, aber schon jetzt sah es so aus, als wäre er maßgeblich daran beteiligt gewesen, die wahre Ursache des Verkehrsunfalls vor vier Jahren zu verschleiern – Lea wettete schon jetzt: mithilfe einer Automechanikerin und einer Polizistin.

Leider stützten sich die Ermittlungen mehr auf Indizien als auf konkrete Beweise und Zeugenaussagen. Lea hätte sich gerade von Kronbergers Hinterbliebenen wertvolle Informationen erhofft. In einer Presseerklärung, veröffentlicht auf der Homepage des Investors, gaben sich Witwe und Kinder *untröstlich und zutiefst dankbar* für alles, was Gustav Kronberger für sie getan hatte. Wie weit diese Dankbarkeit reichte, hatte Lea erfahren, als sie die Familie mit wichtigen Fragen kontaktiert und postwendend ein scharfes Anwaltsschreiben erhalten hatte – nicht aus Passau, sondern aus Wien, von einem der schillerndsten und erfolgreichsten Anwälte des Landes, der unter anderem für Promi-Scheidungen bekannt war.

Viele Umstände dieses Falles ließen tief blicken. In Seelen, in Brieftaschen, in Abhängigkeiten und Nöte. Lea musste oft an Karla Hofbauer denken, deren Tod so sinnlos gewesen war. Dabei war auch ihre Rolle eine zwiespältige gewesen, weder eindeutig gut noch schlecht. Hofbauer bezahlte Simon Dorn für seine Arbeit im Dornwald und heimste allein die Lorbeeren für die Ermittlungserfolge ein. Sie nutzte sowohl Dorns Brillanz und Getriebenheit aus wie auch seine wirtschaftliche Notlage. Wo hörte die Freiwilligkeit auf, wo fing die Abhängigkeit an? Und wie würde es nun mit Dorn und dem Dornwald weitergehen? Lea hatte Dorns Nummer nicht und wollte auch Aschbrenner nicht als Sprachrohr verwenden. Sie überlegte, Dorn einen Besuch abzustatten. Auch, um nach Buddy zu sehen. Falls der Streuner nicht inzwischen andere Pläne hatte.

»Isst du das noch?«, fragte Lorenz mit Blick auf ihren Apfelstrudel, und Lea schob ihm kopfschüttelnd den Teller hin. »Bitte. Wäre schade drum.«

»Bei den Preisen«, ergänzte Lorenz und machte sich über die Mehlspeise her.

Lea mochte Lorenz von Anfang an. Sie hatte bei ihm das Gefühl, immer zu wissen, woran sie war. Außerdem sah er gut aus – und dieser norddeutsche Akzent machte ihn noch interessanter. Als er sie am Nachmittag auf einen Gegenbesuch in Hamburg eingeladen hatte, hatte es nicht wie die übliche Floskel geklungen, und Lea dachte ernsthaft darüber nach. Sobald der Fall abgeschlossen war und Bad Gastein ihr keine Sorgen mehr bereitete …

»Auf einen letzten Drink?«, fragte sie Lorenz, als sie draußen vor dem Hotel Sacher standen.

Lorenz sah auf die Uhr und schüttelte den Kopf. »Ich

sollte wohl langsam zum Bahnhof. In Hamburg dann«, antwortete er und gähnte. »Tschüs, Lea.«

»Ciao, Jo…«, sagte sie und brach ab, weil im selben Moment etwas Großes, Weißes an Leas Beinen vorbeihuschte. Sie senkte ihren Blick – und starrte dem schneeweißen Schäferhund nach, der zum Albertinaplatz trottete.

Buddy?, dachte sie und hielt es einen Moment lang tatsächlich für möglich.

Doch das Halsband von Louis Vuitton, spätestens aber der noble Herr, der den Hund an der Leine führte, verrieten ihr, dass es eindeutig nicht Buddy sein konnte.

Seufzend drehte sie sich noch einmal zu Lorenz um, damit sie sich ordentlich von ihm verabschieden konnte – da war er schon fort.

Danksagung

Dieses Buch ist meinem Literaturagenten Lars Schultze-Kossack gewidmet, der am 3.4.2024 im Alter von neunundvierzig Jahren verstorben ist. Dir, lieber Lars, möchte ich zuerst danken. Für die Türen, die du geöffnet hast, für die Ideen, die ich dir zu verdanken habe, für die Einblicke und für das offene Ohr, das du stets für mich hattest – vor allem aber: fürs Freundsein. »The lonely life of a writer« ist nicht bloß ein Spruch oder eine Textzeile aus einem Lied. Das Leben als Autor ist über weite Strecken einsam. Dank Menschen wie Lars ist es nicht nur auszuhalten, sondern macht auch nach dreizehn Büchern unverändert Spaß.

Unvergessen das allererste Manuskript, das ich Lars geschickt habe. Ein Formatierungsfehler ließ aus zweihundert Seiten fünfhundert werden. Lars hat sie alle ausgedruckt und gelesen, fand die übergroßen Buchstaben so amüsant wie den Inhalt und hat *Der Tote im Schnitzelparadies* zum KiWi-Verlag gebracht.

Legendär der Abend, den Lars im Mai 2018 für Autorinnen und Autoren veranstaltet hat, anlässlich der »Criminale« in Halle/Saale. Aus einem lockeren Gespräch über Tätowierungen entstand die Idee zu »Das Spiel«, meinem ersten Thriller rund um Inga Björk und Christian Brand. Dank Lars' Einsatz, seiner zahllosen Kontakte und seines menschlichen Geschicks konnte ich aus acht Verlagsangeboten wählen und bin seither unter dem Dach von Penguin Random House. Mit »Dorn: Zimmer 103« liegt mittlerweile schon das fünfte gemeinsame Buch vor.

Lieber Lars, im Alltag dominieren oft Sorgen und Nöte, weshalb das dankbare Zurückschauen zu kurz kommt. Ich halte inne, denke an das zusammen Erreichte, vor allem aber an die unzähligen Gespräche, an Rat und Tat in allen Lebenslagen und an das gemeinsame Lachen; an deinen unerschütterlichen Glauben an mich; an unseren vertragslosen Zustand, der stets auf Handschlag und Vertrauen basierte; an dein enzyklopädisches Gedächtnis, dein schnelles Denken; und natürlich an den Spaß und den Unsinn, auf den einzusteigen du nie verlegen warst. Danke, Lars, für alles.

Danke, Nadja, danke dem ganzen Team der Agentur Kossack. Lasst uns weiterhin Geschichten in die Welt hinaustragen.

Danke, Bianca Dombrowa. Dieses ist unser erstes gemeinsames Buch, und ich hoffe, dass noch viele weitere folgen werden. Du hast Simon Dorn, Lea Wagner und ihren Fall von der allerersten Idee an begleitet und das Buch mit deinem Engagement, deiner Erfahrung und Weitsicht zu dem gemacht, was es jetzt ist.

Dank an das ganze Team des Penguin Verlags. Seit 2018 gehen wir zusammen durch dick und dünn. Mit *Das Spiel* sind wir 2020 mitten in Krisenzeiten gestartet und können dennoch auf tolle Erfolge und viele begeisterte Lesermeinungen zurückblicken. Das soll mal wer nachmachen!

Ich danke allen Buchhandlungen, Lesungsveranstaltern, Buchblogs und Medien, die dafür sorgen, dass man die Bücher findet. In unserer lauten Welt käme es einem Wunder gleich, von meinen Geschichten zu erfahren – gäbe es nicht euch.

Dank an meine Frau Gabriele und unsere Tochter Helena. Ihr seid mein Antrieb, meine Kraftquelle und mein Glück.

Danke, liebe Leserinnen, danke, liebe Leser! Dank euch und eurem unauslöschlichen Durst nach neuen Geschichten macht mein Schreiben erst Sinn. Ich hoffe, wir lesen uns wieder?

Herzlichst,
Jan Beck